KB132372

새벽의
데드라인

이 은 선

연세대학교에서 중어중문학을, 국제학대학원에서 동아시아학을 전공했다. 편집자, 저작권 담당자를 거쳐 전문 번역가로 활동중이다. 코넬 울리치의 『환상의 여인』과 『상복의 랑데부』, 애거서 크리스티의 『끝없는 밤』, 스티븐 킹의 『11/22/63』, 도로시 B. 휴스의 『고독한 곳에』, 아서 코넌 도일의 『바스커빌 가문의 사냥개』 등을 비롯하여 다양한 소설을 번역하고 있다.

DEADLINE AT DAWN
by William Irish

이 도서의 국립중앙도서관 출판예정도서목록(CIP)은 서지정보유통지원시스템 홈페이지
(http://seoji.nl.go.kr)와 국가자료공동목록시스템 (http://nl.go.kr/kolisnet)에서 이용하실 수 있습니다.
CIP제어번호 : CIP2016031577

새벽의
데드라인

윌리엄 아이리시

이은선 옮김

불운한 두 명의 인간이 도망을 친다

엘릭시르

차
례

Deadline
at Dawn

● Deadline at Dawn   William   Irish

그녀에게 그는 분홍색 댄스 티켓이었다. 그것도 써버려서 반동 강이 난 티켓에 불과했다. 십 센트당 이 센트씩 떨어지는 수고비였다. 그녀에게 딱 붙어 밤새도록 온 사방을, 온 플로어를 누비는 한 쌍의 발이었다. 오 분 동안에는 어느 방향으로든 그녀를 움직일 수 있는 이름 없고 의미 없는 사람이었다. 빈 양철 양동이로 쌓은 탑에 거센 모래 폭풍이 불어닥친 듯 오 분 동안 악단석에서 빗발치듯 쏟아내는 4분의 2박자 음표. 그런 다음 스위치가 내려간 것처럼 갑작스레 찾아오는 정적과 뒤를 잇는 일이 분간의 먹먹함. 갈비뼈를 옥죄는 낯선 자의 팔에서 해방된 순간 터지는 시원스러운 호흡. 그리고 모든 게 다시 시작된다. 또다시 불어오는 모래 폭풍, 분홍색 티켓, 그녀를 쫓아오는 한 쌍의 발, 마음대로 그녀를 조종하는 아무개.

그녀에게 그들은 그런 존재였다. 그녀는 자기 일을 정말로 사랑했다. 춤을 정말로 사랑했다. 돈을 받고 추는 거라 더 좋았다. 가끔은 절름발이로 태어났더라면 얼마나 좋았을까 하는 생각이 들 때도 있었다. 두 발을 똑같은 자세로 번갈아 내딛지 못했을 테니까. 아니면 귀머거리로 태어나, 천장을 향해 또다시 주둥이를 내미는 저 슬라이드식 트롬본 소리를 들을 수 없었더라면 얼마나 좋았을까. 그랬더라면 이 직업에 발을 들이지 않았을 것이다. 지하에 있는 어느 세탁소에서 지저분한 셔츠를 빨든지 식당 주방에서 지저분한 접시를 씻었을 것이다. 하지만 바란들 무슨 소용 있을까. 얻는 것도 없는데. 바라면 안 될 것도 없다. 잃는 것도 없지 않은가.

이 도시를 통틀어 그녀의 친구는 딱 하나였다. 꼼짝 않고 춤도 추지 않는 것이 그 친구의 장점이었다. 녀석은 밤이면 밤마다 곁에서 속삭이는 듯했다. "힘내. 한 시간만 버티면 돼. 할 수 있어. 지금까지 잘해왔잖아." 그리고 잠시 후에는 "단단히 버텨. 이제 삼십 분 남았어. 내가 응원하고 있어". 그런 다음에는 급기야 "한 번만 더 돌면 돼. 이제 시간 다 됐어. 한 바퀴만 완전히 돌면 오늘밤 징역살이는 끝이야. 딱 한 바퀴만 더 돌아. 그 정도는 할 수 있잖아. 지금 쓰러지면 안 돼. 이것 봐, 내 분침이 시침을 덮치려 하고 있어. 너를 위해 또다시 해낸 거야. 내가 너를 풀어줬어. 지금 자리로 돌아왔을 땐 1시가 되어 있을 거야".

녀석은 매일 밤 그렇게 말하는 듯했다. 그녀를 저버리는 법이 없었다. 이 거리를 통틀어 그녀에게 숨 돌릴 틈을 주는 딱 하나뿐인 친구, 뉴욕을 통틀어 소극적이나마 그녀의 편이 되어주는 딱 하나뿐인 존재가 녀석이었다. 그녀가 속한 끝없이 이어지는 밤의 세계에서 인정 있는 존재라곤 딱 하나, 녀석뿐이었다.

그녀는 춤추며 돌 때마다 플로어 왼편에 달린 창문 중 맨 끝의 두 개 너머로 녀석을 볼 수 있었다. 골목길이 내려다보이는 창문들이었다. 번화가가 내려다보이는 앞쪽의 창문으로는 보이지 않았다. 줄줄이 달린 창문에서 도움이 되는 건 맨 끝 두 개뿐이고, 나머지는 다른 건물들로 시야가 가려졌다. 창문들은 항상 살짝 열려 있었다. 환기도 하고 이곳의 소음을 길거리까지 전파하기 위해서였다. 그러면 방황하던 사람들이 발길을 향할 수도 있었다. 녀석은 맨 마지막 두 곳을 통해서만 보였다. 가끔은 저 높은 데서 다정하게 내려다보는 녀석의 뒤편으로 한줌의 별들이 흩뿌려져 있을 때도 있었다. 별들은 아무 도움이 안 됐지만 녀석은 도움이 됐다. 별들이 뭐에 좋을까? 세상에 뭔가에 좋은 것이 있긴 한가? 여자로 태어나서 좋은 일은 뭘까? 적어도 남자들은 발을 팔 일은 없는데. 저마다의 방식으로 밑바닥을 헤매겠지만 이런 일은 하지 않을 텐데.

거리가 상당히 멀었지만 그녀는 눈이 좋았다. 밤이라는 비단 장막을 배경으로 은은하게 반짝이는 그 녀석. 고리처럼 동그라미를 그리며 모인 빛무리. 그 안쪽을 두른 열두 개의 눈금. 그리고 막히는 법 없이, 멈추는 법 없이, 비열한 술수를 쓰는 법 없이 다른 것들을 야단치며 그녀를 위해 열심히 움직여 그녀를 여기서 끄집어내고 구원하는 빛나는 시침과 분침. 그것은 거리 저 너머 7번가와 43가가 만나는 곳에 있는 패러마운트 빌딩에 달린 시계였다. 빌딩 꼭대기에서 그녀가 있는 곳까지, 허공에 비스듬한 각도로 운하라도 뚫려 있는 것처럼 희한하게 시야가 확보된 덕분에 이곳에서도 보였다. 시계라면 다 그렇듯 녀석도 사람 얼굴 같았다. 친구의 얼굴 같았다. 스물두 살의 늘씬한 빨간 머리 아가씨에게 안 어울리는 친구라 해도 그 친구 덕분에 절망이 인내로 바뀌었다.

또 한 가지 재미있는 사실이 무엇인가 하면 그녀의 하숙집은 여기보다 패러마운트 빌딩에서 더 멀고 지금 보이는 방향과는 전혀 다른 방향으로 빙 돌아가야 하건만, 까치발을 하고 창문 너머로 고개를 길게 빼면 거기서도 녀석이 보인다는 것이었다. 하지만 하숙집에서 잠을 설칠 때 녀석은 한편도 적도 아닌 무심한 방관자에 불과했다. 녀석이 정말로 도움이 되는 때는 밤 8시부터 새벽 1시까지 여기 댄스홀에 있을 때였다.

그녀가 이름 모를 남자의 어깨 너머로 갈구하듯 쳐다보자 녀석이 속삭였다. "십 분 전이야. 끝나기 직전이 제일 괴로운 법이지. 이를 악물고 버티다 보면 어느새……."

"오늘밤에는 손님이 많네요?"

그녀는 진공상태를 헤매며 무의식적으로 움직이느라 처음에는 어디서 나는 소리인지 알아차리지 못했다. 그러다 지금 그녀를 이리저리 조종하는 정체 모를 아무개가 시작점이라는 사실을 알아차렸다.

아, 대화를 나누시겠다? 그 정도는 상대해줄 수 있었다. 가뜩이나 남들보다 늦게 이 단계에 도달한 상대였으니까. 그녀를 지목한 게 이번이 연달아 세 번째였던가, 네 번째였던가. 이 손님, 저 손님을 구분한 적이 한 번도 없다 보니 잘은 모르겠지만, 마지막 휴식 시간이 시작되기 전에 그 비슷한 색상의 양복이 그녀의 눈앞을 슬쩍 지나간 기억이 나는 것도 같았다. 원래 말수가 적거나 숫기가 없어서 시간이 오래 걸린 듯했다.

"네."

그녀는 그보다 더 짧을 수 없는 단답형으로 대답했다.

그는 다시 한번 대화를 시도했다.

"늘 오늘밤처럼 사람이 많은가요?"

"아뇨, 영업 끝나면 텅 비죠."

그런 표정으로 보든지 말든지. 그에게 잘해줄 의무는 없었다. 춤만 같이 춰주면 되는 거였다. 그가 낸 십 센트는 춤 상대를 해주는 대가였지 말 상대를 해주는 대가는 아니었다.

마지막 곡이 시작되면서 조명이 어두워졌다. 영업이 끝날 때면 늘 그렇다. 직접조명이 꺼지자 플로어에 비친 그림자들은 산들거리며 유령처럼 움직였다. 그러면 손님들이 누군가와 단둘이 속삭인 듯한 달콤한 기분을 느끼며 이곳에서 나갈 수 있었다. 십 센트와 천연색소를 넣은 오렌지에이드 한 컵의 대가였다.

남자가 고개를 살짝 뒤로 젖히고, 그녀가 어쩌다 이렇게 되었는지 파악하려는 것처럼 유심히 관찰하는 게 느껴졌다. 그녀는 위에서 뱅글뱅글 돌아가는 미러볼이 천장과 벽을 비추며 번쩍번쩍 끊임없이 만들어내는 은빛 나선에 시선을 멍하니 고정했다.

얼굴을 관찰하며 어쩌다 이렇게 되었는지 파악하려는 이유가 뭘까? 그 안에서는 해답을 찾을 수 없을 텐데. 이 도시 곳곳의 캐스팅 담당자 사무실을 들여다보는 게 좋을 텐데. 그녀의 환영이 지금까지도 출입문 바로 앞 의자를 지킬 그곳을. 문지방이 닳도록 들락거려 환영이 남고도 모자랄 그곳을. 아니면 저질 자메이카 술집의 탈의실을 들여다보는 것도 좋을 것이다. 순진하게 남들 뒤에서 얼쩡거리면 된다는 주인 말을 믿고 취직이랍시고 했다가, 플로어 쇼 리허설이 시작되기도 전에 도망치지 않았던가. 아니면 47가의 자동판매기 안을 들여다보는 것도 추천할 만했다. 죽을 때까지 잊지 못할 날, 딱 하나 남은 그녀의 오 센트 동전을 삼킨 곳. 푹신푹신하게 부푼 롤빵을 두 개 주고, 그녀가 군침을 흘리며 몇 번을 그 앞에 서 있어도 두 번 다시 빵이 나오지 않은 곳. 더는 넣을 동전이 없었기 때문이었지만. 그보다 가장 추천하고 싶은 곳은 지금 이 순간 하숙집 침대 밑에서 잠자고 있는 낡고 우글쭈글한 여행 가방 안이었다. 무게는 많이 안 나가는데 안은 그득 차 있었다. 이제는 쓸모없는 케

케묵은 꿈들로 그득했다.

해답은 그녀의 얼굴이 아니라 그런 데 있었다. 그러니 그녀의 얼굴을 들여다본들 무슨 소용이 있겠는가. 얼굴은 가면에 불과한 것을.

그가 또다시 대화를 시도했다.

"저는 여기 처음이에요."

그녀는 벽을 두드리는 은색 광선에서 시선을 떼지 않고 답했다.

"보고 싶었어요."

"춤이라면 신물이 나는 모양이네요. 지금처럼 하루가 끝나갈 시간이면 슬슬 짜증이 나겠죠."

그는 그녀의 퉁명스러운 반응을 설명할 핑곗거리를 찾고 있었다. 그가 아닌 다른 이유 때문이라야 자존심을 지킬 수 있었다. 그녀는 알고 있었다. 그들이 어떤 식인지 알고 있었다.

이번에는 그녀가 시들한 시선을 그에게로 옮겼다.

"아, 아니에요. 춤에 신물난 적은 한 번도 없어요. 추고 싶은 만큼에 비하면 아직 반도 못 추었는걸요. 일을 마치고 집으로 돌아가면 다리 찢기와 높이 차기 연습을 해요."

그는 누가 들어도 가시가 느껴지는 말투에 잠깐 시선을 떨구었다가 다시 그녀의 눈을 바라보았다.

"뭔가에 단단히 심사가 꼬였군요."

묻는 게 아니라 몰랐던 걸 알아차렸다는 투였다.

"음, 네."

그는 포기하지 않았다. 망치로 때려 못을 박아도 못 알아듣는 인간일까?

"여기서 일하는 게 싫어요?"

지금까지 화젯거리랍시고 어설프게 꺼낸 부적절한 대사 중에 으뜸이었다. 그녀는 화가 나서 가슴이 조였다. 곧이어 폭탄이 터지듯 비난을 쏟아내고 말 것이다. 그런데 다행히 대답할 필요가 사라졌다. 끝없이 땡그랑거리던 양철 양동이 소리가 심하게 갈라진 음을 남기면서 멈추고, 벽을 비추던 미러볼 불빛이 사라지고, 중앙 조명이 꺼진 것이다. 트럼펫이 부우 하고 그만 해산하라는 야유를 터뜨렸다.

억지로 만들어졌던 친밀한 분위기가 끝났다. 그가 낸 십 센트의 효력이 끝났다.

오래전에 죽은 사람의 손인 양, 그녀는 그의 팔꿈치 안쪽에 타성적으로 얹혀져 있던 손을 툭 떨어뜨렸다. 그러면서 허리를 감싸고 있던 남자의 팔을 가만히, 하지만 분명하게 떼어냈다.

입술에서 안도의 말 대신 한숨이 흘러나오는 것을 막을 생각조차 하지 않았다.

그녀가 무미건조하게 중얼거렸다.

"안녕히 가세요. 이제 문 닫을 시간이네요."

그녀는 등을 돌렸다.

하지만 완전히 돌아서기 전에 맞닥뜨린 남자의 놀란 얼굴이 발목을 붙잡았다. 남자가 이 주머니, 저 주머니에서 양손 가득 줄줄이 이어진 티켓을 꺼내 든 것을 보니 더구나 등을 돌릴 수 없었다.

그가 티켓을 내려다보며 애처롭게 중얼거렸다.

"어휴, 이렇게 많이 살 필요도 없었잖아?"

그녀에게 하는 말이라기보다 혼잣말에 가까웠다.

"여기서 한 주 동안 숙박이라도 할 셈이었어요? 몇 장이나 산 거예요?"

"기억 안 나요. 십 달러쯤 쓴 것 같은데."

남자가 고개를 들어 그녀를 보았다.

"그냥 여기 들어와보고 싶어서 세지도 않고……."

그는 말을 하다 말고 멈추었지만 그녀는 놓치지 않았다.

"그냥 여기 들어와보고 싶었다고요?"

그녀는 점점 더 언성을 높였다.

"그거면 춤을 백 번은 출 수 있어요! 하룻밤에 그렇게 많은 곡을 연주하지도 않고요."

그녀는 출입문 쪽을 흘끗 쳐다보았다.

"어떻게 하면 좋을지 모르겠네요. 매표소 직원이 퇴근해서 환불받을 방법도 없는데."

그는 돈을 날린 걸 뼈저리게 후회한다기보다 달리 도리가 없어 당황한 듯한 태도로 티켓을 들고 있었다.

"환불은 안 받아도 돼요."

"그럼 내일 밤에도 오고 티켓 다 쓸 때까지 오세요. 그게 좋겠네요."

"그럴 수 있을지…… 모르겠네요."

그는 나지막이 중얼거리더니 갑작스레 티켓을 슬쩍 내밀었다.

"이거, 가질래요? 당신이 가지면 되겠네요. 티켓을 주고 수고비를 받는 거 아니에요?"

순간 그녀의 손이 주책맞게 티켓 뭉치를 향해 움직였다. 하지만 얼른 정신을 차린 그녀는 손을 거두며 남자를 쳐다보곤 반항조로 말했다.

"됐어요. 고맙지만 안 받을래요."

"하지만 나한테는 쓸모가 없는걸요. 다시는 여기 못 오니까. 받아줬으면 좋겠는데."

받으면 엄청난 금액의 수고비를 챙길 수 있었다. 손쉽게 엄청난 금액을 챙길 수 있었다. 그러나 오래전에 쓰라린 경험을 한 뒤로 그녀는 나름의 원칙을 세워놓았다. 상대의 의도가 무엇인지 알 수 없더라도 어떤 상황, 어떤 유혹이 됐든 넘어가지 않겠다고 말이다. 뭐든 처음에 굴복하면 그다음은 훨씬 쉽게 굴복하게 되는 법이었다.

그녀는 딱 잘라 말했다.

"됐어요. 내가 바보인지 몰라도 추지도 않은 춤의 수고비를 챙기고 싶지는 않네요. 상대가 당신이 됐건, 누가 됐건 말이죠."

그녀는 이 말을 끝으로 이번에는 완전히 등을 돌리고 황량한 댄스 플로어를 가로질렀다. 플로어에 남은 사람이 둘밖에 없다시피 했다.

그녀는 댄스홀 끝에 달린 탈의실 앞에 다다라 남자 쪽을 한번 흘끗 돌아보았다. 일부러 그랬다기보다는 문을 열다 반동으로 고개가 돌아간 것이었다.

그는 양손으로 티켓을 뭉쳐서 쭈그러뜨렸다. 시선을 떼지 않았더니 그가 공처럼 뭉친 티켓을 플로어 한쪽으로 던지고, 몸을 돌려 출입문을 향해 어슬렁어슬렁 걸어가는 모습이 보였다.

그는 그녀와 도합 여섯 번 정도 춤을 추었다. 그러니까 구 달러치도 넘는 티켓을 버린 셈이었다. 잘난 척하거나 허세를 부리려는 행동은 아니었다. 그녀가 보고 있다는 것도 모르는 눈치였다.

돈을 주체 못하는 사람처럼, 얼른 써버리고 싶어서 안달이 난 사람처럼 헤프기 짝이 없었다. 그 말은 곧, 돈에 익숙하지 않다는 뜻이었다. 그녀도 경험으로 눈치 빠르게 터득했다시피 돈 있는 사람들은 돈을 주체하지 못해 쩔쩔매는 법이 없었다.

그녀는 한쪽 어깨를 으쓱하고 안으로 들어가 문을 닫았다.

이제 그녀가 '집중 공격을 받으며 진지를 탈출한다'고 부르는 다음 단계가 남아 있었다. 실제로 그리 위협이 되는 단계는 아니었다. 구정물 웅덩이를 건너가는 것과 비슷했다. 성가시기야 하지만 후딱 지나가면 그만이었다.

탈의실에서 나와보니 조명이 완전히 꺼져 있었다. 청소부를 위해 홀 안쪽에 하나만 남겨놓았다. 그녀는 탈의실 문을 닫으며 뒤에 남은 아가씨를 향해 말했다.

"다시는 나한테 2대 2 데이트하자고 하지 마. 그럼 너도 딱지 맞을 일 없을 테니까!"

그녀는 어두컴컴하고 황량하고 휑뎅그렁한 공간의 가장자리를 따라 걸어갔다. 바닥에 깔린 카펫이 발소리를 삼켰지만 홀의 모퉁이를 돌 때 구두가 속이 빈 나무 바닥과 부딪히는 소리가 사방으로 울려 퍼졌다.

어둠의 양상이 바뀌었다. 이제는 댄스홀 안이 열린 창문 너머보다 컴컴했다. 맨 끝의 두 창문 앞에 다다르자 하늘에 그려진 그림 같은 그녀의 친구 겸 동맹 겸 공범이 보였다. 그녀는 지나가며 그쪽으로 살짝 고개를 돌렸지만, 창틀이 이내 둘 사이를 갈랐다. 그 찰나의 순간에 고맙다는 인사나 표정을 전했더라도 그녀와 녀석만 아는 비밀이었다.

그녀는 문을 열고 아직 불이 켜져 있는 건물 로비로 나갔다. 로비에서 현관의 계단을 내려가면 밖이다. 현관 부근의 벽이 움푹 들어간 곳에는 매표소와 휴대품 보관소와 다 낡은 길쭉한 라탄 의자가 두 개 설치되어 있었다.

그곳에 두 사람이 있었다. 그곳에는 항상 누가 있었다. 누가 항상 서성였다. 동이 틀 때까지 시간을 끌어도 한두 명은 반드시 그곳을 서성일 것이다. 의자 끝에 한쪽 다리를 걸친 남자는 아직 안에 남은 사람을 기다리는 듯했다. 그녀에게 형식적으로 관심을 보이고는 그만이었다. 계단 가까이에 서 있는 사람은 지나가면서 보았더니 좀 전까지 대여섯 번 같이 춤을 추었던 남자였다.

그런데 조금 전에 그녀가 나온 문 쪽을 열심히 쳐다보는 게 아니라 거리와 이어져 있는 계단을 뚫어져라 내려다보고 있었다. 누굴 만날 목적으로 남아 있다기보다 어디로 가면 좋을지 결정을 내리지 못해 발이 묶인 것처럼. 앞을 지나가는 그녀를 알아보고 깜짝 놀라는 모습으로 판단컨대 그때까지 그녀가 걸어오는 줄도 몰랐던 듯했다.

말없이 지나가려는 참이었는데, 그가 한쪽 손으로 모자를 살짝 건드리며 말을 걸었다.

"이제 퇴근하는 건가요?"

그녀가 안에서는 신랄했다면 현관에서는 표독스러웠다. 이곳은 철저하게 적진이었다. 그녀를 지켜줄 기도도 없이 혼자서 헤쳐 나가야 하는 곳이었다.

"아뇨, 이제 막 들어온 참이에요. 내 얼굴을 보고 누군지 알아차리지 못하게 이렇게 뒷걸음질로 계단을 올라왔어요."

그녀는 고무 매트를 깔고 끝에 쇠를 씌운 계단을 내려가 밖으로 나갔다. 남자는 뭘 어쩌면 좋을지 아직도 결정 못 한 사람처럼 계속 그 위에 서 있었다. 안에 남은 아가씨는 한 명뿐인데 그녀는 이미 선약이 있으니 누굴 기다리는 건 아니었다. 그녀는 또 한쪽 어깨를 살짝 으쓱했지만, 이번에는 실제로 그런 게 아니라 마음속으로만 움직였다. 어깨를 으쓱한들 무슨 소용일까? 뭔들, 누군들 무슨 소용일까?

바깥공기가 상쾌했다. 그곳에서 나오면 뭐든 상쾌하게 느껴질 것이다. 그녀는 늘 밖으로 나온 순간 한숨을 토했다. 안도의 한숨이자 탈진의 한숨이었다. 이제 그 한숨을 토했다.

이 길은 위험 지대였다. 담배를 입에 물고 건물 근처를 어슬렁거리는 사람 그림자가 둘 보였다. 건물을 빠져나온 그녀는 길을 걸으며 눈길을 주지 않으려고 주의를 기울였다. 저런 작자들은 반드시 있었다. 지금까지 한 번도 없었던 적이 없다. 쥐구멍을 감시하는 고양이 같다고 할까. 계단 위에서 어슬렁거리는 작자들은 보통 기다리는 여자가 있었다. 이 근처에서 어슬렁거리는 작자들은 여자라면 아무나 기다리는 거였다.

이 길에 도사린 위험 요소라면 손바닥 보듯 훤했다. 그래봐야 멀쩡한 종이만 낭비하는 격이지만 책을 한 권 쓸 수 있을 정도였다. 직접 덤벼 올 때는 항상 시간이 조금 흐른 뒤였다. 바로 가까이, 건물 앞에서는 절대 접근하지 않았다. 그녀가 어느 정도 걸어간 뒤에야 덮치는 식이었다. 용기가 있고 없고의 문제인가 싶기도 했다. 쥐의 정면에서 덤비지 못하고, 등을 돌릴 때까지 기다리는 용감무쌍한 고양이들. 먹잇감을 고르느라 시간이 걸리는 건가 싶을 때도 있었다. 또 가끔은 '제기랄, 그러거나 말거나' 하는 생각이 들 때도 있었다. 하지만 생각도 하지 않을 때가 더 많았다. 집으로 가는 길에 건너야 하는 구정물 웅덩이에 불과했으니까.

오늘밤은 휘파람으로 덤벼 왔다. 자주 쓰는 수법이었다. 대놓고 귀청을 가르는 휘파람이 아니라 숨을 죽인 은밀한 휘파람이었다. 그녀는 자신을 부르는 휘파람이라는 걸 알고 있었다. 잠시 후 곁들여지는 대사.

"어딜 그렇게 바삐 가시나?"

그녀는 발길을 재촉하지 않았다. 신경쓴다는 티를 내지 않아야 했다. 상대방이 겁을 먹었다 싶으면 더 대담해지는 작자들이라…….

손 하나가 그녀의 팔꿈치를 꽉 붙잡았다. 그녀는 뿌리치려고 실랑이하지 않았다. 걸음을 멈추고 얼굴을 올려다보는 게 아니라 손을 내려다보았다.

"손 떼요."

그녀는 섬뜩하리만치 차가운 목소리로 말했다.

"왜 그래, 나 알잖아? 기억력이 달리는 모양이지?"

가늘게 뜬 그녀의 눈이 까만 길거리를 배경으로 하얗게 번뜩였다.

"이봐요, 근무시간 끝났어요. 댁 같은 인간들이랑 말 섞는 것도 짜증나니까…….."

"그저께 밤에 나를 상대했을 때는 좋아했으면서 왜 그래?"

그가 이제는 몸을 움직여 제 손보다 앞으로 나와서는 길을 가로

막았다.

그녀는 물러서지 않을 것이다. 그를 피하는 움직임을 보임으로써 굽히고 들어가는 분위기를 풍기지도 않을 것이다. 그녀는 차분하게 대꾸했다.

"펑펑 돈 쓰는 게 전공이었죠? 하룻밤 새 육십 센트를 날리더니 길바닥에서 보너스를 챙기겠다는 거예요?"

그가 어느새 신호를 보냈는지 택시 한 대가 어서 타라는 듯 열린 문을 대롱거리며 쭈뼛쭈뼛 다가왔다.

"그래, 비싸게 굴겠다 이거지? 연기가 제법인데? 나까지 믿겠어. 얼른 타, 택시 불러놨으니까."

"택시는커녕 당신하고는 오 센트짜리 전차도 타지 않겠어."

그가 교묘한 몸짓으로 반쯤은 완력을 동원해 그녀를 택시 쪽으로 몰아가려 했다.

그녀는 등뒤로 택시 문을 쾅 소리 나게 닫은 뒤 그가 앞으로 바짝 다가왔을 때 문짝을 보루로 삼았다.

어떤 남자가 맞은편에서 걸음을 멈추었다. 나오는 길에 현관 계단 위에서 마주쳤던 남자였다. 그녀는 앞을 가로막은 남자의 어깨 너머로 그를 보았다. 도와달라고 부르거나 어떤 방식으로든 도움을 청하지는 않았다. 그녀는 골목길에서 누구에게도 도움을 청한 적이 없었다. 그래야 나중에라도 실망할 일이 없었다. 게다가 지금은 심각하지도 않은 상황이었다. 일 분이면 끝날 일이다.

가까이 다가온 그가 머뭇거리며 그녀에게 물었다.

"좀 도와줄까요?"

"거기서 비키기나 해요. 이게 라디오 프로그램 오디션 같아 보여요? 팔다리에 알이 배겨서 못 움직이겠거든 경찰을 부르든지."

"아, 그럴 필요는 없어요."

그는 상황과 어울리지 않게 묘하게 겸손한 투로 말했다.

그녀는 그가 남자를 자기 쪽으로 돌려세우더니 주먹을 날린 것을 눈이 아니라 귀로 알아차렸다. 살이 없는 부위에 부딪혔는지 딱하는 소리가 난 걸 보니 턱을 날린 모양이었다. 맞은 남자는 비틀거리며 뒤로 물러서다 택시 뒤 범퍼에 부딪히고는 스르르 미끄러져 땅바닥에 한쪽 팔꿈치를 대고 엎드린 것도 아니고 똑바로 일어난 것도 아닌 자세로 무너졌다.

잠깐 동안 세 사람 모두 미동조차 하지 않았다.

무너졌던 남자가 잠시 후 끙끙대며 몸을 조금 세웠다. 그는 엉덩방아를 찧은 자세로 뒷걸음질을 치더니 나름대로 안전거리가 확보됐다는 판단이 선 때에야 일어서서는, 협박을 하거나 으르렁거리지도 않고 바지에 묻은 먼지를 털어가며 허둥지둥 도망쳤다. 그런 허세를 부릴 만큼 어리숙한 풋내기가 아니었다.

기사는 새롭게 등장한 상대와 택시를 이용할 생각이 있는지 묻는 눈빛으로 그녀를 한번 흘끗 쳐다보더니 가망 없다는 판단을 내렸는지 이내 쌩하니 사라졌다.

그녀는 전혀 호들갑스럽지 않게 감사의 뜻을 전했다.

"원래 그렇게 한참 기다리는 성격이에요?"

"특별한 친구인지 아닌지 알 수가 없어서요."

그는 변명조로 웅얼거렸다.

"특별한 친구면 퇴근하는 사람을 납치해도 된다는 말인가요? 당신은 그러는 모양이죠?"

그는 희미하게 미소를 지었다.

"나는 특별한 친구 없어요."

그녀는 딱딱하게 쏘아붙였다.

"우리 둘 다 똑같은 처지로군요. 그리고 나는 특별한 친구 같은 거 만들 생각도 없어요."

그녀는 뒤 문장을 특별히 강조하는 표정으로 노려보았다.

그녀가 더이상 협상의 여지도 없이 등을 돌리고 가던 길을 재촉하려는 기미를 보이자 그가 불쑥 내뱉었다.

"내 이름은 퀸 윌리엄스예요."

그러면 그녀를 잠깐이라도 더 붙잡을 수 있다고 생각한 걸까.

"만나서 반가웠어요."

말과는 다르게 반가운 목소리가 아니었다. 아연으로 도금한 카운터에 납 동전이 부딪혔다가 튕겨 나온 것 같았다.

그녀는 다시 발걸음을 재촉했다. 아니, 아무 일도 없었던 양 걸어갔다는 표현이 더 정확할 것이다.

그는 고개를 돌려 집적거리던 남자가 달아난 방향을 쳐다보고
는 물었다.

"한두 블록 정도 바래다드릴까요?"

그녀는 좋다고 하지도 딱 잘라서 싫다고 하지도 않았다. "다시
쫓아오지는 않을 거예요" 하고 끝이었다. 그는 이 어정쩡한 대답을
완벽한 동의로 해석하고, 예의상 일이 미터 정도 거리를 두고 나란
히 걸었다.

댄스홀 건물 근처에서부터 꼬박 한 블록을 걷는 동안 양쪽 다
말이 없었다. 그녀는 아무 말도 하지 않기로 결심했기 때문이었고,
그는 몇 번 말을 붙였다가 실패한 전적 때문에 쩔쩔매고 있었기 때
문이었다. 바래다주기라는 소기의 제안을 승낙받고도 그는 눈치를
보느라 무슨 말을 하면 좋을지 알 수 없었다.

길을 건널 때 그가 뒤를 돌아보는 것이 눈에 들어왔지만 그녀는
아무 말도 하지 않았다.

두 번째 블록을 지나는 동안에도 싸늘한 침묵은 계속됐다. 그녀
는 혼자 걷는 사람처럼 똑바로 앞만 쳐다보았다. 그녀가 바래다달
라고 하지도 않았으니 신세를 지고 있다고 할 수도 없었다.

두 번째 블록도 끝나고 네거리가 나왔다.

"나는 여기서 서쪽으로 가요."

딱 부러지게 말한 그녀는 그 자리에서 작별을 고하려는 의도를
은연중에 드러내며 옆으로 방향을 꺾었다.

그는 그녀의 암시를 곧바로 알아차리지 못했다. 뒤늦게 따라서 방향을 틀고 다시 나란히 걸으며 이 비슷한 소리를 우물거렸다.

"여기까지 왔으니 집까지 바래다드릴게요."

하지만 이 말을 하기 직전에 그가 뒤쪽을 또 흘끗거리는 것을 보았기에 그녀는 이렇게 쏘아붙였다.

"걱정 마요. 영영 사라졌으니까."

"누가요?"

그는 멍하니 되물었다가 말뜻을 이해하고는 "아, 그 작자 생각하는 게 아니에요"라고 했다.

그녀는 당장 걸음을 멈추었다. 최후통첩을 하기 위해서였다.

"이봐요. 내가 집까지 바래다달라고 한 거 아니잖아요. 바래다 주건 말건 마음대로 해요. 하지만 한 가지, 바래다줄 거면 머릿속을 비워요. 딴생각하지 말라고요."

그는 말없이 조건을 수락했다. 사람을 어떻게 보고 하는 소리냐고 항변하지 않았다. 그 점은 마음에 들었다. 한두 시간 전에 그녀의 영역으로 들어온 이래 처음이었다. 처음으로 호의적인 평가를 내릴 수 있었다. 하지만 그녀는 길에서 접근하는 남자들 모두에게 편견이 있었다. 오래전에 경험으로 터득한 편견이었다. 처음에 산뜻하게 구는 남자일수록 조심하는 게 상책이었다. 어느 정도 마음을 놓았다 싶으면 끈적끈적하게 돌변하는 경우가 많았다.

그들은 다시 일이 미터 거리를 두고 대화 없이 걸었다. 동시에 앞으로 걸어가고 있다는 것 말고는 둘 사이를 연결하는 끈이 아무 것도 없었다. 그녀는 이렇게 희한한 에스코트는 처음이었다. 앞으로 에스코트를 받을 때마다 이런 식이었으면 좋겠다는 생각이 들었다.

터널처럼 어두침침한 골목길이 나왔다. 9번가로 향하는 고가도로의 지선이 지나가던 곳이었다. 지금은 지선이 사라졌는데도 육십 년쯤 그 구속복을 입고 있던 탓인지 개발이 되지 않았다. 창문 없는 창고의 석판 같은 벽면, 시멘트 탱크처럼 생긴 유명 스케이트장의 둥그스름한 뒷면, 대공황으로 이가 빠진 건물의 행렬. 길모퉁이에 가까워질수록 빈자리는 많아졌다. 건물을 다시 짓지 못하고 주차장으로 쓰고 있었다.

드문드문 세워진 몇 안 되는 가로등이 파우더 통을 뒤집어서 흔들기라도 하는 것처럼 그들 위로 하얀색의 옅은 가루를 잠깐 뿌리다 어둠 속으로 숨기를 반복했다.

그가 마침내 입을 열었다. 그녀가 정확하게 기억하는 건 아니었지만 택시 앞에서 싸움이 있던 뒤로 그가 처음 걸어온 말 같았다.

"이 길을 밤마다 혼자 다녔다는 거예요?"

"왜요? 아까 그 길보다 못할 것도 없는걸요. 여기서는 잡혀봐야 지갑만 주면 그만이에요."

그녀는 "왜요, 무서워요?" 하고 덧붙이려다 참았다. 지금까지 그는 조소를 들을 만한 말이나 행동을 하지 않았을뿐더러, 항상 날을 세우고 있는 것도 피곤했다. 가만히 넘어가는 것도 괜찮은 기분이었다.

그가 뒤를 돌아보았다. 이번이 두 번째인가 세 번째였다. 돌아볼 만한 게 있었다 한들 그들이 지나온 어둠 속에서는 아무것도 보이지 않을 텐데.

이번에는 모른 척하지 않았다.

"뭐가 무서운 거예요? 그 작자가 칼이라도 들고 쫓아올까 봐요? 안 그럴 테니까 걱정 마요."

그는 놀란 표정이었다.

"아, 그자요? 그 남자 말이죠?"

그는 또다시 그녀와는 전혀 다른 세계에 있는 생각을 한 듯했다. 멋쩍은 미소를 지으며 목덜미를 문질렀다. 일부러 뒤돌아본 게 아니고 목덜미에 문제가 있어 그랬다는 것처럼. 잠시 후 그가 혼잣말처럼 설명했다.

"내가 그러는 줄도 몰랐네. 일종의 버릇인가 봐요."

신경쓰이는 일이 있는 게 분명해. 그녀는 속으로 중얼거렸다. 사람들은 보통 몇 걸음 걸을 때마다 뒤를 돌아보지 않는다. 그런데 신기하게도 그녀는 그를 믿었다. 좀 전에 주먹을 날려줘서는 아니었다. 뒤를 돌아보다 그녀에게 들킬 때마다 보인 반응이 믿을 만했기 때문이었다. 그가 경계하는 대상은 바로 뒤편의 길이나 거기 숨은 누군가가 아니라 좀더 보편적이고 광범위했다. 등뒤로 펼쳐진

밤 자체를 경계하는 것이었다. 밤이 지배하는 시간과 맨해튼섬만큼
이나 넓고 깊은 어둠, 양쪽 모두를 경계하는 것이었다.

이제 와 생각해보면 그가 댄스홀에서 티켓을 어마어마하게 사
놓고 오늘밤이 지나면 휴지조각이 되는 것처럼, 마치 두 번 다시 쓸
일이 없는 것처럼 내동댕이쳤던 것도 일맥상통하는 부분이 있었다.

그녀는 문득 생각나 물었다.

"내가 나왔을 때 계단 위에 서 있었잖아요. 기다리던 사람이 있
었던 거예요?"

"아뇨, 기다리는 사람 없었어요."

"그런데 왜 댄스홀이 문을 닫은 뒤에도 거기 서 있었어요?"

그녀는 그가 누굴 기다리던 게 아니라는 걸 알고 있었다. 댄스
홀의 문이 아니라 계단 아래쪽을 쳐다보고 있지 않았던가.

그가 대답했다.

"글쎄요. 그게…… 댄스홀이 문을 닫으니까 어디로 가면 좋을
지, 뭘 하면 좋을지 모르겠어서 그랬던 것 같은데요. 그러니까……
어디로 갈지 결정을 하느라고요."

그럼 왜 건물 앞이 아니라 현관 계단 위에 서 있었던 걸까? 남
들 같으면 건물 앞에 서서 고민하지 않을까? 그녀는 묻지 않았다.
이유가 바로 생각났기 때문이었다. 건물 안 현관에 서 있으면 밖에
서 보이지 않기 때문에 안전했다. 건물 앞, 바깥에 서 있으면 누군
가에게 들킬 염려가 있었다. 그를 찾는 사람이 있다면, 찾는 사람이

있다고 가정한다면.

하지만 굳이 묻지 않은 것은 누가 봐도 정황이 뻔해서라기보다 다른 이유 때문이었다. 마음의 문이 열려 있다는 사실을 알아차린 순간 그녀의 강철 내리닫이문이 끼이익 하고 귀에 거슬리는 소리를 내며 인정사정없이, 아무도 들이지 않을 기세로 닫혀버렸기 때문이다. 뭔 상관이람? 그래서 뭐? 알아서 뭐에 쓰려고? 왜 그러는지 굳이 알려고 하지 마. 네가 뭔데, 사회복지관의 간호사라도 되나? 누가 널 걱정해준 적은 한번도 없잖아?

쓸쓸한 침묵이 흐르는 동안 그녀는 호된 자책을 퍼부었다.

'아직도 넌 정신을 못 차렸구나? 이놈 저놈에게 모진 일을 당했어도 또 다른 남자가 나타나면 손을 내미는 거야? 어떻게 하면 정신 차릴래? 쇠파이프로 머리라도 한 대 때려줄까?'

다시 뒤를 돌아보는 그를 그녀는 그냥 내버려두었다.

널찍하지만 꾀죄죄하니 어두컴컴해서 음산한 분위기를 풍기는 9번가가 나왔다. 도로를 따라 쌩하니 내달리는 빨갛고 하얀 불빛들도 그런 분위기를 바꾸지는 못했다.

그들은 인도 끝에 발을 걸치고 잠깐 서 있었다. 끊임없이 이어지던 불빛들이 속도를 늦추고 두 개씩 짝을 이루어 각 교차로마다 기다랗게 굽이치며 싸구려 보석 띠를 만들었지만, 잠시 후면 좀 전처럼 뿔뿔이 흩어질 것이다.

그녀는 일찌감치 차도로 내려섰다. 순간 그가 움찔했다. 출발을 제대로 못 한 것이었다. 그뿐이었다.

"가요, 신호 바뀌었잖아요."

그녀의 말에 그는 곧바로 따라서 길을 건넜지만, 아무 이유 없이 움찔한 데서 심중이 드러났다. 결과가 있으니 이유 또한 있을 것이다. 밝혀내기만 하면 된다. 그때 그녀는 그가 멈칫한 이유를 알아차렸다. 신호등 때문이 아니라 길 건너편에서 순찰을 돌며 서서히 멀어져가던 경찰관 때문이었던 것이다.

경찰관의 행보를 좇다 그녀의 말을 듣고서야 신호등으로 옮겨진 시선을 보면 알 수 있었다.

철문은 끝끝내 열리지 않았다.

길을 건넌 두 사람은 인도로 올라가 입을 벌린 길을 따라 서쪽으로 계속 걸었다. 띄엄띄엄 세워진 가로등 세 개가 쏟아내는 창백한 불빛은 끝이 없어 보이는 이 길의 어둠을 희석하기에는 역부족이었다. 오히려 대조가 되며 어둠을 강조하는 역할을 했다. 봐, 빛이란 게 이런 거야, 희미한 불빛은 있어봐야 이래, 하고 말하는 듯했다.

근처에 강이 있다는 걸 알리는 듯 공기가 축축했다. 앞에 펼쳐진 밤거리 어디에선가 예인선이 우울한 경보를 울렸다. 그러자 뉴저지 쪽에서 또 다른 예인선이 화답했다.

"이제 다 왔어요."

"이 근처까지 와본 건 오늘이 처음이에요."

그가 고백했다.

"일주일에 오 달러 버는 사람이 강가에서 이보다 떨어져 살 능력이 되겠어요?"

그가 대꾸하지 않았는데도 그녀가 참지 못하고 덧붙였다.

"우울하면 언제든지 가셔도 돼요."

"우울하지 않습니다."

그는 예의 바르게 중얼거렸다.

그녀는 핸드백을 열고 안을 더듬었다. 열쇠가 있는지 미리 확인하기 위해서였다.

그녀가 동그란 가로등 불빛 한가운데서 걸음을 멈추자 그들 위로 폭포처럼 쏟아지는 먼지의 윤곽이 강조됐다. 그녀가 말했다.

"여기예요."

그는 멀뚱멀뚱 쳐다보고만 있었다. 바보 같은 표정이었다. 소를 닮기도 했다. 그녀와 헤어져 또다시 혼자가 되어야 하는 현실을 받아들이려고 애를 쓰는 듯한 표정이었다. 아무튼 다른 의도는 없었다. 음흉한 꿍꿍이속은 없었다.

그들 정면에, 아주 가까이에 건물 입구가 있었다. 문이 열려 있었지만 선뜻 들어가기는 힘들었다. 안쪽 깊숙한 데서 깜빡거리는 연노란색 불빛이 입구까지 닿지 않아서 그 사이가 칠흑같이 어두웠다. 그래도 아무것도 없는 것보다는 나았다. 어두컴컴하기만 했던 전에는 밤늦게 들어가기가 끔찍하게 무서웠다. 어느 날 밤 계단에서 칼에 찔린 사람이 나온 뒤부터 1층 계단 앞에 불이 생겼다. 이제는 누가 칼로 찌르는지 볼 수 있게 말이지. 그녀는 예전 일을 떠올리며 삐딱한 생각을 했다.

그녀는 작별 인사를 질질 끌지 않았다. 그가 마지막 몇 마디를 내놓지 못해 머뭇거리는 사이 이별을 통보했다. 얼른 거리를 벌려 손을 내밀어도 닿지 않는 곳으로 피하기 위해서였다. 경험으로 터득했다시피 군소리나 불평이 나오기 전에 해치우는 것이 상책이었다. 그래야 했다.

"잘 가요."

그녀는 인사를 던지고 그를 길가에 혼자 세워둔 채 훌쩍 건물로 들어갔다.

"또 만나요."

이어서 이렇게 말했지만 진심은 정반대였다. 그녀는 그를 다시 만날 일이 없을 테고, 그도 그녀를 다시 만날 일이 없을 테고, 두 사람은 이것으로 끝이었다.

그런데 그녀는 건물 안으로 완전히 들어가기 전에, 방금 전에 지나온 어둠을 그가 돌아보는 모습을 목격했다. 연애에 대한 관심은 찾아볼 수도 없이, 공포가 그의 정신을 온통 사로잡고 있었다.

그녀에게 그는 무엇이었을까? 반동강이 난 분홍색 댄스 티켓이었다. 십 센트당 이 센트씩 떨어지는 수고비였다. 한 쌍의 발이자 이름 없고 의미 없는 사람이었다.

그녀는 건물 안의 복도를 걸었다. 이제 혼자였다. 오늘밤 8시 이래 처음으로 혼자였다. 남자 없이. 그녀를 팔로 감싸 안은 사람 없이. 얼굴에 대고 숨을 쉬는 사람 없이. 혼자였다. 그녀는 천국에 대해 아는 게 없지만 죽어서 천국에 간다면 이렇지 않을까 싶었다. 남자 없이 혼자가 아닐까 싶었다. 그녀는 창백하고 피곤한 얼굴로 외로이 달린 전등을 지나 지저분한 계단을 올라가기 시작했다. 처음에는 꼿꼿하고 당당한 자세는 아니더라도 안정적으로 움직였다. 하지만 3층까지 올라간 다음부터는 앞으로 구부러진 몸이 좌우로 흔들렸고, 벽과 나무 난간에 의지해야 했다.

꼭대기 층에 다다랐을 때 그녀는 앞에 있는 문에 기대 죽어가는 사람처럼 한숨을 토하고 고개를 떨구었다. 바닥에 떨어진 무언가를 열심히 쳐다보는 것처럼 보였지만 아니었다. 그저 피곤할 뿐이었다.

그녀는 이내 재차 발걸음을 옮겼다. 이제 사소한 것 한 가지만 해치우면, 정말로 사소한 것 한 가지만 해치우면 끝이었다. 내일 밤 이 시각에 똑같은 행동이 반복되겠지만. 그녀는 고개를 숙인 채 열쇠를 꺼내 무작정 구멍에 넣었다. 문을 열고 열쇠를 뺀 다음 안으로 들어가서 문을 닫았다. 양손도 손잡이도 쓰지 않았다. 어깨를 대고 몸으로 밀어서 꽉 닫았다.

문에 기댄 채로 손을 뻗어 불을 켰다. 그러면서 당장은 눈앞의 광경을 보고 싶지 않은 사람처럼, 맞닥뜨리는 순간을 최대한 미루고 싶은 사람처럼 시선을 떨구었다.

여기였다. 여기가 집이었다. 여기가. 겨우 이런 데가. 짐을 싸서 집을 나와 찾아온 곳. 열일곱 살이었을 때 고대한 공간. 예쁘고 우아하게 자라서 도착한 공간. 온 사방이 파편투성이라 옴짝달싹하기도 힘들었다. 발목까지, 무릎까지 쌓인 파편들. 보이지는 않았다. 깨어진 꿈, 산산이 부서진 희망, 무너진 홍예문.

이곳에서 한밤중에 나지막이 소리 죽여 우는 날도 있었다. 더 끔찍한 날에는 메마른 눈으로 아무 느낌 없이, 세상만사 관심 없이 누워 있었다. 얼마나 오래 기다려야 이 시간이 지날까, 아주 오래 기다려야 할까 생각하면서. 그리 오래가 아니기를 바라면서.

그녀는 마침내 문짝에 기댔던 몸을 일으켜 모자를 벗고, 외투를 던지며 전등 쪽으로 다가갔다. 피곤에 절어 헬쑥한 얼굴로 걸어가는 동안 깨달음이 찾아왔다. 그렇다, 아주 오래 기다려야 할 것이다. 우라지게 유감스러운 일이지만.

의자에 쓰러지듯 앉아 더듬더듬 끈을 풀고 구두를 벗었다. 그녀가 집에 들어와 맨 처음 하는 일이었다. 발은 원래 그녀처럼 써서는 안 되는 거였다. 춤을 추더라도 기분 내키는 대로 즐겁게 한두 박자추다가 그치도록 만들어졌을 것이었다. 견딜 수 없을 만큼 무한한시간 동안 미친듯이 움직여서는 안 되는 거였다.

그녀는 발목 부분이 볼품없이 늘어진 펠트 슬리퍼 속으로 발을집어넣었다. 그다음 의자 등받이에 기대 고개를 젖히고 팔을 바닥으로 늘어뜨린 채, 몇 가지 사소한 일들을 처리하기 전까지 잠깐 동안 나른하게 앉아 있었다.

벽면에 놓인 침대 비슷한 물건은 수년간 여럿을 재우느라 지쳤는지 가운데가 움푹 꺼졌다. 그전에 이 침대를 썼던 사람들도 그녀처럼 눈물을 흘린 적이 있었을까? 그들은 지금 어디 있을까? 길모퉁이에서 비를 맞으며 라벤더 향주머니를 팔고, 새벽에는 사무실현관을 닦을까? 아니면 골치 아픈 문제들을 모두 내려놓고 뗏장으로 덮인 좀더 튼튼한 침대에서 영면을 취하고 있을까?

방 한복판 전등 밑에는 등받이가 곧은 의자가 딸린 탁자가 놓여있었다. 그 위의 편지 봉투에는 우표도 붙어 있고 주소까지 적혀 있어 편지지를 넣고 입구만 봉하면 언제든지 편지를 부칠 수 있었다.

수신인은 "아이오와 주 글렌폴스, 애나 콜먼 부인"이었다. 그 옆을 지키는, 안에 넣을 편지지에는 딱 세 단어가 적혀 있었다. "화요일. 사랑하는 엄마께" 하고는 끝이었다.

하도 익숙해서 눈을 감고도 쓸 수 있는 편지였다. "저는 잘 지내고 있어요. 제가 출연하는 쇼가 어찌나 인기가 많은지 자리가 없어서 돌아가는 관객들이 있을 정도예요. 제목이……". 이 대목에 다다르면 공연을 소개하는 칼럼에서 아무 작품이나 갖다붙일 것이다. "제가 맡은 역할이 크지는 않고 춤을 조금 추는 정도지만, 벌써부터 다음 시즌에는 대사 있는 역할을 주겠다는 이야기가 나오고 있어요. 그러니까 엄마, 걱정 마세요" 어쩌고저쩌고. 그런 다음, "제발이지 돈이 필요하지 않으냐는 둥 그런 말도 안 되는 소리는 하지 마세요. 오히려 제가 몇 푼 보내야죠. 수입도 넉넉한 마당에 더 많이 보내드려야 하는데 제 씀씀이가 조금 헤픈가 봐요. 이 업계에서 일을 하려면 외모도 가꾸어야 하고, 흑인 하녀를 거느리고 근사한 아파트에서 살아야 하다 보니 비용이 많이 들어요. 다음주부터는 허리띠를 졸라매볼게요". 그리고 고혈이 묻은 일 달러짜리 지폐를 두 장 동봉하기.

매번 비슷했으니 눈을 감고도 쓸 수 있었다. 내일 아침에 일어나서 마저 쓸까? 사흘 동안 그렇게 방치한 편지라 얼른 끝내야 했다. 하지만 오늘밤은 안 될 말씀이었다. 누울 수조차 없을 만큼 피곤하고 기진맥진한 날도 있는 법. 이때 펜을 들었다가는 암암리에

속내를 드러낼 수 있었다.

그녀는 의자에서 일어나 찬장처럼 꾸며진 벽 쪽으로 걸어갔다. 문도 없이 벽이 움푹 들어가기만 한 찬장이었다. 선반에 가스레인지가 놓여 있고, 고무관이 윗벽에서 튀어나온 노즐과 연결돼 있었다. 그녀가 성냥을 긋고 노즐을 열자 푸르스름한 불꽃이 느른하게 켜졌다. 찌그러진 양철 커피포트를 그 위에 얹었다. 집에서 나가기 전 몸을 움직이기가 괴롭지 않을 때 준비해놓은 것이었다.

그녀는 이제 원피스의 단추를 푼 후 벗으려고 어깨로 손을 옮겼다. 그러다 말고 퍼뜩 생각이 나서 길가에 면한 창문으로 고개를 돌렸다. 블라인드가 올려져 있었다. 그 창문으로 보이는 것이라곤 맞은편 건물의 지붕뿐인데, 가끔 거기까지 기어 올라가는 벌레 같은 인간들이 있었다. 지난여름에 추파를 던지는 휘파람 소리가 한 번 들린 뒤로 반드시 블라인드를 내렸다.

그녀는 원피스를 벗지 않고 창가로 다가갔다. 블라인드 줄을 잡고선 그대로 얼어붙었다.

아직 그가 거기 있었다. 건물 바로 앞에서 서성이고 있었다. 여기까지 함께 걸어왔던 그 남자가. 가로등 불빛에 비친 모습을 보니 틀림없었다.

남자는 길가에 서 있었다. 어찌할 바를 모르겠다는 듯이, 여기까지 왔는데 어디로 가야 할지, 어디로 걸음을 옮겨야 할지 모르겠다는 듯이. 그녀에게 버림받고 오도 가도 못하는 신세가 된 듯이.

꼼짝하지 않았지만 미동도 않는 건 아니었다. 움찔거리는 나침반처럼 자리에서 조금씩 움직였다.

서 있는 자세를 보면 알 수 있다시피 그녀 때문에 거기 있는 건 아니었다. 완벽하게 등진 건 아닐지 몰라도 그녀에게선 등을 돌린 채 길거리를 마주보고 서 있어서 옆모습이 보였다. 집을 알아내겠답시고 올려다보지도 않았다. 그녀가 사라진 건물 입구를 들여다보지도 않았다. 아주 가끔 멍하니 먼 곳으로 시선을 돌렸지만, 같이 있을 때도 그랬듯 두 사람이 걸어온 어두컴컴한 길과 그 너머를 열심히 쳐다볼 따름이었다. 불안과 걱정과 공포를 달래는 듯한 모습으로. 4층이라는 높이에서 내려다보아도 그의 온몸에서 풍겨 나오는 분위기를 모르려야 모를 수가 없었다. 분명 공포가 깃들어 있었다.

어떤 방향으로 해석하든 무단 침입으로는 볼 수 없었고 상관도 없는 일인데 짜증이 났다. 뭘 하는 걸까? 왜 다른 데로 가지 않고 저기서 섀도복싱을 할까? 하필 그녀의 집 앞에서 얼쩡거리는 이유가 뭘까? 그녀는 댄스홀과 연결선상에 있는 사람들을 깡그리 떨쳐내고 잊고 싶었다. 남자도 그들 중 하나였다. 있어야 할 곳으로 돌아가지 않는 이유가 뭘까?

그녀는 못마땅한 듯 입술을 일그러뜨리며 창문 아래쪽 창틀을 더듬었다. 어서 창문을 위로 들어올려서 연 후 고개를 내밀고 고함을 지를 작정이었다. "가요, 꺼지라고요! 가서 댁의 볼일이나 봐요! 거기서 뭐하는 거예요? 당장 안 꺼지면 경찰을 부를 거예요!" 그러면서 그녀가 익히 아는 말들로 악다구니를 퍼부으면 아무리 마뜩잖아도 그는 자리를 뜰 수밖에 없을 것이다. 안 그러면 뭣 때문에 소동이 벌어졌는지 알아보느라 온 사방의 창문이 열릴 테니까.

그런데 실행에 옮기기 전에 변화가 생겼다.

그가 다른 쪽으로 고개를 돌린 것이다. 여전히 길거리에 시선이 머물러 있기는 했지만, 이번에는 서쪽의 10번가와 그 너머였다. 끈질기게 한쪽 방향을 쳐다보다 잠깐 숨을 돌리는 휴식 시간인 셈이었다. 그런데 그가 갑자기 움찔하다 그치고 몸을 살짝 웅크리는 게 보였다. 뭣 때문에 그러는지는 창유리에 가로막혀 알 수가 없었다.

언뜻 본 게 무엇인지 순식간에 확인한 그는 쏜살같이 몸을 날려 시야에서 사라졌다. 창문 바로 아래의 어딘가였다. 방향으로 보건대 그녀가 있는 건물 안으로 피신한 게 분명했다.

그가 왜 황급히 몸을 숨겼는지 알 방법이 없었다. 그녀의 발밑으로 펼쳐진 거리에 인기척이라곤 전혀 없었고, 쓸쓸한 가로등 불빛이 조금 환하게 밝힌 곳 말고는 짙은 회색 어둠이 깔려 있었다.

그녀는 창문에 얼굴을 대고 창밖을 주시하며 기다렸다. 잠시 후, 뒤집힌 배처럼 생긴 새하얀 무언가가 까만 어둠 속에서 별다른 소리도 없이 불쑥 등장했다. 어쩌나 슬금슬금 움직이는지 정체를 파악하기까지 시간이 걸렸다. 야간 순찰을 도는 순찰차였다. 악당들을 불시에 덮치려고 경광등도 없이, 사이렌도 없이 순찰을 돌고 있었다.

특정한 목표물은 없었다. 남자는커녕 누구의 뒤를 밟는 것도 아니었다. 미적미적 움직이는 걸 보면 알 수 있었다. 돌아다니다 어찌어찌 흘러 들어온 것에 불과했다.

순찰차가 집 앞을 지나갔다. 그녀는 창문을 열고 처음 계획대로 강행할까 잠깐 고민했다. 고래고래 소리를 질러 순찰차를 세우는 거다. "저 아래 이 건물 입구에 어떤 남자가 숨어 있어요. 무슨 수작인지 물어보세요." 하지만 그러지 않았다. 왜 그래야 하나 싶었다. 그는 해코지를 하지도 않았고, 그녀가 아는 한 나쁜 짓도 저지르지 않았다. 편을 드는 게 아니었다. 그녀는 누구의 편도 아니었다. 남동생도 아니고 그녀가 그를 책임질 필요가 없었을 뿐이었다.

이제는 순찰차도 너무 멀리 있었다. 경찰들은 지나가면서 이쪽을 쳐다보지도 않았다. 보이지 않는 물결에 몸을 실은 배처럼 다음 네거리로 미끄러지듯 움직여 콩깍지처럼 작아지더니 오른쪽으로 방향을 틀어 시야에서 사라졌다.

그녀는 그가 다시 나올까 싶어 잠깐 기다렸다. 그런데 아니었다. 애초부터 사람이 없던 것처럼 길거리가 황량하기 그지없었다. 어디에 있는지는 몰라도 그는 용기를 잃어버렸는지 밖으로 나오지 않았다.

그녀는 결국 원래 계획대로 블라인드를 내렸다. 창가를 떠나 당장 옷을 벗지는 않았다. 문가로 걸어가 귀를 쫑긋 기울였다. 잠시 후 소리가 나지 않게 한 손으로 문 가장자리를 붙잡고 천천히 열었다. 그러고는 푹신한 슬리퍼로 발소리를 죽이며 황량한 복도로 나갔다.

그녀 말고는 어느 누구의 기척도 없었다. 위가 됐건 아래가 됐건 불청객의 기척은 느껴지지 않았다. 그녀는 충계참으로 걸어가 계단 난간 너머로 고개를 내밀고 세 층 내내 이어지며 엇갈리는 난간들의 틈으로 희미한 불빛이 비추는 1층을 내려다보았다.

여러 층의 계단이 겹쳐 보이는 위치라 아무것도 볼 수 없었다. 조금 앞쪽으로 자리를 옮기자 대각선으로 1층이 보였다.

거기 남자가 있었다. 첫 번째 충계참으로 이어지는 1층 계단의 중간쯤에 웅크리고 앉아 우울하게 난간에 기대고 있었다. 다리는 움츠려 접어 바로 아래 단에 놓았다. 모자는 벗었다. 분명 앉아 있는 계단에 얹어놓았을 텐데, 멀어서 보이지 않았다. 손만 움직일 뿐 다른 부분은 꼼짝도 하지 않았다. 깊숙한 곳이 근질거리는 사람처럼 머리만 계속 쓸어 올리고 또 쓸어 올렸다.

계속 앉아 있지는 않을 것이다. 밤새도록 그렇게 앉아 있지는 않을 것이다. 그런데도 그녀는 자신의 존재를 알렸다. 창밖을 바라보며 계획했던 것처럼 버럭버럭 고함을 지르지는 않았다. 생각이 달라진 것이다. 그가 무기력하게 속수무책으로 웅크리고 앉아 있어서 그랬을까? 아무도 모를 일이었다. 그녀조차 왜 그랬는지 알 수가 없었다. 그녀는 자신의 존재를 알리되 남들에게 그의 존재를 폭로하지 않았다. 최소한 그 정도 배려는 했다. 남을 배려하다니 오랜만의 일이었다. 배려해주는 사람을 만난 만큼이나 오랜만의 일이었다.

그녀는 입가에 힘을 주고 슬몃슬몃 휘파람 비슷한 소리를 냈다.

그는 당장이라도 벌떡 일어날 것처럼 깜짝 놀라 고개를 휙 돌리더니 위를 쳐다보고는, 얽혀 있는 난간 속 운하 같은 구멍 사이로 그녀의 얼굴을 확인했다.

그녀는 위쪽으로 두세 번 고갯짓을 했다. 위로 올라오라는 무언의 신호였다. 그는 잠자코 벌떡 일어섰다. 그의 모습이 잠깐 시야에서 사라졌고 한꺼번에 두세 계단씩 허둥지둥 올라오는 소리가 들렸다. 잠시 후 그는 마지막 굽이를 돌아 맨 꼭대기 계단에 모습을 드러내더니 숨을 헐떡이며 그녀 바로 앞에 멈추어 섰다. 그녀를 쳐다보며 이유를 묻는 듯한 눈에는 이런 상황에서 그를 불렀으니 희소식을 들려주지 않을까 기대하는 기색도 섞여 있었다.

어쩐 일인지 전보다 어려 보였다. 댄스홀에서 생각했던 것보다 더했다. 댄스홀에서는 조명과 분위기 때문에 모두들 실제보다 음흉하고 나이들어 보였다. 달라진 건 그가 아니라 그의 인상이었다. 하릴없이 계단에 앉아 있는 걸 보고 난 뒤로 느낌이 달라졌나? 누구든 결국에는 상대방을 있는 그대로 받아들이기보다 자기만의 필터로 걸러서 보기 마련이다.

"도대체 왜 그래요? 무슨 생각으로 그러는 거예요?"

그녀는 일부러 까칠하게 물었다. 계단에 그냥 앉아 있게 두지 않고 불러서 물어볼 만큼 관심이 있다는 걸 감추기 위해서였다. 스스로 정한 규칙을 깨뜨리는 상황이니 최대한 퉁명스럽게 대해야 했다.

그는 심하게 말을 더듬으며 "저기…… 왜…… 왜 그러시는지 모르겠네요" 하고 대답했다. 그러더니 호흡을 가다듬고 다시 입을 열었다.

"저 아래서 잠깐 쉬고 있었을 뿐이에요."

그녀는 매몰차게 대꾸했다.

"아, 그러세요? 새벽 2시에 아무 생각 없이 남의 집 계단에서 쉬고 있었다고요? 그랬겠죠. 이제 알겠네요. 어쩐지 수상하더라니. 여기까지 오는 내내 뒤를 흘끔거렸죠? 모르는 줄 알았어요? 내가 그 건물에서 나올 때 현관 구석에서 얼쩡대고 있었던 것하며……."

그는 이제야 난간을 발견한 듯이, 없던 것이 등장하기라도 한 듯이 계속 내려다보았다. 그러면서 아무리 애를 써도 깨끗해지지 않는 부분을 닦는 사람처럼 손바닥으로 난간을 문지르고 또 문질렀다.

그가 시시각각으로 점점 더 어려졌다. 이제는 스물셋 정도로 보였다. 너무 낮게 잡았을 수도 있다. 댄스홀에서 맨 처음 보았을 때는……. 뭐, 추잡한 인간들은 나이라는 게 없었다. 댄스홀에서 상대방의 나이까지 알고 싶지는 않았다.

"이름이 뭐라 그랬죠? 좀 전에 들었는데 잊어버렸네."

"퀸 윌리엄스요."

"퀸? 그런 이름은 처음 듣네."

"어머니가 결혼 전에 쓰던 이름이었어요."

그녀는 눈썹을 올렸다 내렸다. 이름이 아니라 그전까지 하던 이야기 때문이었다. 그녀는 대수롭지 않다는 듯이 일축했다.

"뭐, 마음대로 갖다붙여요. 당신 이름이니까. 당신이 그렇다면 그렇겠죠."

방안에서 무언가가 신경을 건드렸다. 조그맣게 달그락거리는 소리가 들렸던 것이다. 오랜 경험상 무슨 소리인지 당장 알아차린 그녀는 그를 밖에 세워둔 채 말없이 쌩하니 들어가 가스레인지를 껐다. 깜빡이던 파란색 왕관이 사라지자 달그락거리던 소리도 잦아들었다.

그녀는 양철 커피포트를 집어 탁자로 옮겼다. 문이 계속 열려 있어 닫으러 걸어갔다.

계단 쪽으로 살짝 물러선 그가 방금 전 모습 그대로 서 있었다. 수동적이고 자포자기한 분위기였다. 난간을 계속 손으로 문지르며 스스로를 내려다보고 있었다.

그녀는 문을 붙잡고 가만히 서 있었다. 멍청한 것. 그녀의 머릿속에서 설전이 펼쳐졌다. 아직도 정신 못 차렸니? 지금 생각하는 그게 정말 최선이야? 그녀는 그 소리를 무시하고, 마음먹은 대로 강행했다. 그러면서 자기변명을 늘어놓았다. 내 안에 일말의 친절이 남아 있거든. 마지막 남은 한 조각을 마저 꺼내서 처분해버려야 속이 시원해질 거야.

그녀는 또다시 퉁명스럽게 고압적으로 고개를 까딱였다.

"커피 끓였어요. 잠깐 들어와요. 커피 줄 테니까."

그는 계단을 올라왔을 때처럼 선뜻 다가왔다. 보아하니 옆에서 용기를 북돋워줄 사람이 필요했던 눈치였다. 더구나 말 상대가 고팠던 듯했다.

하지만 그녀는 그가 다가와도 열린 문 앞을 가로막고 있는 팔을 내리지 않았다. 그녀가 섬뜩한 목소리로 말했다.

"하나만 말해둘게요. 커피 한잔 같이 마시자는 거지 다른 의도는 전혀 없어요. 설탕도 없고요. 너무 흘끗거리면……."

"그럴 생각 전혀 없어요."

그가 특이하게 고분고분한 목소리로 대꾸했다. 그녀는 남자도 그런 목소리를 낼 수 있다는 걸 처음 알았다.

"남자들은 상대방이 어떤 의도에서 하는 말인지 척 보면 알 수 있거든요."

"안경을 써야 하는 남자들이 얼마나 많은지 알고 나면 깜짝 놀랄걸요?"

그녀가 뚱하니 대꾸하며 팔을 내리자 그가 안으로 들어왔다. 그녀는 문을 닫았다.

"조용조용 말해요. 옆방에 늙은 박쥐가 살거든요. 저 의자에 앉아요. 나는 이쪽 의자를 가져다 앉을 테니까. 옮기는 도중에 박살나지 말아야 할 텐데."

뻣뻣하게 자리에 앉은 그를 향해 그녀는 생색을 냈다.

"모자는 저쪽 침대에 벗어놔요. 침대까지 팔이 닿을지 모르겠지만."

그는 앉은자리에서 탁자와 커피포트 너머로 불안하게 손을 뻗어 침대에 무사히 모자를 얹었다.

두 사람은 모자가 침대 위로 착륙하는 광경을 지켜보다 고개를 돌리고 서로를 쳐다보며 머뭇머뭇 미소를 지었다. 잠시 후 그녀가 정신을 차리고 얼른 정색을 하자, 그의 미소도 쓸쓸히 사라졌다.

그녀는 그를 안으로 들일 만큼 물러터진 성격을 변명하듯 말했다.

"이걸로 커피를 1인분만 끓이지는 못하거든요. 1인분만 끓였다가는 뚜껑이 천장으로 날아갈 거예요."

그녀는 잔과 잔받침을 한 개씩 더 들고 왔다.

"울워스 백화점에서 두 세트를 묶어 오 달러에 파는 바람에 잔이랑 잔 받침이 하나씩 더 있는 거예요. 두 세트를 사거나 돈을 조금 날려야 했으니까."

그녀가 잔을 뒤집어 흔들자 안에서 지푸라기 같은 게 몇 가닥 떨어졌다.

"오늘 처음 쓰는 거라서요. 물로 헹구는 게 좋겠네."

찬장 역할을 하는 선반 밑에 푸르스름하게 곰팡이가 낀 수도꼭지가 숨어 있었다. 그쪽으로 잔을 들고 간 그녀는 등을 돌리고 말했다.

"먼저 드세요. 기다리지 말고."

그가 만듦새가 좋지 않은 커피포트를 덜거덕거리며 드는 소리가 들렸다. 그리고 잠시 후 쿵 하고 내려놓는 소리가 났는데, 얼마나 세게 내려놓았는지 탁자에 놓여 있던 잔까지 덜걱거렸다. 동시에 의자에서 삐거덕거리는 소리가 났다.

그녀는 잔을 위아래로 흔들며 물기를 털다 말고 고개를 홱 돌렸다.

"왜 그래요, 데었어요? 커피가 튀었어요?"

그의 안색이 하얗게 질렸다. 고개를 저으면서도 다른 데 정신이 팔려 그녀를 쳐다보지도 않았다. 내려놓은 커피포트를 여전히 붙잡고 있었다. 다른 손으로는 그녀가 어머니에게 보내려던 편지 봉투를 들고 어안이 벙벙한 듯 쳐다보고 있었다. 어떻게 된 영문인지는 한눈에 알 수 있었다. 커피포트를 봉투 위에 얹는 바람에 둘이 들러붙었다. 그는 봉투를 떼어내다 뭔가를 발견하고 화들짝 놀란 모양이었다.

그녀는 탁자 옆으로 돌아가 물었다.

"왜 그래요?"

봉투를 든 그가 그녀를 올려다보았다. 말을 하기 전에도, 후에도 벌린 입을 다물지 못했다.

"여기 정말로 아는 사람이 살아요? 아이오와 주 글렌폴스에? 편지를 거기로 보내려는 거 맞아요?"

그녀는 딱딱하게 되물었다.

"네, 왜요? 그렇게 적혀 있잖아요. 우리 어머니한테 보내는 편지예요.”

말투가 슬금슬금 반항조로 변했다.

“왜요, 거기가 뭐 어때서요?”

그는 고개를 저었다. 그러면서 천천히 일어서다 중간에 생각이 바뀌었는지 다시 앉았다. 그러는 내내 그녀를 뚫어져라 쳐다보다 말했다.

“진정이 안 되네.”

그는 숨을 헐떡이며 이마를 더듬었다.

“나도 거기 출신이에요! 내 고향이라고요! 떠나온 지 겨우 일 년쯤 됐는데…….”

그는 못 믿겠다는 듯 언성을 높였다.

“당신도 거기 출신이라는 거예요? 미국 방방곡곡에 작은 도시가 수백 개도 넘는데…… 우리 둘 다…….”

“거기 토박이예요.”

그녀는 조심스럽게 시인했다. ‘나도’라는 단어는 쓰지 않았다. 경계의 끈을 놓지 않고 그의 맞은편에 앉았다. 그가 내뱉은 첫마디를 듣는 순간 의혹이 전류처럼 온몸을 타고 따다닥 흘렀다. 학습 효과였다. 그녀는 어떤 상황, 어떤 경우에서든 아무도 믿으면 안 된다는 교훈을 터득했다. 그래야 속지 않을 수 있었다. 뭘까? 무슨 수작일까? 마을 이름은 봉투를 보고 알았을 것이다. 위에 훤히 적혀 있으니까. 거기까지는 유추가 가능했다. 그런데 그걸로 무슨 일을 벌

이러는 걸까? 노리는 게 뭘까? 의도가 뭘까? 육체적인 접촉일까? 고향에 대한 애정을 부추기다 그녀를 제압할 생각인가? 이 기분에서 벗어나 정신 차리기 전에? 한 가지 사실만큼은 분명했다. 그들의 수법이라면 전부 알고 있다고 생각했건만, 이건 새로운 수법이었다.

잠깐, 그런데 무방비한 상태잖아? 내 쪽에서 선수를 칠 수 있겠다.

"글렌폴스 출신이란 말이죠."

그녀는 그의 표정을 살폈다.

"어느 동네에서 살았어요?"

그녀는 손가락으로 탁자를 두드리며 시간을 재기로 했다. 그 손끝이 탁자에 닿기도 전에 대답이 튀어나왔다. 심지어 탕 하고 시작을 알리는 총소리가 울리기도 전에 튀어나왔다.

"앤더슨 애비뉴요. 파인 스트리트와 만나는 모퉁이에서 오크 스트리트 방향으로 내려가자마자 나오는 두 번째 집이었어요······."

그녀는 표정을 유심히 관찰했다. 고민하는 얼굴이 아니었다. 자기 이름을 밝히듯 자연스러웠다.

"거기 살 때 코트하우스 스퀘어에 있는 비주 영화관 가본 적 있어요?"

이번에는 시간이 걸렸다. 그가 멍하니 말했다.

"내가 거기 살 때는 비주라는 영화관 없었는데요. 스테이트하고 스탠더드, 두 군데밖에 없었어요."

"알아요."

그녀는 나지막이 중얼거리며 자기 손을 내려다보았다.

"그런 영화관 없는 거 나도 알아요."

그녀는 살짝 떨리는 손을 탁자 밑으로 감추었다.

"철도 위를 가로지르는 철교가 어느 도로하고 이어져 있죠? 그러니까 철교가 어느 도로에서 어느 도로로 이어지나요?"

거기 출신들만, 거기서 반평생을 산 사람들만 대답할 수 있는 질문이었다.

"특정한 도로랄 게 없잖아요."

그는 단박에 대답했다.

"메이플 스트리트랑 심슨 스트리트 사이에 어정쩡하게 설치해놓아서 철교를 건너려면 보행자용 통로를 따라 한참 걸어가야 하잖아요. 그래서 오래전부터 원성이 자자했던 거 알지 않아요?"

그렇다, 알고 있었다. 문제는 그도 안다는 거였다.

그가 말했다.

"지금 얼굴이 어떤지 알아요? 점점 하얘지고 있어요. 방금 전에 나도 엄청 놀랐는데."

그러니까 진짜였다. 확률상 있을 수 없는 일이 벌어진 것이다.

그녀는 의자에 앉아서 두 팔을 뻣뻣하게 팔걸이에 얹었고, 다시 말할 수 있게 되자 나지막이 속삭였다.

"내가 어디 살았는지 알아요? 어디 살았는지 알고 싶어요? 에밋 로드예요! 거기가 어딘지 알죠? 왜, 앤더슨 애비뉴 다음이잖아요. 끝이 막다른 골목이고. 우리 둘이 살던 집이 등을 맞대고 있었겠어요. 딱 붙어 있지는 않았겠지만."

그녀는 말을 멈췄다가 혼잣말처럼 중얼거렸다.

"그런데 거기 살 때는 왜 서로 몰랐을까?"

"나는 일 년 전에 여기로 건너왔어요."

그가 날짜를 되짚었다.

"나는 오 년 전요."

"우리 가족은 아버지가 돌아가신 뒤에 앤더슨 애비뉴로 이사했으니 거기 산 지는 이제 이 년이 조금 넘었어요. 그전에는 마버리 근처에 있는 농장에서 살았고……."

그녀는 칼 같은 위치 확인에도 여전히 황홀한 기분이 깨어지지 않아 기쁜 마음에 얼른 고개를 끄덕였다.

"그래서 그랬구나. 당신네 가족이 시내로 이사했을 때 나는 이미 여기서 살고 있었으니까요. 지금은 우리 가족과 당신네 가족이 아는 사이일지 모르겠네요. 서로 뒷집에 사는 셈이니까요."

"그렇겠죠, 그럴 거예요. 어떤 모습일지 상상이 되네요. 저희 엄마가 예전부터……."

그러더니 그는 말을 멈추고 당면 과제를 해결하러 나섰다.

"당신 이름이 뭔지 못 들었네요. 나는 이름을 알려줬는데."

"아, 말 안 했던가요? 오래 알고 지낸 사이 같은 기분이 들어요, 안 그래요? 내 이름은 브리키^Bricky 콜먼이에요. 본명은 루스인데, 다들 브리키라고 불러요. 심지어 가족들까지. 어렸을 때는 끔찍하게 싫었는데 지금은 그립네요. 왜 그런 별명으로 불렸는가 하면……."

"알아요. 벽돌^Brick 같은 적갈색 머리 때문이었겠죠."

그가 대신해서 마무리를 지었다.

그가 손바닥을 위로 펼친 손을 탁자 위로 슬금슬금 내밀었다. 면박을 당하면 얼른 도로 거두려는 듯 조심스럽기 그지없었다. 그녀도 똑같이 조심스럽기 그지없게 손을 내밀었다. 손과 손이 만나자 맞잡고 악수를 한 뒤 다시 놓았다. 사소한 의식을 마친 그들은 탁자를 사이에 두고 어색하게 미소를 지었다.

"안녕하세요."

그가 쭈뼛쭈뼛 중얼거렸다.

"안녕하세요."

그녀도 조그만 목소리로 인사를 건넸다.

딱딱한 분위기는 금세 사라졌고, 두 사람은 다시 공통의 관심사에 열을 올렸다.

그가 말했다.

"지금쯤은 양쪽 집안 식구들이 분명 만났을 거예요."

"잠깐만요. 윌리엄스라는 성을 가진 사람이야 흔하지만…… 혹시 주근깨가 많은 동생 있어요?"

"있어요, 동생 조니요. 아직 어려요. 열여덟 살이에요."

"조카 밀리가 요즘 만나는 남자가 그 아이인 것 같아요. 밀리도 열여섯 살인가, 열일곱 살밖에 안 됐거든요. 가끔 보내는 편지에서 새로 사귄 남자친구 이야기를 한 적이 있는데, 이름은 조니고 모든 게 완벽하지만 주근깨가 문제라며 나중에 없어졌으면 좋겠다고 했어요."

"하키한대요?"

그녀는 비명을 질렀다.

"제퍼슨 고등학교 하키 팀이에요!"

"그럼 조니 맞아요. 분명해요."

두 사람은 놀라움에 넋을 잃고 고개만 절레절레 저었다.

"세상 참 좁기도 하지!"

"그러게요!"

이제는 그녀 쪽에서 그를 쳐다보고 있었다. 열심히 뜯어보고 생김새를 머릿속에 담으며 처음으로 자세히 들여다보았다. 온갖 곳에서 볼 수 있는 모슬린 천처럼 멋들어진 구석 하나 없이 예사로운 풋내기였다. 그냥 옆집에 살 법한 남자아이였다. 정말로 옆집 남자아이였지만. 소도시에 사는 여자아이들의 인생에 한 명씩 존재할 듯한 남자아이였다. 그리고 여기 있었다. 그녀의 남자가. 좀더 진득하니 기다렸더라면 그녀의 것이 되었을 남자가.

그에게는 눈에 띄는 데가 없었다. 옆집 남자아이들은 원래 그렇다. 너무 가까이에 있다 보니 뭐가 어떤지 잘 볼 수 없다. 늠름하지도 않고 낭만적이지도 않다. 그런 것들은 항상 멀리서 보아야 눈에 들어오는 법이다. 하지만 그는 말쑥했다. 댄스홀에서는 왜 몰랐을까? 막 홀로 걸어 들어왔을 때 왜 몰랐을까? 하기야 티켓 한 장, 한 쌍의 발에 불과한 사람에게서 무엇을 볼 수 있었을까마는.

그들은 꿈을 꾸듯 반쯤 눈을 감고, 한동안 소곤소곤 고향 이야기를 나누었다. 창문을 넘어 방안으로 고향을 불러들였다. 어두컴컴한 창밖에서 얼쩡거리는 뉴욕은 저멀리 쫓아버렸다. 밤하늘을 배경으로 우뚝 선 패러마운트 빌딩 시계가 사라지고, 고향 마을의 광장 옆 작고 하얀 교회 뾰족탑에 걸린 시계가 부드럽고 달콤하게 시간을 알리는 소리가 들리는 듯했다. "이제 그만 자. 내가 지켜봐주고 있잖아. 여기가 네가 있어야 할 집이야. 이제 그만 자. 이제는 안전해. 내가 망을 보고 있잖아"라고 속삭이는 소리가.

한동안 고향 이야기가 이어졌다. 처음에는 느릿느릿, 부자연스럽고 어색하게 시작됐지만 열기를 더해가며 술술 거침없이 이어져 각자의 관계와 처지도 잊었다. 대화가 아니라 혼잣말에 가까운 이야기를 이어나갔다. 추억의 강물이 둘 사이에 줄기를 이루어 흐르기까지, 서로 박자를 맞춰가며 점점이 흩뿌려진 기억들을 번갈아 길어 모았다.

"마커스 백화점 앞 보도에 깔아놓은 널빤지는 가장자리를 밟으면 뒤집어졌잖아요. 그거 아직도 안 고쳤을 거예요!"

"팝 그레고리의 사탕 가게는 어떻고요. 신상품에 이런 이름을 갖다붙였잖아요. '디럭스 오리엔탈 딜라이트 선디'라거나."

"메인 스트리트 남쪽의 엘리트 드러그스토어도 끝내줬고."

"거기 현관 옆 차고에는 나팔꽃이 피었죠."

"여름이면 어느 집이나 현관에 해먹을 달았잖아요. 저녁이면 레모네이드를 한 잔 따라서 바닥에 갖다 놓고 누워서 나른하게 흔들흔들. 당신은 레모네이드 마셨어요? 나는 항상 마셨어요."

"밤이면 음악 소리 하나 들리지 않았죠. 쥐죽은듯이 고요했어요."

"제퍼슨 고등학교는 한 블록을 다 차지한 티끌 하나 없는 화강암 건물이잖아요. 나는 그게 세상에서 제일 큰 건물인 줄 알았어요. 당신도 제퍼슨 고등학교에 다녔나요?"

"그럼요. 다들 그 학교 다니지 않았나요? 학교 정면의 계단 옆으로 반질반질한 돌이 붙어 있죠. 계단을 따라 사선으로요. 매번 그걸 타고 내려갔었어요."

"나도요. 그때도 엘리엇 선생님 계셨죠? 고급 영어 수업을 엘리엇 선생님한테 들었어요?"

"그럼요. 모두가 엘리엇 선생님한테 고급 영어 수업을 듣잖아요. 선택의 여지가 없잖아요."

그녀는 살짝 가슴이 아팠다. 옆집에 살았던 남자아이를 오 년이 지난 지금, 삼천이백 킬로미터 떨어진 곳에서 만나다니. 진작부터 알고 지냈어야 하는 아이인데.

"아침에 길을 걸을 땐 길 건너편에서 사람들이 인사를 건네죠. 한 번도 만난 적 없는 사인데도 말이에요."

"해가 지면 음악 소리가 끊기고요. 슬라이드식 트롬본이 들쭉날쭉 빵빵거리지도 않고. 귀뚜라미 같은 벌레들이라면 모를까, 음악 소리는 안 들리잖아요. 절대로."

"겨울이면 도톰하고 폭신폭신한 눈이 사방을 마시멜로처럼 덮고."

"하지만 봄이 더……! 겨울, 가을, 심지어 여름도 말 않고 지나갈 수 있어요. 하지만 봄은! 길가의 나무에서 연분홍색 꽃들이 터져 나와, 걷다 보면 도러시 그레이의 사과꽃 향수를 막 뿌린 듯한 느낌이 들잖아요."

"골목 이쪽을 보나, 저쪽을 보나 어렸을 때부터 알고 지냈던 사람들이 살고 있죠. 내게 관심을 가져주는 사람들이. 아프면 젤리를 들고 찾아올 사람들이. 나이들어 어쩌다 땡전 한푼 없는 신세가 되더라도 기꺼이 돈을 빌려줄 사람들이……."

"그런데 지금 우릴 봐요."

그녀는 팔짱 낀 채 탁자에 올려놓았던 두 팔 위로 목이 부러지기라도 한 것처럼 툭 고개를 떨구었다. 그러고는 주먹으로 두 번 세 번 하릴없이 탁자를 두드렸다.

"고향."

목메어 중얼거리는 소리가 그의 귓가에 들렸다.

"내가 있어야 할 곳은 고향인데…… 우리 엄마를 보고 싶은

데……."

그녀가 고개를 들었을 때는 그가 서 있었다. 그녀가 다른 곳을 쳐다보는 사이에 그녀를 달래려고 손을 내밀었다 어찌할 바를 모르고 포기한 눈치였다. 어정쩡하게 든 손을 보면 알 수 있었다.

그녀는 젖은 눈가를 보이고 싶지 않아 웃으며 눈을 깜빡이고는 쉰 목소리로 말했다.

"담배 한 대만 줘요. 울고 나면 꼭 한 대씩 피우거든요. 왜 그랬는지 모르겠네. 남 앞에서 눈물 흘린 거 몇 년 만에 처음이에요."

그는 못 들은 척했다. 그녀가 억척같은 여자로 돌아간 척 연기를 할 수 있게 담배를 주지 않았다.

"다시 내려가지그래요?"

이렇게 묻는 그가 도로 나이들어 보였다. 이번에는 그녀가 어려졌기 때문인지도 모른다. 도시 생활은 사람을 늙게 만들었다. 고향에 머물면 젊음을 유지할 수 있다. 고향 생각만 해도 잠깐 동안 조금 어려질 수 있었다.

그녀는 대꾸하지 않을 참이었다. 다시 내려가라니. 그런데 알고 보니 그는 일단 시작하면 끝을 보는 성격이었다.

"그러면 되잖아요. 다시 내려가면 되잖아요."

그녀는 무뚝뚝하게 되물었다.

"내가 그 생각을 안 해봤을 것 같아요? 차비를 얼마나 열심히 계산했는지 거꾸로도 읊을 수 있을 지경이에요. 찾아가서 몇 번을 물었는지 버스 시간표를 외울 지경이라고요. 차는 하루에 한 대뿐이에요. 오전 6시에 출발하죠. 시카고에서 하룻밤 머무르는 저녁 출발 버스도 추가로 있긴 하지만, 시카고든 어디든 하룻밤 머무르고 나면 기운을 잃을 거예요. 되돌아서 올 게 뻔해요. 난 알아요. 어떻게 아느냐고 묻지 마요. 그냥 아니까. 한번은 가방을 싸가지고 터미널까지 가서 첫차를 기다린 적이 있어요. 그런데 버스를 못 탔어요. 막판에 도망쳤어요. 표를 환불하고 나를 질질 끌고 돌아왔어요."

"왜요? 그렇게 가고 싶어 하면서 못 가는 이유가 뭐예요? 뭣 때문에 망설이는 거예요?"

"성공하지 못했잖아요. 잘되지 못했잖아요. 식구들은 내가 으리으리한 브로드웨이 작품에 출연하는 줄 아는데. 나는 돈 받고 춤 상대를 해주는 사람에 불과해요. 플로어에서 이리저리 끌고 다니려고 빌리는 자루예요. '사랑하는 엄마께', 이 말이 전부인 편지지 보이죠? 편지도 이유 중 하나예요. 그동안 고향에 써 보낸 내용들 때문이기도 하다고요. 이제는 내려가서 가족들 얼굴을 쳐다보며 잘 안 됐다고 고백할 엄두가 안 나요. 엄청 용기를 내야 하는 일인데 용기가 안 난다고요."

"가족이잖아요. 식구잖아요. 이해할 거예요. 누구보다 먼저 마음을 어루만지고 힘을 북돋워줄 거예요."

"알아요. 엄마한테는 다 털어놓을 수 있어요. 엄마가 아니라 친구들과 이웃 사람들이 문제예요. 편지에 적은 내용대로 엄마가 몇 년째 자랑을 늘어놓고 있을 텐데…… 어떤 식인지 알잖아요. 그래요, 엄마랑 가족들은 아무 말 없이 내편을 들어줄 거예요. 하지만 그런다고 가슴 아파하지 않겠어요? 그건 싫어요. 자랑스러워할 만한 사람이 돼서 내려가고 싶다고요. 그 둘은 서로 엄청나게 다르잖아요."

그녀는 그를 올려다보며 고개를 저었다.

"이게 다도 아니에요. 가장 큰 이유도 아니고요."

"그럼 뭔데요?"

"말 못 해요. 들으면 웃을 테니까. 이해 못 할 테니까."

"왜 웃을 거라고 생각해요? 왜 이해 못 할 거라고 생각해요? 같은 마을 출신이잖아요. 당신처럼 지금은 이 도시로 올라왔고요."

"그럼 말할게요. 이 도시 때문이에요. 당신한테는 이곳이 지도상의 한 점에 불과하죠? 하지만 내 눈에는 원수예요. 진짜예요. 이 도시는 악질이에요. 사람을 잡아먹어요. 지금 이 도시가 내 목을 조르고 있어요. 그래서 도망치지 못하고 붙잡혀 있는 거예요."

"집이며 돌과 시멘트로 만든 건물에 팔다리가 달려서 당신을 붙잡는 것도 아니잖아요."

"그러게 이해 못 할 거라고 했잖아요. 물론 팔다리는 없죠. 하지만 많은 건물들이 떼로 모이면 뭔가를 공기 중에 발산하게 되어 있어요. 근사한 용어로 뭐라고 하는지 모르겠지만, 그렇게 탄생된 어떤 지적인 존재가 도시 상공을 떠다니죠. 비열하고 음흉하고 사악한 존재예요. 오랫동안 그 기운을 너무 많이 들이마시면 몸속으로 스며든 기운이 사람을 좀먹어요. 그러면 그 사람은 망가져서 도시의 노예가 되고 말죠. 앉아서 기다리는 것 말고는 아무것도 할 수 없어요. 시간이 지나면 원하지도 않았던 모습, 상상하지도 못했던 모습으로 바뀌어버리고요. 그렇게 되면 엎질러진 물이에요. 고향이든 어디든 아무데도 갈 수가 없어요. 도시가 빚어낸 모습대로 계속 사는 수밖에."

그는 대꾸 없이 쳐다보기만 했다.

"섬뜩하게 들리겠죠. 안 믿는다는 거 알아요. 하지만 내 말이 맞아요. 내가 느꼈거든요. 생각할 줄 아는 지적인 존재가 이 도시 위를 떠다니고 있어요. 쥐를 상대하는 고양이처럼 나를 지켜보고, 가지고 놀면서. 버스 터미널처럼 먼 곳으로 도망쳐도 가만히 보고 있다가…… 이제 성공이다, 달아날 수 있겠다 하는 생각이 드는 순간 손을 뻗어 다시 끌고 가요. 나는 마음대로 사는 것 같지만 아니에요. 스스로 생각을 바꾼 줄 알겠지만 아니에요. 도시에서 피어오른 연기가, 안개가…… 뭐라고 표현하는 단어가 있는데 생각이 안 나네요. 그 기운이 몸속에 스며들어 나를 좌우하는 거예요. 소용돌이 비슷하다고 해도 되겠네요. 소용돌이에서 벗어나려 하지 않고 한복판에 가만히 앉아 있으면 아무것도 못 느끼잖아요. 하지만 벗어나려고 바깥쪽으로 움직여보면 도로 안으로 빨려 들어가죠. 모르면서 하는 말 아니에요. 잡아당기는 힘을 느낀 게 한두 번이 아니었어요. 헤엄을 치는데 밑에서 강한 물살이 느껴지는 순간 있잖아요. 보이지는 않지만 나를 당기는 물살이 느껴지는 거. 나 말고는 아무도 물살의 존재를 알지 못하죠. 그럴 수밖에 없어요. 밑에서 당기는 게 나니까. 그러니까 혼자서는 벗어날 수 없어요. 무슨 말인지 알겠어요?"

그녀는 그가 무슨 말을 하려는지 알지만 듣고 싶지 않다는 듯이 손사래를 쳤다.

"나도 알아요. 해마다 우리 같은 사람들이 수천 명씩 이곳으로 건너온다는 걸. 그리고 승승장구한다는 걸. 그런 사람들이 곳곳에 널렸다는 걸. '뉴욕 사람들은 모두 다른 마을 출신'이라고들 하잖아요. 그렇다고 내 말의 신빙성이 떨어지는 건 아니에요. 오히려 강력하게 뒷받침된다면 모를까. 도시는 못됐어요. 천 명 중에 한 명, 남들보다 약하고 느리고, 도움을 필요로 하고, 좀더 용기가 생겨야 장애물을 건널 수 있는 사람에게만 달려들어 본색을 드러내거든요. 도시는 겁쟁이예요. 기가 죽은 사람만 덮쳐. 남들이 다 좋다고 해도 내 입장에서는 나쁘면 나쁜 거 아닌가요? 나는 이 도시가 싫어요. 원수 같아요. 나를 놓아주지 않아요. 그래서 아는 거예요."

그가 똑같은 말을 반복했다.

"고향으로 내려가지그래요? 왜 안 내려가는 거예요?"

"도망칠 기운이 없거든요. 아까 말했잖아요. 버스 터미널에 앉아서 기다리던 날 이른 아침에 도시의 정체를 알아차렸어요. 도시는 힘이 없어 보이는 사람을 더 세게 끌어당겨요. '상식'이라는 단어로 자신을 포장하고 살금살금 다가와 갉아먹죠. 건물 틈새로 햇살이 비치고 사람들의 물결이 웨스트 34가를 뒤덮기 시작할 때 녀석은 낯익고 익숙하고 해로울 게 없는 존재인 척, 무서워할 필요 없는 존재인 척 가장하면서 속삭이죠.

'내일 떠나면 되잖아. 하룻밤 더 있는다고 안 될 것 없잖아? 한 주 더 있다 가지그래? 한 번 더 주저앉지그래?'

차장이 탑승하라고 외쳤을 때 나는 가방을 들고 몽유병 환자처럼 반대 방향으로 걸었어요. 패잔병처럼 천천히. 농담이 아니라 밖으로 나왔을 때 어느 높은 건물 꼭대기에서 나를 조롱하는 트롬본과 색소폰 소리가 들리더군요.

'잡았다! 못 갈 줄 알았다니까! 잘했어! 잡았다!'"

그녀는 한 손으로 머리를 괴고 생각에 잠긴 표정으로 멍하니 눈을 내리떴다.

"내가 혼자라서 꽉 붙잡혀 있는 것일 수도 있겠죠. 혼자서는 힘이 모자라서요. 뒷걸음질치려고 할 때 팔을 잡아줄 사람과 함께 고향으로 내려갔더라면 당당하게 성공했을지 몰라요."

그의 표정이 굳어졌다. 그녀는 표정의 변화를 알아차렸다. 그가 손끝으로 탁자에 가상의 경계선을 긋는 것을 알아차렸다. 무언가로부터 무언가를 분리하려는 듯한 몸짓. 과거와 현재를 분리하려는 걸까?

그가 혼잣말처럼 중얼거리는 소리가 들렸다.

"어제 당신을 만났더라면 좋았을 텐데. 오늘밤이 아니라 어젯밤에 만났더라면 좋았을 텐데."

그녀는 그 말의 의미를 알아차렸다. 어제부로 해선 안 되는 일을 저질러 고향으로 돌아갈 수 없다는 의미다. 말하지 않아도 그에게 고민이 있음은 처음부터 알고 있었다.

그가 중얼거렸다.

"이제 일어나야겠네요. 가봐야겠어요."

모자를 둔 침대로 다가간 그가 베개 모서리를 살짝 들어올리는 것이 보였다. 그러면서 슬그머니 외투 안주머니에서 뭔가를 꺼내려고 손을 움직이는 것도 보였다.

그녀가 날카롭게 외쳤다.

"그만둬요! 그런 거 싫으니까."

그런 다음 말투를 살짝 누그러뜨렸다.

"차비는 있어요. 중간에 휴게소에서 햄버거 사 먹을 돈까지 팔 개월째 모셔두었다고요. 비상금처럼. 너무 묵혀서 군내가 날 정도예요."

이제 모자를 쓰고 그녀가 앉은 자리로 되돌아온 그는 옆에서 미적대지 않았다. 그가 갈 곳 없는 사람처럼 느리고 기운 없이, 터덜터덜 문으로 발걸음을 옮기며 작별 인사 차원에서 그녀의 어깨를 살짝 건드렸을 때 아무 말 없이도 속마음이 완벽하게 전달됐다. 서로가 아는 괴로움, 한 배에 타고 있지만 도울 여력이 없는 안타까움이 담겨 있었다.

그녀는 그가 문손잡이에 손을 올려놓을 때까지 기다렸다가 나지막이 물었다.

"경찰한테 쫓기고 있죠?"

돌아본 그는 놀라워하거나 어떻게 알았느냐고 묻는 표정이 아니었다.

"아무리 늦어도 오늘 오전 8시나 9시면 잡힐 거예요."

담담하기 그지없는 목소리였다.

그는 문손잡이에서 손을 떼고 그녀의 곁으로 돌아갔다. 말은 전혀 없었다. 외투 한쪽을 뒤집어 바느질된 안감의 가장자리를 더듬더니, 일부러 칼로 찢은 듯이 터진 틈에 꽂혀 있던 핀을 뽑았다. 그는 틈새를 벌리고 안에서 무언가를 꺼내려고 열심히 뒤적였다. 고무줄로 묶은 지폐 뭉치가 불쑥 탁자 위에 등장했다. 뭉치 가장 겉장이 오십 달러짜리였다. 그가 외투 다른 쪽을 뒤집어 좀 전처럼 또 다른 틈새를 벌렸다. 두 번째 지폐 뭉치가 첫 번째 지폐 뭉치 옆에 놓였다. 이번에는 겉장이 백 달러짜리였다.

어느 한 군데 불룩하니 티 나지 않게 안감 속에 골고루 넣어두었기 때문에 꺼내느라 시간이 걸렸다. 여기저기 달린 주머니에도 지폐 뭉치가 들어 있었다. 심지어 양말을 고정하는 정강이 벨트에 끼워 놓은 것도 있었다. 고무줄로 묶인 여섯 개의 뭉치와 일곱 번째 뭉치였다가 헐어서 일부분을 쓰고 남은 지폐들을 그가 탁자에 늘어 놓았다.

그녀는 별 표정이 없었다. "이게 다 얼마예요?"라고 무심하게 묻는 게 다였다.

"잘 모르겠어요. 이천사백 달러는 넘을 거예요. 원래 딱 이천오백 달러였거든요."

그녀는 표정 변화가 없었다.

"어디서 난 거예요?"

"내가 들락거리면 안 되는 데서요."

둘 다 몇 분 동안 말이 없었다. 그들의 눈에는 지폐가 보이지 않는 듯했다.

잠시 후 옆에서 다그친 사람도 없었건만 그가 사연을 이야기하기 시작했다. 그녀가 동향 사람인데다 털어놓을 대상이 필요했기 때문이었을 것이다. 둘 다 고향에 머물러 있었더라면 옆집에 사는 그녀에게 온갖 고민을 이야기하지 않았겠는가. 고향에서라면 생기지도 않았을 고민이지만 여기서 생겼으니 여기서 이야기했다.

"나는 얼마 전까지만 해도 전기 기사를 돕는 일을 했어요. 수습이라고 할까, 조수라고 할까. 대단하지는 않지만 의미 있는 일자리였어요. 온갖 사소한 문젯거리를 해결했거든요. 라디오 전압을 바꾸거나 고장난 데를 손보고, 전기다리미나 청소기도 수리하고, 집에 콘센트를 설치하거나 배선 작업도 하고, 초인종도 고치는 식으로 말이에요.

여기까지 와서 하려던 일은 아니었지만 공원 벤치 신세를 졌던 처음 몇 주에 비하면 아주 훌륭했죠. 그래서 군소리 없이 견뎠어요.

그러다 한 달 전쯤 실업자가 됐어요. 잘린 게 아니라 일자리 자체가 사라졌어요. 노인장이 심장마비를 겪고는 요양이 필요하다니까 일을 접었거든요. 피붙이도 아닌 나 말고는 딱히 물려줄 사람도 없으니 가게문을 닫아버렸어요. 그렇게 또다시 먹고살 길이 막막한 신세가 됐죠. 이리저리 떠돌아다니며 시간제로 일을 했어요. 구할 수 있는 게 그런 일뿐이었거든요. 상근직 비슷한 건 꿈도 못 꾸고 일용직만 전전했어요. 음식점에서 설거지를 하든지 싸구려 식당에서 접시를 나르든지. 불황이라 일자리가 없었어요. 같이 겪고 있으니 알 테지만 1939년 올해는 불황의 극치 아니겠어요. 이러다 무일푼 신세가 되겠다 싶었을 때, 수중에 차비가 남아 있었을 때 고향으로 내려갔어야 했는데. 식구들한테 편지를 보내 돈을 보내달라고 하거나. 나도 당신이랑 비슷했어요. 잘 안 됐다고 고백하기가 싫더라고요. 내 발로 여기까지 왔으니 내 힘으로 일어서고 싶었어요. 멍청하게."

그는 이야기를 하면서 왔다 갔다 천천히 걸었다. 주머니 깊숙이 손을 찌르고, 울적하게 고개를 숙이고서 왔다 갔다 움직이는 발만 쳐다보았다.

그녀는 배를 감싸는 듯한 자세로 의자에 모로 앉아서 열심히 귀를 기울였다.

"이제 시간을 거꾸로 거슬러 올라가서 몇 달 전, 지난겨울에 겪었던 일을 얘기할게요. 미심쩍은 구석이 많아 보여서 안 믿기겠지만 실제로 있었던 일이에요. 어쩌다 한 번씩 들어오는 특별 주문을 처리하러 나섰을 때였어요. 우리 가게는 3번가에 있었는데, 바로 옆이 부촌이었거든요. 이스트 70가의 고급 주택가 말이에요. 사장님이 오랫동안 한자리에서 가게를 하면서 철저하고 꼼꼼하다고 소문이 나 그 동네 사람들이 자기집으로 부르는 경우가 의외로 많았어요. 덕분에 이 도시에서 가장 으리으리한 저택들을 숱하게 구경했죠.

그때 일을 맡긴 곳은 이스트 70가의 부잣집이었어요. 집주인이 겨울에 플로리다에 가지 않고도 구릿빛 피부를 유지하려고 산 자외선 태양등 때문에 욕실 벽에 특수 콘센트를 설치해야 했거든요.

집주인 성이 그레이브스였어요. 혹시 아는 사람인가요?"

그녀는 고개를 저었다.

"나도 모르는 사람이에요. 지금도 마찬가지고요. 사장님 말로는 신문 사회면에도 자주 등장하는 아주 오래되고 유명한 집안이라더군요. 사장님은 사회면을 읽지도 않으면서 모르는 게 없었어요. 일 자체는 간단했어요. 삼 일이 걸리기는 했지만 사는 사람들이 불편

하지 않게 매일 한 시간 정도씩만 작업을 했기 때문에 그런 거였죠.

욕실 벽에 주먹만 한 구멍을 뚫은 다음 벽 안에 설치되어 있던 옆방 배선을 끌고 와 태양등에 쓸 콘센트를 만드는 작업이었어요. 오래된 집이라 벽들이 어찌나 튼튼하고 두꺼웠는지 몰라요. 그만큼 구멍을 깊이 뚫은 건 처음이었어요. 한번은 사장님이 뭘 가지러 가게에 간 사이 혼자 벽을 뚫는데 뚫던 자리 오른쪽에 목재가 나오더군요. 뭔지 알 수는 없었지만 목재가 있는 곳을 피해 왼쪽으로 방향을 틀었죠. 그 이후로는 별문제가 없었어요.

그다음 날쯤에 작업중인 욕실 옆방으로 누가 들어오더라고요. 옆방은 저택 2층의 후면부에 있는 도서실이라고 해야 하나 개인 서재였는데, 어떤 남자가 잠깐 들어온 거예요.

작업하는 벽 건너편에서 조그만 소음이 들렸어요. 오른쪽 부근이었죠. 그 옆으로 욕실과 옆방을 연결하는 문이 열려 있어 고개를 문 쪽으로 슬쩍 빼서 옆방을 살펴보았어요. 맞은편 벽에 달린 거울에 남자의 모습이 비쳐 보이더군요. 그 사람은 내가 작업중인 벽 건너편에 약간 떨어져 서서 목재 패널로 보이는 걸 떼내고(벽의 위쪽 절반은 목재 패널이 덧대어져 있었거든요), 그 뒤에 설치되어 있던 붙박이 금고의 다이얼을 돌리고 있었어요. 금고는 크지 않았어요. 오히려 작았죠. 보통 집에서 쓰는 소형 금고였고요. 남자가 금고 문을 열고 얕은 서랍을 꺼내더니 돈을 몇 장 집고 서랍을 다시 넣더군요.

나는 그만 훔쳐보고 작업에 집중했어요. 관심이 없었거든요. 벽을 타고 느껴지는 진동의 정체라면 모를까, 남자가 뭘 하는지는 관심이 없었어요. 조금 있다 그전 날 구멍을 뚫을 때 나왔던 목재가 금고 겉면 목재였겠다는 생각이 들었지만 그뿐, 더이상 신경쓰지 않았어요. 믿어달라고 하지 않을게요. 못 믿겠다고 해도 이해해요."

그녀는 "나하고 같은 마을 출신이라고 했을 때도 처음엔 안 믿겼어요. 그게 진짜라면 방금 전 이야기도 진짜가 아닐 이유가 없잖아요?" 하고 끝이었다.

"지금부터 하려는 이야기는 가뜩이나 더 안 믿길 거예요. 어쩌다 그리됐는지 나도 잘 모르니까. 어쩌다 보니 그렇게 됐고, 나는 그일과 상관없다는 것밖에는요. 그 집은 들어가면 문가에 바로 조그만 탁자가 있어요. 나는 가끔 공구 상자를 거기다 열어놓은 채 2층에서 정신없이 일을 하곤 했죠. 별생각 없이 그런 거예요. 써야 할 공구를 챙기고 나면 상자에는 필요 없는 공구들만 남으니 깜빡한 거죠. 일을 다 끝낸 마지막날에 가게로 돌아가 상자를 비우다 보니 공구와 전선과 온갖 잡동사니 속에 뭐가 들어 있더군요. 누가 모르고 넣었거나 내가 공구들을 상자에 넣으면서 탁자에 있던 걸 모르고 같이 집어넣었던 모양이에요. 일을 하러 갔을 때 한두 번 문을 열어주었던 멍해 보이는 하녀가 탁자를 청소하다 내 것인 줄 알고 넣었을 수도 있고요. 아무튼 고의로 챙긴 건 아니었고, 공구 상자에 그게 들었다는 것도 가게로 돌아온 다음에야 알았어요. 어쩌다 들어갔는지는 아직도 모르겠고요."

"뭐였는데요?"

"그 집 현관문 열쇠가 공구와 섞여 있었어요. 열쇠가 여러 개일 수도 있겠죠. 아무튼 그중 하나가요."

그녀가 뚫어져라 쳐다보기만 하자 그는 똑같은 말을 반복했다.

"어쩌다 들어갔는지 모르겠어요. 아무튼 내가 넣은 건 아니고, 보기 전에는 든 줄도 몰랐어요."

그러더니 양손을 힘없이 옆구리께로 늘어뜨렸다.

"믿어줄 사람은 없겠지만요."

그녀가 시인했다.

"한 시간 전이었다면 안 믿었을 거예요. 지금은 잘 모르겠어요. 마저 이야기하세요."

"뒷부분은 이야기하고 말고 할 것도 없어요. 이쯤 되면 짐작할 수 있을 테니까. 사장님한테 이야기하고 열쇠를 주면 끝이었겠죠. 사장님이 있었다면 그랬을 거예요. 그런데 사장님은 가게 문단속을 나한테 맡기고 퇴근해버렸단 말이죠. 그럼 차선으로 그 집에 바로 찾아가 돌려주면 됐을 텐데, 늦은 시각이었던데다 배가 고프고 피곤했어요. 하루 종일 일했으니 뭐라도 먹고 쉬고 싶었어요. 하룻밤 자고 다음날 찾아가서 돌려주자고 마음먹었죠. 그런데 생각대로 하질 못했어요. 아침 8시부터 저녁 늦게까지 눈코 뜰 새 없이 바빠서 시간이 안 났거든요. 그날이 지난 뒤에는 열쇠라는 존재가 머릿속에서 사라졌어요. 완전히 잊어버린 거예요.

그리고 얼마 지나지 않아 방금 전에 말한 것처럼 가게가 없어지면서 나는 오갈 데 없는 신세가 됐죠. 돈도 다 떨어져서, 긴 이야기할 필요 없이 간단하게 요약하면 어제 전당포에 맡길 게 없나 싶어서 공구 상자를 꺼내 살펴보았어요. 웬만한 건 이미 맡긴 뒤라 뭐가 더 있나 보려고 상자를 엎었는데 그 열쇠가 나오지 뭐예요. 본 순간 무슨 열쇠인지 생각이 나더군요.

열쇠를 주머니에 챙긴 뒤 적당히 매무새를 정리하고 그 집으로 찾아갔어요. 열쇠를 갖다주면 전등 소켓 조이는 일이나마 맡을 수 있지 않을까 생각하면서요.

도착해 초인종을 눌렀는데 대답이 없더군요. 계속 눌러도 마찬가지였어요. 정오가 지난 지 얼마 안 된 시각이었죠. 나는 발길을 돌렸지만 자리를 아예 뜨지는 않았어요. 이제 어떻게 하면 좋을까 고민하며 근처를 서성였죠. 잠시 후 옆 건물로 배달 온 남자아이가 그 집에 미련을 버리지 못하고 올려다보는 날 보더니, 묻지도 않았는데 아무도 없고 그전 주에 여름 별장으로 모두 떠났다고 말해주는 거예요. 그래서 왜 일반적인 경우처럼 현관문과 아래층 창에 널빤지를 대놓지 않은 거냐고 물어봤죠. 며칠 동안 처리할 일거리가 있어서 한 사람이 남았다더군요. 일 처리가 끝나면 문단속을 하고 합류할 거라고요. 언제쯤 와야 그 사람을 만날 수 있을지 물어보자 잘 모르겠다며, 구태여 물을 것도 없이 나라도 생각할 수 있을 만큼 평범한 답을 내놓더군요. 저녁에 와보는 게 어떻겠냐고요.

그래서 하숙집으로 돌아가 저녁이 될 때까지 기다리는 사이 어떤 생각이 모락모락 피어오르기 시작했어요. 무슨 생각을 말하는 건지 굳이 설명을 하지 않아도 알겠지만."

"알아요."

그녀는 순순히 시인했다.

"나도 모르는 새 생각이 점점 뻗어나가더군요. 원래 그런 생각들은 나쁜 쪽으로 확장되잖아요. 잡초 같아서 한번 생기면 없애기도 힘들고 주변의 온갖 것들이 물을 주는 역할을 하고요. 나는 십 센트짜리 동전 한 닢 남은 신세라 저녁도 굶어야 할 판국이었어요. 전 재산이 동전 하나뿐이면 커피하고 꽈배기 도넛 같은 싼 음식에도 돈을 쓰기 어렵잖아요. 내일 더 절실해지면 어떡하나 싶어서 영 쓸 수가 없고요. 하숙비도 두 주 넘게 밀린 상태였어요. 버틸 대로 버틴 거라 언제 쫓겨날지 몰랐죠. 아무튼 오후 내내 침대 가에 걸터앉아서 열쇠를 위로 던졌다 받았다 하는 동안 나쁜 생각이 고약한 냄새를 풍기며 싹을 틔웠어요.

해가 지고 7시쯤 됐을 때 하숙집을 나가서 다시 그 집을 찾아갔죠."

그는 우울한 미소를 지었다.

"이제 변명하지 않을 테니 정상참작할 필요 없이 들어도 돼요. 그 블록 끝에 다다라 걸음을 멈추고 확인해보니 1층 창문 너머로 불빛이 보이더군요. 시간을 제대로 맞춘 거였어요. 집주인을 만나러 온 거였다면 말이죠. 택시 한 대가 집 앞에서 기다리고 있었어요. 지켜보는 앞에서 불이 꺼지더니 잠시 후 남자 하나, 여자 하나가 현관을 나와 택시를 향해 계단을 걸어 내려오더군요. 붙잡아 세울 시간은 충분했어요. 두 사람 다 서두르는 기미 없이 여유로웠거든요. 내가 달려갈 수도 있었고, 큰 소리로 불러 주의를 끌 수도 있었어요. 그러면 걸음을 멈추고 기다려주었을 거예요.

그런데 자리에 못 박힌 듯 발이 꼼짝을 않더군요. 가만히 서서 그들이 떠나는 모습을 지켜보기만 했어요. 누가 그 집에 사는 사람이고 손님인지는 알 수가 없었지만 저녁 내내, 몇 시간 동안 집을 비울 예정임은 분명했어요. 여자가 입은 이브닝드레스와 남자가 입은 턱시도가 내가 선 자리에서도 보였거든요. 야회복을 입고 외출해서 한두 시간 내로 돌아올 리 없잖아요.

택시가 사라진 뒤 나도 자리를 떠났어요. 주머니에 손을 넣어 열쇠를 만지작거리면서, 유혹과 싸우면서 그 블록을 한 바퀴 돌았죠. 그러다 서 있던 자리로 돌아왔을 때 이번에는 반대편으로 방향을 바꾸어서 한 바퀴 돌았어요. 무척이나 격렬하게 싸웠지만 기운이 부족했나 봐요. 배가 고플 때는 싸움이 잘 안 되잖아요. 공구 상자야 들고 오지 않았지만 주머니에 그 순간 필요한 가벼운 도구가 몇 개 들어 있었어요. 애써 상상력을 동원할 필요 없어요. 우연히 주머니 속에 들어 있던 녀석들이 아니고 골라서 챙긴 거였으니까요.

유혹을 없애려고 지나가다 보인 쓰레기통에 열쇠를 던지기도 했어요. 그런데 소용없더라고요. 이 분 만에 마음이 약해지는 바람에 돌아가서 열쇠를 주웠죠. 그다음에는 꾸물거리지 않고 모퉁이를 돌아서 곧장 문을 향해 뚜벅뚜벅 걸어갔어요. 뭐, 싸움에서 진 거죠. 처음에는 아주 후련하던데요. 남들은 아니라지만 못 믿겠어요."

그는 메마른 웃음소리를 냈다.

"이어진 일은 설명할 필요조차 없어요. 예상할 수 있을걸요. 마지막으로 초인종을 한 번 눌렀어요. 아무도 없다는 걸 알면서 예의상. 그리고 열려 있는 현관 겉문 안으로 들어가서 안쪽 문에 열쇠를 넣었어요. 열쇠를 돌리자마자 문이 열리더군요. 자물쇠를 안 바꿨어요, 바보처럼. 그 집 식구들은 열쇠가 없어진 것조차 몰랐을 수도 있죠.

집 구조라면 손바닥 보듯 훤했으니 불을 켤 필요가 없었어요. 사장님과 숱하게 오르내렸던 계단을 올라 2층으로 가서 저택 뒤편에 있는 서재인지 뭔지 모를 방으로 들어갔죠. 욕실 불을 켰어요. 욕실에는 바깥쪽으로 달린 창이 없어서 불빛이 새어 나갈 염려가 없거든요. 들고 간 도구를 꺼내 욕실에서 금고 뒷편으로 접근했어요. 욕실 벽에 설치했던 콘센트를 뜯고 이번에는 금고를 겨냥해서 구멍을 뚫었죠. 지난번보다 더 크게, 금고 겉면 목재 판자를 뜯어낼 만큼 크게.

지금까지 본 중 가장 허술한 금고였어요. 문하고 뼈대만 철제고, 나머지는 나무더라고요. 금고 뒤편 나무판을 뜯어내니 그걸로 끝이었어요. 손을 넣어서 안에 든 서랍을 욕실 쪽으로 잡아당길 수 있지 뭐예요. 앞쪽에서 열려 했으면 힘들었겠죠. 뒤에서 접근할 줄 누가 알았겠어요.

서류랑 여러 물건들로 가득했지만 현금 말고 다른 건 거들떠보지도 않았어요. 가보로 보이는 물건이나 보석이나 유가증권은 손도 안 대고 현금만 싹 챙겼죠. 서랍을 다시 넣고는 깔끔하게 정리했어요. 바닥에 떨어진 석고와 모르타르 가루를 치우고 내가 만든 커다란 구멍을 샤워 커튼으로 가렸죠. 밤늦게 집주인이 돌아왔을 때 아무것도 알아차리지 못하게 말이에요. 아무래도 남자 쪽이 집주인 같았어요. 그가 아침에 샤워를 하려고 커튼을 열기 전에는 모를 거예요.

이걸로 끝이에요, 저지른 일은요. 불을 끄고 문 앞까지 걸어가서 밖에 아무도 없는지 안쪽에서 잠깐 확인했어요. 그러곤 밖으로 나와서 문을 닫고 얼른 도망쳤죠.

그때부터 바로 대가가 따르더군요. 어휴, 말도 마요. 동전 한 닢 써보기 전부터, 그 블록을 걸어나오기 전부터 얼마나 혹독한 대가를 치르기 시작했는지 몰라요. 그때까지만 해도 길거리는 내 것이었어요. 가진 게 그것뿐이기는 했지만 아무튼 내 것이었어요. 배고픈 빈털터리에다 실직자이기는 했어도 누굴 만나든 똑바로 얼굴을 쳐다보고, 어디든 마음 내키는 대로 다녔죠. 길거리가 다 내 것인 양 당당하게. 그런데 갑자기 길거리를 빼앗긴 것 같았어요. 거리를 오래 쏘다니는 게 갑자기 위험하게 느껴졌죠. 맞은편에서 걸어오는 사람이 유심히 쳐다보는 것 같으면 경계하게 됐어요. 뒤에서 걸어오는 사람이 있으면 당장이라도 어깨를 붙잡힐까 봐 움찔거렸고요.

최악은 무엇이었는가 하면 돈을 손에 넣고 보니 뭘 해야 좋을지 알 수가 없었다는 거예요. 삼십 분 전까지만 해도 오른팔과 바꿀 수 있겠다 싶을 만큼 간절히 원하던 게 백 가지는 됐거든요. 그런데 하나도 생각이 나지 않았어요.

배가 고팠었고 실제로도 일주일 넘게 제대로 먹은 것이 없었는데 배도 고프지 않았어요. 일대에서 가장 근사한 식당, 정말로 근사한 식당에 들어가서 메뉴판에 있는 음식을 모조리 주문해봤죠. 언젠가는 꼭 한번 해보고 싶던 일이거든요. 주문할 때만 해도 좋다가 음식이 나오기 시작하자 문제가 생기더군요. 제대로 삼킬 수가 없는 거예요. 새로운 요리가 놓일 때마다 먹어보려고 했지만, 번번이 '너는 지금 몇 년 치 미래를 먹고 있는 거야' 하는 생각이 들지 뭐예요. 음식이 목에 걸려서 넘어가질 않더라고요.

어느 정도 시간이 지나니 더이상 견딜 수가 없어, 오 달러짜리 지폐를 꺼내 탁자 위에 놓고 나머지 요리는 기다릴 것도 없이 나와버렸어요. 식당을 나설 때 이런 생각이 들더군요. 십 센트밖에 없었을 때는, 정말로 내 것이라 할 수 있는 십 센트밖에 없었을 때는, 그 돈으로 산 커피와 꽈배기 도넛을 아무렇지 않게 먹을 수 있었다고요. 꽈배기 도넛을 다 해치운 뒤 더이상 남은 게 없어도 뭐가 또 없을까 싶어서 한참 동안 목구멍을 활짝 열어 놓을 수 있을 정도였는데.

잘은 모르겠지만 천성이 정직한 사람이건 비뚤어진 사람이건 눈 깜짝할 새 변신할 수는 없는 것 같아요. 엄청난 고통 없이는요. 몇 년에 걸쳐서 천천히 변신해야 하나 봐요.

식당을 나온 뒤 맞은편에서 걸어오는 사람들을 의식하고 뒤에서 걸어오는 사람들을 피해 가며 전과 다르게 길을 걷는데, 길 건너편 건물에서 열려 있는 창문을 통해 흘러나오는 음악 소리가 들리더군요. 두세 블록 전부터 생김새가 마음에 안 드는 어떤 남자가 끈질기게 따라오는 듯한 기분이 들기에 남자가 고개 돌린 틈에 얼른 길을 건너 그곳으로 뛰어들어갔죠. 거리를 떠나 사람들 시선을 피해 숨어 있기 좋아 보이더군요. 한동안 버티기에 충분할 만큼 티켓을 한 뭉치 사놓고 주위를 둘러보았을 때 처음 눈에 들어온 아가씨가⋯⋯."

그는 이마를 찡그리고 애원하듯 그녀를 쳐다보았다.

"당신이었어요."

"나였단 말이죠."

그녀는 손을 들어 탁자 가장자리를 앞으로 뒤로, 앞으로 뒤로 천천히 문지르며 생각에 잠긴 투로 중얼거렸다.

그들은 말이 없었다. 방금 전까지 이야기가 길게 이어졌던 터라 정적이 실제보다 더 긴 것처럼 느껴졌다. 기껏해야 일이 분이었는데도 그랬다.

"이제 어쩔 생각이에요?"

마침내 그녀가 그를 올려다보며 물었다.

"뾰족한 수가 있겠어요? 기다리는 수밖에 없겠죠. 경찰에 붙잡힐 때까지. 경찰은 범인을 놓치지 않으니까. 집주인이 9시나 10시쯤 샤워를 하러 들어갔다가 구멍을 발견할 거예요. 배달부가 그날 오후에 초인종을 누르는 사람을 본 적 있다고 하겠죠. 옛날 가게 사장님은 내가 누구이며 얼마 전까지 어디 살았는지 알려줄 테고요. 오래 걸리지 않을 거예요. 경찰에서 금세 신원을 파악하고 잡으러 올 거예요. 내일. 아니면 모레. 아니면 이번 주 안으로. 이런들 어떻고 저런들 어떻겠어요? 어차피 잡힐 텐데. 놓치지 않는 게 경찰인데. 저지르기 전에는 이런 걸 생각하지 못하죠. 저지르고 나면 퍼뜩 생각이 떠올라요. 나는 저지르고 난 뒤라 그 생각뿐이에요."

그는 하릴없다는 듯 어깨를 으쓱했다.

"다른 곳으로 도망쳐서 숨어봐야 소용없어요. 그래봐야 마찬가지일 테니까. 나 같은 초범은 그래요. 경찰에서 나서면 여기든 어디서든 잡히게 되어 있어요. 수사 범위가 워낙 넓어서 달아나려고 해봐야 소용없어요. 그러니까 가만히 기다릴래요."

그는 패잔병처럼 곤혹스러운 미소를 지으며 자리에 앉더니 바닥을 내려다보았다. 어디서 잘못되어 일이 이 모양이 됐는지 모르겠다는 듯이.

왠지 모르게 심금을 울리는 표정이었다. 힘없는 표정이, 체념한 듯 힘없는 그 표정이 그녀의 마음을 건드렸다. 옆집에 사는 평범한 남자아이잖아. 그녀는 울컥했다. 정말 더도 덜도 말고 그랬다. 그는 사기꾼도 아니고, 댄스홀 붙박이도 아니었다. 그녀가 집에서 외출하거나 귀가할 때 마주치면 손을 흔들면서 인사할 옆집 사람이었다. 가끔 울타리에 자전거를 세워 놓고 함박웃음을 지은 얼굴로 대화를 나눌 상대랄까. 그는 원대한 꿈을 안고 한몫 단단히 잡을 생각을 하며 이곳으로 건너왔다가 반대로 한 방 얻어맞았다. 기차나 버스 옆에서 어머니나 누이에게 작별의 입맞춤을 하고 떠났을 때, 그녀가 전 재산을 걸고 장담하건대 티를 내지는 않았을 테지만 헤어지고 처음 얼마 동안은 울고 싶었을 것이다. 그녀가 그랬기 때문에 알 수 있었다. 그러다 황금빛 꿈이 빛나며 그런 마음이 가셨을 것이다. 근사한 일들이 펼쳐지리라는 기대, 전장에 돌격하는 젊음의 아우라. 한 시간도 안 되는 시간 동안 모든 계획을 세우고 성을 쌓았을지도 모른다. 명예, 돈, 행복, 앞으로 찾아올 모든 것들. 고향을 떠나던 날 그녀도 똑같았기 때문에 그가 했을 생각들이야 불 보듯 뻔했다. 고향에 두고 온 가족들은, 그중에서도 특히 그를 편애한 한두 명은 그를 멋지다고, 근사하다고 생각했을 것이다. 그리고 그들의 생각이 맞았고, 그렇지 않다고 생각한 나머지 세상이 틀린 것으로 받아들여질 거라는 게 우스웠다. 그들은 울타리를 사이에 두고 옆집 사람들에게 그의 편지를 읽어주며 얼마나 잘 지내는지 보라고 자랑했을 것이다. 그녀의 가족들이 그랬으니까.

그런데 지금 이 방에 그녀와 함께 앉아 있는 그를 보라. 일이 어쩌다 이렇게 잘못됐는지, 어쩌다 이렇게 흘러갔는지 그녀도 알 도리는 없었다. 다만 한 가지 분명한 건 그가 길거리를 지나다니다 언제 누군가에게 어깨를 붙잡힐지 몰라 전전긍긍하는 도망자 신세로 전락하면 안 된다는 것이었다. 옆집에 사는 평범한 남자아이가, 강아지처럼 다정하고 잘 웃는 옆집 남자아이가.

그녀가 급기야 한 손으로 가렸던 얼굴을 들었다. 소극적인 방청객과 적극적인 협력자를 가르는 투명한 경계선을 넘기라도 하려는 듯 의자를 획 하니 앞으로 움직였다. 그녀는 그의 얼굴을 잠깐 물끄러미 바라보았다. 속내를 간파하려 한다기보다 할말을 정리하기 위해서였다.

그녀가 마침내 입을 열었다.

"잘 들어요. 제안을 하나 할게요. 우리가 있어야 할 그곳으로, 떠나온 고향으로 같이 돌아가면 어때요? 거기서 원기를 회복하고 새 출발을 하는 거예요. 나 혼자서는 도저히 탈 수 없었던 6시 버스를 타고서."

대답은 없었다. 그녀는 탁자 너머로 몸을 기울이고 한층 강력하게 밀어붙였다.

"지금 아니면 두 번 다시 기회가 없다는 걸 모르겠어요? 이 도시가 우리한테 무슨 짓을 하고 있는지 모르겠어요? 앞으로 일 년 뒤, 아니 반년 뒤에 어떻게 될지 모르겠어요? 그때는 너무 늦어서 어떤 것도 우릴 구원할 수 없을 거예요. 이름만 같을 뿐 더이상 우리라고 할 수 없는 인간이 되겠죠."

그는 탁자에 놓인 돈뭉치로 시선을 돌렸다가 그녀를 바라보았다.

"나는 이미 늦었어요. 기껏해야 몇 시간, 반나절 늦은 것에 불과하다고 해도 인생 전부를 흘려보낸 거나 다름없죠."

그는 좀 전에 했던 말을 반복했다.

"오늘밤이 아니라 어젯밤에 당신을 만났더라면 좋았을 텐데. 그전이 아니라 그후에서야 만난 이유가 뭘까요? 이제는 소용없어요. 버스에서 내리면 경찰이 기다리고 있을 거예요. 그때쯤이면 내 이름과 출신지를 파악했을 테니까요. 여기 없으면 고향으로 찾으러 가겠죠. 내가 따라나서봐야 괜히 당신을 엮는 꼴이에요. 가족들한테만큼은 절대 알리고 싶지 않은데, 바로 그 눈앞에서 잡히겠죠……."

그는 고개를 저었다.

"혼자 가요. 나는 틀렸지만 당신에겐 아직 기회가 있잖아요. 당신 혼자 가요, 오늘밤 당장. 당신 말대로 여긴 사악한 곳이에요. 마음 약해지기 전에 얼른 떠나요. 필요하면 버스 터미널까지 바래다줄게요. 당신이 떠나는 걸 확인하고……."

"안 돼요. 아까 얘기했잖아요. 혼자서는 못 간다고. 도시가 나를 꼭 붙잡고 있다고. 나는 첫 번째 정거장에서 내려 돌아오겠죠. 당신이 없으면 안 돼요. 당신도 이제 나 같은 누군가가 없으면 돌아가지 못할 거예요. 둘이서 힘을 합쳐야 해요. 우린 서로에게 마지막 지푸라기예요. 만난 지금은 알잖아요. 이번 기회를 날리지 마요. 그런다면 숨이 붙어 있는데도 죽으려는 거나 마찬가지예요."

그녀는 얼굴을 찡그려가며 필사적으로 호소했고, 강렬한 눈빛으로 그의 시선을 붙잡았다.

"거기 가면 경찰이 기다리고 있을 거예요. 분명해요. 발이 버스 계단에서 떨어지기도 전에 나를 붙잡아서……."

"없어진 게 없으면, 가져간 게 없으면요. 그러면 뭣 때문에 체포하겠어요?"

"없어진 물건이 있잖아요. 우리 눈앞에."

"알아요. 하지만 되돌려놓을 수 있는 시간이 있잖아요. 내 생각은 그래요. 돈을 가지고 가자는 게, 챙겨 가자는 게 아니에요. 그러면 도망쳐봐야 소용이 없잖아요. 도시의 사악한 기운을 고향까지 끌고 가는 거니까요."

"당신은 내가 할 수 있다고 생각해요?"

그는 겁에 질린 얼굴이었다. 간절히 바라지만 감히 할 수 있을까 두려워하는 표정이었다.

"집주인 혼자 남았다고 했잖아요. 근사하게 차려입고 나갔으니 밤늦게까지 집을 비울 거라면서요. 그래서 아침에서야 알아차릴 거라고."

그녀는 숨 돌릴 틈도 없이 말을 이었다.

"열쇠 아직 있어요? 그 집 현관문 열쇠요."

그는 그녀가 말을 뱉어낸 속도에 버금갈 정도로 잽싸게 이 주머니 저 주머니를 뒤졌다. 희망에 점점 가속이 붙었다.

"버린 기억은 없는데…… 문에 꽂아둔 채로 나온 게 아니면……."

그는 좀더 제대로 뒤질 요량으로 자리에서 일어섰다. 문득 입에서 숨이 터져 나왔다. 아직 보이지는 않지만 열쇠를 찾았다는 신호였다.

"찾았어요."

그가 열쇠를 꺼냈다.

"여기. 여기 있어요, 여기."

그들은 열쇠가 아직 있다는 데 잠시 놀라워했다.

"이런 식으로 꼭 쥐고 있다니 우습죠? 이게 무슨…… 뭐라도 되는 것처럼……."

"그러게요."

그녀는 그게 어떤 의미에서 한 말인지 알았다. 지금은 서로 말이 필요 없었다.

그가 열쇠를 다시 주머니에 넣었다. 이번에는 그녀가 자리에서 일어섰다.

"이제 집주인이 돌아오기 전에 돈을 갖다 놓으면 돼요. 얼른 들어가서 원래 자리에 놓고 오면 돼요. 가져간 물건이 없으면 벽에 구멍 좀 뚫었다고 붙잡혀 가겠어요?"

그녀는 흩어져 있던 지폐 다발을 잽싸게 모아 정육면체 모양으로 가지런히 쌓아올리기 시작했다. 순간, 동시에 같은 생각을 떠올린 두 사람은 경악한 얼굴로 서로를 바라보았다.

"써버린 게 얼마예요? 얼마나 꺼내서 썼어요?"

그는 손바닥으로 이마를 눌렀다.

"모르겠어요. 잠깐, 어디……. 먹지 못한 음식값으로 쓴 게 오 달러였어요. 당신이 일하는 곳에서 산 티켓이 십오 달러어치는 될 테고요. 합하면 이십이네요. 이십 달러. 더 많지는 않을 거예요."

그녀가 딱 부러지게 말했다.

"기다려봐요. 그 정도는 있으니까. 내가 대신 채워줄게요."

그녀는 벌떡 일어나서 침대로 달려가 한 귀퉁이의 시트를 벗겼다. 그다음 기우뚱하게 든 매트리스 밑으로 손을 넣어 밑면에 잘 보이지 않는 틈새에서 지폐를 몇 장 꺼냈다. 사진첩에 넣은 꽃잎처럼 묘하게 눌린 지폐였다.

"안 돼요. 싫어요. 그렇게는 못 해요. 잘못은 내가 저질렀는데 왜 당신이 벌충하나요?"

그녀는 댄스홀에서 입는 갑옷으로 단단히 무장한 뒤 그의 면전에 대고 손을 저었다.

"원해서 하는 일이니까 이러쿵저러쿵하는 소리는 듣고 싶지 않아요. 전액을 돌려줘야 하잖아요. 일 달러라도 비면 엄연한 절도라 체포돼도 할말 없는 거예요. 뭐 어때요? 빌리는 셈 쳐요. 그래야 마

음이 편하겠다 싶으면. 고향으로 돌아가서 일을 해 갚으면 되잖아
요. 빈 금액을 채우고도 우리 몫의 버스표를 살 만큼 돈이 남았어
요. 나중에 표값까지 쳐서 갚아요. 갚고 싶으면."

그녀는 남은 지폐를 그의 손에 쥐여주었다.

"자, 꼭 쥐고 있어요. 앞으로는 이게 우리 두 사람의 전 재산이
니까."

부산스럽게 떠날 준비를 하는 와중에 그는 잠깐 정신을 차린 얼
굴로 그녀를 쳐다보았다.

"뭐라고 말을 하면 좋을지……."

"아무 말도 하지 마요."

그녀는 평소에 방안으로 들어서자마자 찾는 의자에 털썩 주저
앉았다.

"오늘밤에 우리 둘 다 여길 떠나면 되는 거니까. 잠깐 기다려
요. 신발 신고…… 가방에 몇 가지 챙길 테니까…… 챙길 게 많지는
않아요……."

그때 그가 머뭇머뭇 문 쪽으로 다가가 의견을 구하는 듯한 표정
으로 쳐다보자 그녀가 말했다.

"안 돼요. 여기 있어요. 밖에서 기다릴 생각은 하지도 말고. 당
신을 놓칠까 봐 겁이 난단 말이에요. 당신과 함께가 아니면 오늘밤
고향으로 돌아갈 수 없어요."

"떠나지 않을게요."

그가 들릴락 말락 하게 약속했다.

그녀는 벌떡 일어나 한 쪽씩 내리찍듯이 신발을 신었다.

"희한하게 피곤하지가 않네……."

그는 그녀가 침대 밑에서 꺼낸 우글쭈글한 여행 가방에 닥치는 대로 이런저런 물건들을 던져 넣는 것을 지켜보았다.

"찾아갔는데 집주인이 벌써 돌아왔으면 어쩌죠?"

"아닐 거예요. 아닐 거라고 되뇌면서 기도하자고요. 그 수밖에 없잖아요. 돈을 꺼내러 갔을 때도 붙잡히지 않았는데, 되돌려놓으러 가서 붙잡히겠어요? 집주인은 당신이 본 여자랑 어디서 놀고 있을 거예요. 3시 반이나 4시까지 안 들어올 거예요. 여자가 사는 곳은 모르겠지만, 거기까지 바래다주고……."

그녀는 창가로 건너가 창문을 열고 밖으로 고개를 내밀었다. 한복판이 아니라 한쪽 구석에서, 비스듬한 각도로 고개를 내밀고 밖을 쳐다보았다.

"봐요. 아직 시간 있잖아요. 할 수 있어요. 해볼 만해요."

"뭘 보는 거예요?"

그녀는 안으로 고개를 당겼다.

"이 도시를 통틀어 괜찮은 친구가 딱 하나 있거든요. 매일 밤 더이상 못 버티겠다 싶을 때마다 나를 구원해주는 친구가. 그 친구는 나를 속이거나 골탕 먹인 적 없으니 오늘밤도 그럴 거예요. 내가 여기로 건너온 이래 딱 하나 사귄 친구예요. 우리 기대를 저버리지 않을 거예요. 저기 패러마운트 빌딩 꼭대기에 달린 시계 친구죠. 여기서도 방향만 잘 잡으면 두 건물 사이로 볼 수 있어요. 봐요, 퀸. 아직 시간 있다잖아요. 저 친구는 지금까지 나를 잘못된 길로 인도한 적이 없어요."

그녀는 여행 가방을 잠그고는 그의 손에 건넸다. 그는 그녀가 복도로 나간 뒤에도 문을 잡고 놓지 않았다.

"다 챙겼어요? 빠뜨린 거 없어요?"

그녀는 지긋지긋하다는 듯이 말했다.

"문 닫아요. 두 번 다시 쳐다보고 싶지도 않으니까. 열쇠 필요 없을 테니까 거기 꽂아둬요."

그는 먼저 내려가는 그녀를 따라 낡아빠진 여행 가방을 한 손에 들고 삐걱거리는 계단을 내려갔다. 가방이 무겁지는 않았다. 들어 있는 물건이라고 해봐야 산산이 부서진 희망뿐이었다. 두 사람은 조용히 발걸음을 옮겼다. 하숙인들 눈치를 본다기보다 야밤에 탈출하는 사람이 보이는 본능적인 반응이었다.

어느 지점에 다다르자 멈춰 선 그녀는 벽에 발린 누런 석고 반죽이 별 모양으로 갈라진 자리에 손을 대고 가만히 있었다.

"뭐하는 거예요?"

그녀가 속삭임으로 답했다.

"내가 행운을 빌던 곳이에요. 집을 나설 때마다 여길 건드리고 지나갔어요. 일 년 전, 배역을 따내러 사무실을 찾아다니던 시절에.

운이 안 따라주면 그런 것에라도 매달리게 되잖아요. 마지막으로 건드린 지도 한참 됐네요. 한 번도 효과가 없었는데. 오늘밤에는 효과가 있을지 모르죠. 그러길 바라요. 오늘밤에는 운이 따라주어야 하니까요."

그는 이야기를 들으며 뒤따라 몇 계단 내려갔다가 잠깐 걸음을 멈추고 머뭇거렸다. 그러더니 방향을 돌려 계단을 몇 단 되짚어 올라가서 그녀가 했던 것처럼 벽에 손을 얹었다. 그런 다음 계단을 내려갔다.

그들은 문 앞에서 잠깐 걸음을 멈추고 나란히 섰다. 잠시 후 그녀가 문고리 쪽으로 손을 내밀었다. 그도 동시에 손을 내밀었다. 그의 손이 그녀의 손 위에서 멈추었다. 그들은 그대로 잠시 서 있다 서로를 쳐다보며 어린아이처럼 꾸밈없이 해맑게 웃었다.

"오늘밤에 브리키, 당신을 만나서 기뻐요."

"나도 퀸, 당신을 만나서 기쁘네요."

그가 손을 거두고 그녀에게 문을 여는 것을 양보했다. 방금 전까지 그녀의 집이었기 때문이다.

문밖으로 펼쳐진 거리는 인적 없이 고요했다.

새벽 길거리는 깊은 잠에 빠져 적막했다. 거리로 나가 가까운 가로등을 스치고 지나갈 때 언뜻 색이 바래듯 주변이 하얘졌지만 금세 어둠이 그들을 집어삼켰다. 무심하게 형식적으로 거리 끝까지 지그재그로 이어진 가로등이 공허하고 쓸쓸한 분위기를 부추겼다. 이쪽저쪽 어디를 둘러보아도 집안이든 방안이든 살고 있는 사람의 존재를 알리는 좀더 인간적이고 따스한 불빛은 한줄기도 흘러나오지 않았다.

거대한 한덩어리의 돌무덤 속을 통과하는 기분이었다. 길거리에는 아무도 없고 움직이는 것도 전혀 없었다. 심지어 쓰레기통을 쿵쿵거리는 고양이 한 마리 없었다. 도시는 죽은 곳이라 이곳은 죽은 도시의 변두리답게 을씨년스럽고 섬뜩해서 조금 무서웠다. 그들은 걸음을 옮길 때마다 점점 가까워졌다. 그녀는 저도 모르게 그의 팔에 매달렸고, 그는 그녀가 매달린 쪽 팔을 옆구리에 바짝 붙였다. 좀 전에 여기까지 걸어왔을 때는 둘 다 성큼성큼 똑바로 걸었는데 지금은 달랐다. 지금은 어깨를 맞대고 웅크린 채 움직였다. 깊은 정적 속에서 발소리가 공허하게 메아리쳤다. 길거리가 마치 뻥 뚫린 공간에 기다랗게 가로놓인 널빤지 같았다.

"맨해튼이여, 안녕."

그가 장난처럼 작별 인사 하듯 모자를 들어 보였지만 동요를 완전히 감추지는 못했다.

그녀는 미신을 들먹이며 강력하게 입단속을 했다.

"쉿, 크게 말하면 안 돼요. 속셈을 드러내는 셈이니까. 말하지 마요. 그랬다가는 재수 옴 붙는다고요."

그는 살짝 미소를 지었다.

"그런 말을 어느 정도는 진심으로 믿는 모양이네요?"

그녀가 엄숙하게 대답했다.

"당신 생각보다 더 많이 믿어요. 그리고 내가 맞아요."

블록 끝에 다다랐을 때 그가 걸음을 멈추고 여행 가방을 잠깐 내려놓았다. 방금 전 빠져나온 길과 달리, 새로이 나타난 거리에는 오가는 움직임들이 있었지만 보석처럼 차가운 빛들은 좀 전보다 보기 드물었다. 빨간 구슬과 하얀 구슬을 엮었던 끈이 끊어져서 마지막 구슬 몇 개가 저쪽으로 데굴데굴 굴러가는 듯한 분위기였다.

그가 말했다.

"먼저 가서 버스 터미널에서 기다리는 게 좋겠어요. 나 혼자 일을 끝내고 버스 터미널로 갈게요."

그녀는 그를 놓칠까 봐 겁이 나는 사람처럼 팔을 잡은 손에 더욱 힘을 주었다.

"안 돼요, 안 돼요. 헤어지면 당할 거예요. 이 도시가 비열한 수법을 쓰기 시작할 거예요. 나는 '그를 믿어도 될까?' 하는 생각이 들고, 당신은 '그녀를 믿어도 될까?' 하는 생각이 들걸요. 그러다 우리도 모르는 새…… 안 돼요, 안 돼요. 어디든 꼭 붙어서 다녀야 해요. 따라갈 거예요. 나올 때까지 밖에서 기다릴 거예요."

"집주인이 벌써 돌아왔으면 어쩌려고요? 그랬다가는 당신까지 공범으로 몰리기 십상인데."

"그 정도 위험 부담은 감수해야죠. 나 없이 혼자서 감당하려고 했던 걸 둘이서 감당하면 돼요. 택시 없나 찾아봐요. 시간이 오래 걸릴수록 위험해질 테니까."

"또 당신 돈을 쓰라고요?"

"이번 개과천선은 내게 맡겨요."

그들은 북쪽으로 천천히 걸어가며 전조등 불빛이 가까이 다가올 때마다 걸음을 멈추고 동시에 팔을 휘두른 끝에 간신히 택시를 한 대 잡을 수 있었다. 불빛 한 쌍이 그들을 칠 기세로 인도로 들이

닥치는가 싶더니 멈춰 선 것이다. 그제서야 택시의 모습이 눈에 들어왔다. 그들은 택시가 정차 지점을 바로잡을 겨를도 없이 달려가 허겁지겁 올라탔다. 그가 말했다.

"이스트 70가로 가주세요. 거기서 어디쯤 세워주시면 되는지 말씀드릴게요. 얼른 가주세요. 공원을 가로지르는 게 더 빨라요."

택시는 두 사람을 태우고 북쪽으로 달려 전형적인 부촌으로 유명한 57가를 지나 7번가 초입에 다다랐다. 빨간불이 심술맞게 분신술을 부리나 싶을 정도로 교차로마다 발목을 잡았다. 7번가를 지난 다음부터는 신호등에 신경쓸 필요가 없었지만 구불구불 빙 돌아가는 길에 들어선 터라 번 시간을 깎아먹었다.

그들은 택시에 오른 뒤로 말이 없었다. 그러다 어느 교차로에 멈추어 섰을 때 그가 물었다.

"왜 그렇게 한쪽 구석에 앉아서 고개를 뒤로 젖히고 있어요?"

"도시가 우리를 지켜보고 있거든요. 도시는 눈이 천 개예요. 길거리를 지날 때마다 우리한테 안 보이는 위치에 깊숙이 숨겨진 눈이 끔뻑끔뻑 우리를 예의 주시하고 있어요. 녀석은 속지 않았어요. 우리가 도망치려는 걸 알고 있어요. 할 수만 있으면 발을 걸어 넘어뜨릴 거예요."

"맙소사, 정말로 미신이라면 사족을 못 쓰는군요!"

그가 어린애 응석을 받아주는 투로 외쳤다.

"적을 눈앞에 두고 속셈을 간파한 사람은 미신에 사족을 못 쓰는 게 아니라 영리한 거죠."

잠시 후 그녀는 차창 너머로 뒤쪽을 흘끗 쳐다보았다. 센트럴파크를 가로지르는 중이라 서쪽 스카이라인이 입체감 있게 다가왔다. 도시의 불빛들이 번져 밝은 하늘을 등진 높다란 건물들은 사막의 까만 선인장처럼 하늘과 대조를 이루며 위협적인 분위기를 풍겼다.

"봐요. 잔인해 보이지 않아요? 아무한테라도 달려들어서 발톱으로 움켜쥘 순간을 기다리는 것처럼 음흉하고 비열해 보이지 않아요?"

그는 빙그레 웃었지만 크게 납득한 듯한 얼굴은 아니었다. 그가 물었다.

"어떤 도시든 밤이 되면 어두컴컴하고 흐릿하고 교활하고 매정해 보이지 않나요?"

그녀는 격하게 대꾸했다.

"정말 싫어. 이 도시는 사악해요. 살아서 제 의지대로 움직여요. 누가 뭐라 하건 내 생각은 그래요."

그도 인정했다.

"이 도시는 내게도 차갑기만 했죠. 생각이야 공감하지만 나는 이 도시를 살아 있는 인간처럼 생각해본 적은 없어요. 주어진 어떤 조건이나 기회라면 모를까."

지금까지의 스카이라인이 시야에서 사라지고, 그들 앞으로 새로운 스카이라인이 등장했다. 도시 한복판에 커다란 구멍처럼 자리잡은 센트럴파크에서 벗어나면서 이스트사이드가 펼쳐졌다. 59가부터 110가까지 뉴욕은 하나가 아니라 둘이다. 곰곰이 생각해본 사람은 거의 없겠지만 누구라도 아는 사실이다. 이 두 뉴욕은 똑같이 맞닿아 있는 세인트폴과 미니애폴리스만큼이나, 미주리 주 캔자스시티와 캔자스 주 캔자스시티만큼이나 전혀 다르다.

고급 주택가와 버터필드 8 전화국으로 유명한 이스트사이드, 빅토리아시대에는 우아함의 상징이었고 현대에는 세련미의 상징인 그곳은 5번가에서 파크 애비뉴까지 겨우 세 블록에 걸쳐 베니어합판처럼 얇게 형성된 지역에 불과하고, 그 뒤로 강변까지는 이 도시 어디에서나 볼 수 있는 허름한 주택들이 옹기종기 모여 있었다.

센트럴파크에서 72가로 빠져나온 택시 기사는 공원을 가로지르느라 어긋난 방향을 바로잡고 5번가를 따라 남쪽으로 몇 블록을 달렸다. 퀸은 목적지에서 한 블록 지난 69가에 차를 세웠다. 정확한 행선지를 감추기 위해서였다. 그가 잘라 말했다.

"여기서 세워주세요."

택시에서 내린 그들은 육지에 내린 닻이라도 되는 양 여행 가방을 사이에 두고 택시가 사라질 때까지 기다렸다. 기사는 좀더 활기차고 기회도 많은 5번가를 향해 액셀을 밟았다.

그들은 택시가 시야에서 사라지자마자 70가까지 걸어가 모퉁이를 돌았다. 그러곤 모퉁이 바로 옆의 어두컴컴한 골목길 안으로 무사히 들어서자 발걸음을 멈추고 따로 떨어져 행동할 준비를 했다.

한 팀으로 움직인 이래 처음으로 헤어지는 순간이었다. 그녀는 아무리 짧은 순간이라도 그와 헤어지고 싶지 않았다. 하지만 고집을 부려도 듣지 않을 것임을 알기에 같이 들어가겠다고 하지 않았다. 따라 들어갔다가는 위험만 가중될 것이다. 밖에 있어야 파수꾼 비슷한 역할이라도 할 수 있었다. 하지만 싫었다. 이러니저러니 해도 싫었다.

"여기서도 보여요. 짝수 번지 건물이 늘어선 이쪽 방향에, 두 번째 가로등을 지나면 바로 앞에 나오는 집이에요."

그가 아무도 없는지 주위를 둘러보며 조심스럽게 말했다.

"만일의 경우에 대비해서 이보다 가까이 오지 마요. 가방을 들고 여기서 기다려요. 얼른 들어갔다 올게요. 겁먹지 말고 마음 편히 기다려요."

그녀는 이미 겁을 먹었지만 티를 내느니 차라리 죽는 게 나았다. 게다가 겁이 난 이유도 그가 신경쓰는 것과 달랐다. 그녀 자신의 안위를 걱정하느라 겁이 난 게 아니었다. 그녀는 예전의 그녀가 아니었다. 다른 사람을 걱정하느라 겁이 났다. 그를 걱정하느라 겁이 났다.

"위험한 짓은 하지 마요. 불빛이 보이면, 집주인이 벌써 돌아온 것 같으면 절대 들어가지 말고 돈만 집안에 넣고 와요. 아침에 집주인이 발견할 수 있게. 꼭 금고에 넣지 않아도 되잖아요. 조심해요. 집주인이 벌써 불을 끄고 잠을 자는 걸 수도 있어요. 당신이 모르고 들어갈 수 있으니까."

그는 단단히 결심한 듯 모자챙을 잡아 내리고 고요한 길거리를 향해 걸음을 옮겼다. 그녀는 멀어져가는 그를 바라보았다. 절반이 되었다가 그보다 더 점점 작아지는 뒷모습을 바라보았다. 그녀는 꼼짝하지 않았다. 들어올릴 앞발이 없을 뿐 목표물을 지켜보는 태도가 포인터종 사냥개와 꼭같았다. 꼼짝 않고 서 있기만 할 뿐인데 쓸데없이 심장이 두근거렸다.

그의 옆모습이 잠깐 두 번째 가로등 불빛에 비치는가 싶더니 금세 어둠으로 덮였다. 주변을 조심스럽게 흘끗거리는 모습이 눈에 들어온 순간, 그녀는 그가 도착했다는 것을 깨달았다. 그녀가 서 있는 자리에서 집은 얇게 썬 돌조각처럼 보였다. 엎어지면 코 닿을 곳에 있는 양옆의 건물들 사이에 낀 계단 달린 집이었다. 그가 문을 향해 계단을 올라갔다. 유리로 된 현관 겉문이 휙 열리는가 싶더니 닫혔다.

그가 안으로 들어갔다.

반환이 시작됐다.

그가 들어가자마자 그녀는 여행 가방을 들고 천천히 집에 다가갔다. 그는 가만히 있으라고 했지만 최대한 가까이 있고 싶었다. 걸어가면서 내내 그를 응원했다.

그녀는 악마의 눈을 피하려는 시칠리아 사람처럼 소리 없이 입술만 달싹였다. "그 녀석이 알아차리면 훼방을 놓을 텐데. 브레이크를 걸 텐데. 자기가 씌운 도둑의 탈을 벗지 못하게 붙잡으려 할 텐데" 하고.

적은 항상 "그 녀석"이었다. 이 도시였다.

그녀는 가방을 들지 않은 쪽 손을 내려다보았다. 어느새 행운을 비는 뜻에서 십자가 모양으로 단단히 꼰 두 손가락을 옆구리에 대고 눌렀다.

입술을 반쯤 벌려 그 녀석에게 악의를 담은 목소리로 경고를 보냈다. 댄스홀에서 너무 치근덕거리는 손님을 질리게 해서 물러서게 만들던 식이었다.

"그 사람 건드리지 마, 알아들었어? 너는 빠져. 그 사람이 일을 끝낼 때까지."

녀석은 거무스름한 잿빛과 짙은 파란색, 칠흑처럼 새까만색으로 이루어진 기다란 밤의 터널 너머에서 게슴츠레한 눈으로 힐끔거렸다.

그녀는 집 앞에 다다랐을 때 멈추지 않고 그냥 지나갔다. 걸음을 멈추면 이목을 끌 수 있기 때문이다. 시치미를 뚝 떼고, 유리로 된 겉문과 실질적인 보루 역할을 하는 안쪽 현관문 사이 공간을 흘끗 들여다보았다. 가로등 불빛에 비추어 보니 아무도 없었다. 그가 안쪽 문을 닫고 깊숙이 들어간 것이다.

설마 남았다는 집주인이 지금 2층에서 잠자고 있으면 어쩐다? 퀸이 뒤늦게 알아차리면? 문을 닫아놓았으니 도주로가 차단된 셈인데. 잠에서 깬 집주인이 그를 발견하면……

그녀는 무서운 상상을 애써 차단했다. 처음에 그가 불순한 의도로 들어갔을 때도 아무 일 없지 않았는가. 순수한 의도로 들어간 지금 잘못될 리 없었다.

그러나 이 도시라면. 이 도시라면 충분히 일을 망치고도 남았다.

"그 사람 건드리지 마, 알았지? 건드리지 말라고."

그녀는 집을 지나 한참 걸어가다가 뒤를 흘끗 돌아보았다. 아직까지 아무 일도 없었다. 누가 고함을 지르거나 2층 창문이 갑자기 환해지지도 않았으니 아직 그가 누구의 눈에도 띄지 않았다는 뜻이었다.

하도 세게 꼬고 있었더니 손가락에 감각이 없었다. 그녀는 그를 보호하기 위해 파견된 보초병이나 다름없었다. 도시의 접근을 막는 초계병이나 다름없었다. 무기 대신 가벼운 여행 가방이 전부였지만 믿음직하고 과감한 병사였다. 시간이 조금 흐른 뒤에는 스스로를 위해서 용기를 더 장전해야 했지만.

마음을 가라앉히려고 최대한 애를 쓰는데도 정처 없이 느릿느릿 걷는 내내 심장이 미친듯이 쿵쾅거렸다. 너무 오래 걸리는 거 아닌가? 아무리 어두컴컴하다지만 2층까지 올라갔다 내려오는 데 이렇게 오래 걸릴 리 없는데. 지금쯤이면 나왔어야 하는데. 지금보다 훨씬 전에 나왔어야 하는데.

돈을 돌려주는 게 목적이라지만 무단 침입은 무단 침입이었다.

발각되면 돈을 훔치러 온 게 아니라 돌려주러 왔다는 걸 무슨 수로 증명할 수 있겠는가? 그가 무사히 빠져나와야 의미 있는 반환이 될 수 있었다. 직접 돌려줄 게 아니라 우편으로 보내는 게 나았을까? 생각지도 못했는데 진작 생각했더라면 얼마나 좋았을까 싶었다.

건너편 길모퉁이에서 갑작스레 사람 그림자가 나타났다. 더 멀리로 움직이지 않고 모퉁이와 살짝 떨어진 지점에 멈춰 서서 꼼짝하지 않았다. 건물들 그림자에 묻혀 그녀 쪽을 등지고 선 것이 간신히 보였다. 순찰에 나선 경찰이었다. 그녀는 가방을 들고 어두컴컴한 근처 건물들 사이로 얼른 몸을 숨겼다. 이 시각에 여행 가방을 들고 길거리에서 서성이는 사람은 무척 수상쩍어 보일 것이다.

경찰이 이쪽으로 오면 어쩌나 싶어서, 그가 길모퉁이에 서 있을 때 퀸이 나오면 어쩌나 싶어서 그녀의 심장은 두근거리는 정도가 아니라 좌우로 요동을 치고 이상하게 움직이는 추처럼 원을 그리며 뱅글뱅글 도는 듯했다.

경찰관이 비상 전화박스 문을 열자 쩔그렁하는 쇳소리가 났다. 보고를 하려고 그녀 쪽을 등지고 섰던 것이다. 웅얼거리는 말소리가 밤의 정적을 뚫고 전해졌다. "라슨입니다. 보고합니다. 2시 55분" 등등의 말이었다. 잠시 후 쩔그렁 소리와 함께 전화박스 문이 닫혔다. 건물 계단 옆 조그만 공간에 숨어 있던 그녀는 몸을 움츠렸다. 이쪽으로 오는 건 아닌지, 앞을 지나가는 건 아닌지 두려워서 가는 방향을 확인할 수조차 없었다. 그녀가 있는 쪽으로 길을 건너오는 발소리가 아주 조그맣게 들렸다. 소리가 점점 희미해지는가 싶더니 완전히 끊겼다.

그녀는 보일락 말락 하게 고개를 내밀고 살폈다. 경찰관은 사라졌는지 보이지 않았다. 천천히 숨을 내쉬며 다시 인도로 나섰다. 좀 전에 댄스홀에서 그녀의 집으로 가는 동안 계속 뒤를 돌아보던 퀸의 심정을 이제는 알 것 같았다. 불안은 전염성이 엄청났다.

그녀는 왔던 길을 거슬러 걸어가며 속을 알 수 없는 문제의 집을 걱정스레 살폈다. 무슨 일이 생긴 걸까? 뭐가 잘못됐기에 이렇게 한참 걸리는 걸까? 이미 나오고도 남았을 시각인데.

집을 막 지나칠 때 소리 없이 열린 문 사이로 그가 나왔다. 다시 닫히는 문을 뒤로하고 꿈쩍하지 않았다. 그녀가 안 보이는 것처럼, 아니면 보이기는 하지만 모르는 사람인 것처럼 가만히 서서 물끄러미 쳐다볼 따름이었다.

그러다 계단을 걸어 내려오기 시작했다.

그런데 집에서 빠져나오는 방식에 문제가 있었다. 빠르지가 않았다. 동작이 너무 느린데다 또 하나, 지나치게 둔했다. 너무 천천히, 얼이 빠진 사람처럼 빠져나왔다. 거기가 어디인지 모르는 사람 같았다. 아니, 아니다. 거기서 빠져나오든 계속 안에 있든 차이가 없는 사람처럼 움직였다고 하는 편이 적확했다.

그는 머뭇거리며 내려오다 말고 두 번이나 현관문을 돌아보았다. 탈진한 사람처럼 휘청거리기도 했다.

그녀는 무슨 일인가 싶어 얼른 한두 걸음 다가갔다. 그가 계단을 다 내려왔을 때는 그 앞에 있었다.

둘 사이의 거리가 이제 십몇 센티미터밖에 안 됐다. 어둠 속에서도 새하얗게 질린 얼굴이 보였다.

"왜 그래요? 뭣 때문에 그렇게 겁에 질렸어요?"

그녀가 쉰 목소리로 나지막이 물었다.

그는 뭐가 뭔지 모르겠다는 듯이 멍한 얼굴로 쳐다볼 따름이었다. 이래서야 이유를 알아낼 수가 없었다. 뭔지 모를 게 그의 말문을 꽉 막고 있었다. 그녀는 여행 가방을 내려놓은 다음 그의 양어깨를 붙잡고 살짝 흔들었다.

"말해요. 가만히 서서 쳐다보지만 말고. 안에서 무슨 일이 있었는데 그래요?"

드디어 어렵사리 말문이 터졌다. 어깨를 흔든 게 효과가 있었다.

"그 남자가 죽었어요. 시체가 돼서 누워 있어요."

그녀는 몸서리를 치며 헉하고 숨을 들이마셨다.

"누가요? 집주인이요?"

"집주인이 맞을 거예요. 오늘 저녁에 여기서 나가는 걸 봤으니까."

그는 손을 들어 모자 밑으로 이마를 훔쳤다.

이 순간 좀더 충격을 받고 좌절한 쪽은 그녀였다. 적의 정체를 그녀는 알고 그는 몰랐기 때문이다.

그녀는 문 앞 계단에 달린 석조 난간에 풀썩 기댔다.

"'그 녀석' 짓이에요."

그녀가 초점을 잃은 눈으로 그의 머리 너머를 바라보며 멍하니 중얼거렸다.

"이럴 줄 알았어요. 기어오르도록 내버려둘 리 없죠. 이번에 발목을 아주 제대로 잡혔네요. 꼼짝 못하게 꽉 잡혔네요."

머릿속이 하얘졌던 시간은 금세 끝났다. '녀석'은 싸우는 법도 가르친다. 녀석이 가르치는 수많은 나쁜 것들 중에 딱 하나 좋은 게 싸우는 법이다. 그 녀석이 늘 호시탐탐 죽일 기회를 노리니 살기 위해 싸우는 법을 터득하게 되는 것이다.

계단을 올라가려는지 그녀가 홱 하니 몸을 돌렸다.

그가 손을 내밀어 꽉 붙잡고 원래의 방향으로 되돌려놓으려 했다.

"안 돼요, 들어가면 안 돼요! 저길 피해야 해요!"

그가 계단을 한두 단 올라간 그녀를 인도로 끌어내렸다.

"얼른 도망쳐야 해요! 여기서 미적거리면 안 돼요! 애초에 데리고 오는 게 아닌데. 가서 표를 사고 버스를 타요. 오늘밤에 나를 만난 건 잊어버리고."

그녀는 힘없이 몸부림쳤다.

"브리키, 말 들어요. 도망쳐요. 가라고요. 까딱 잘못하다가는 경찰한테……."

그는 그녀를 앞장세우고 발걸음을 옮기도록 떠밀었다. 하지만 순식간에 몸을 돌린 그녀가 어느 때보다 바짝 그에게 다가갔다.

"알고 싶은 게 하나 있어요. 묻고 싶은 게 딱 하나 있어요. 당신 짓은 아니죠? 처음 들어갔을 때요. 그때 저지른 짓은 아니죠?"

"아니에요! 나는 돈만 들고 나왔어요. 그때 그 사람은 없었어요. 아예 보이지도 않았어요. 그새 돌아온 모양이에요. 브리키, 당신만은 믿어줘요."

그녀는 암흑 속에서 서글픈 미소를 지었다.

"걱정 마요, 퀸. 당신 짓 아니라는 거 아니까. 나는 아니까. 사실 물어볼 필요조차 없죠. 옆집에 사는 평범한 남자아이가, 그런 사람이 누굴 죽일 리 없잖아요."

그가 중얼거렸다.

"이제는 못 돌아가요. 이제 끝났어요. 망했어요. 경찰에서는 나를 범인이라고 생각할 거예요. 내가 저지른 범행과 한데 뒤섞여 있어서 고향에 내려가면 경찰이 체포하려고 기다리고 있을 거예요. 이왕 잡힐 바엔 모르는 사람이 없는 그곳이 아니라 여기서 체포되는 게 나아요. 나는 남겠어요. 몸부림쳐봐야 소용없어요. 그냥 순순히 기다릴래요. 하지만 당신은……."

그는 다시 그녀를 거칠게 떠밀었다.

"제발, 가요. 네? 제발, 부탁이에요."

이번에는 아무리 떠밀어도 그녀가 꿈쩍하지 않았다.

"당신이 저지른 거 아니잖아요. 그렇다면 자꾸 떠밀지 말고 내버려둬요. 당신이랑 같이 갈 테니까."

그녀는 반항하듯 옆으로 다가가 섰다. 그에게 반항하는 것이 아니었다. 그녀는 주변을 둘러보며 '그 녀석'을 찾았다.

그녀는 표독스럽게 중얼거렸다.

"이 도시, 여기가 문제야. 본때를 보여주자고요. 아직은 한 방 먹은 거 아니에요. 데드라인까지 시간이 남았잖아요. 날이 밝을 때까지 시간 있어요. 아직은 아무도 사건이 일어난 걸 몰라요. 시신이 발견됐다면 지금쯤 일대가 경찰들로 버글거렸을 거예요. 아무도 모르고, 우리만 알아요. 그리고 범인만. 그러니까 아직 시간 있어요. 이 도시에는 내 친구인 시계가 달려 있어요. 지금 여기서는 안 보이지만 그 시계가 아직 시간이 조금 있다고 알려주고 있을 거예요. 좀 전만큼은 아니지만 조금은 남아 있다고요. 포기하지 마요, 퀸. 포기하지 마요. 마지막 일분일초가 다하는 순간까지 끝난 게 아니니까."

그녀는 그의 어깨를 잡고 애원하듯 다시 흔들었다. 이번에는 무언가를 알아내기 위해서가 아니라 그에게 무언가를 주입하기 위해 흔드는 것이었다.

"자, 저 안으로 들어가서 사태를 해결할 수 있을지 고민해봐요. 들어가야 해요. 그게 유일한 희망이니까. 우리 둘 다 고향으로 돌아가고 싶잖아요. 당신도 알잖아요. 우리는 지금 행복을 걸고 싸우는 거예요, 퀸. 목숨을 걸고 싸우는 거예요. 6시 전에 끝내야 싸움에서 이길 수 있어요."

그의 대답은 귀에 잘 들리지 않았다. 하지만 계단 쪽으로 몸을 돌린 그가 앞장을 섰다.

그가 나지막이 말했다.

"투사여, 돌진하라. 전사여, 돌진하라."

그녀는 계단을 올라가는 그와 무의식적으로 팔짱을 꼈다. 용기를 주고받기 위해서였다. 지금은 서로 응원이 필요했다. 천천히, 두렵지만 아주 용감하게, 그들은 희한하리만치 딱딱한 걸음으로 죽음의 현장을 향해 행진을 시작했다.

　현관 이중문 사이 공간은 관처럼 답답했다. 그가 이날 들어 세 번째 불법 침입을 시도하며 안쪽 문에 슬쩍한 열쇠를 끼워 넣으려는 순간, 열쇠가 떨렸다. 그녀의 심장도 덩달아 떨렸다. 하지만 굳이 설명하지 않아도 알 수 있다시피 살짝 떨리는 손이 도리어 그가 내는 용기를 보여주고 있었다. 지금은 집밖으로 나오려는 게 아니라 집안으로 들어가는 중이었다. 탈출이 아니라 진입을 시도하는 중이었다. 지금까지 단 한 번도 공포를 겪은 적이 없다고 말하는 사람은 거짓말쟁이다. 그래서 그녀는 떨리는 그의 손에 오히려 감탄할 수밖에 없었다. 그 손은 그가 정직하고 용기 있는 사람이라는 증거였다.

마침내 열쇠가 제대로 꽂히자 잠금쇠가 풀리면서 문이 열렸다. 두 사람은 안으로 들어갔다. 그가 어깨를 살짝 움직이는 것이 그녀에게 전해졌다. 잠금쇠가 다시 부드럽게 제자리로 돌아갔다. 이제 그들의 등뒤에서 문이 닫혔다. 희끄무레한 회색 타원이 자리에 남았다. 부연 가로등 불빛이 그들을 따라 들어오려다 그쯤에서 포기한 것이었다. 두 사람이 한 발짝씩 더듬더듬 앞으로 걸어갈 때마다 가로등 불빛은 점점 작아져서 마침내 소의 커다란 눈만 한 크기가 되었다.

하루 종일 문을 닫아놓았던 집이라 현관 홀(추측건대 그 비슷한 곳이 아닐까 싶었다) 공기가 답답했다. 그녀는 냄새 하나만 갖고 이곳이 어떤 집일지 상상해보았다. 그녀의 후각이 아주 뛰어나진 않았지만 답답한 공기 사이로 값비싼 가죽과 목재 냄새가 나는 듯했다. 정확하지도 않고 막연한 인상뿐이지만. 썩거나 무너진 데서 나는 퀴퀴한 냄새, 음식이 남긴 잔향, 여성의 흔적을 알리는 향기는 없었다. 금욕적이라고 할 만큼 비인간적이면서 고급스러운 냄새만 느껴졌다.

그가 속삭였다.

"시체는 윗층의 뒤편에 있어요. 아래층에서는 불을 못 켜요. 밖에서 보일 수도 있으니까."

손동작으로 보건대 그가 무언가를 찾기 위해 주머니에 손을 집어넣은 듯했다. 그녀가 주의를 주었다.

"아니에요. 성냥도 켜지 마요. 앞장서면 따라갈게요. 당신 옷소매를 붙잡고 가면 돼요. 잠깐, 가방 좀 먼저 내려놓고요."

그녀는 더듬더듬 벽으로 다가가 나중에 금세 찾을 수 있도록 굽도리 널에 여행 가방을 기대 놓았다. 그런 다음 그가 선 자리로 돌아가 재킷 소매를 붙잡고 그와 한몸인 듯 움직일 준비를 마쳤다. 그들은 워낙 자욱해서 물처럼 느껴지는 어둠 속을 헤엄치듯 헤치고 걸었다.

"계단이에요."

잠시 후 그가 속삭였다.

그의 몸이 위로 올라가는 게 느껴졌다. 그녀가 발을 들어 움직이자 계단의 첫 단이 발끝에 닿았다. 그다음부터는 동작이 저절로 연결되어 문제가 없었다. 두 사람의 무게가 합쳐지자 계단이 삐걱거리는 소리가 한두 번 은밀한 정적을 갈랐다. 집안에 누가 있을 수도 있을까. 시체 말고 산 사람이. 있을 수 있다. 한집에서 한밤중에 터진 살인 사건을 다음날에야 아는 일도 많으니까.

"방향을 틀어요."

그가 속삭였다.

그가 왼쪽으로 몸을 틀자 팔이 그녀를 당겼다. 그녀는 소매를 붙잡고 고분고분 따라갔다. 층계참에 이르렀는지 단이 넓어졌다. 그들은 어둠 속에서 섬뜩하고 복잡한 사교춤을 추는 커플처럼 둘이서 같이 반 바퀴짜리 피루엣을 돌았다.

판판한 공간이 끝나자 그의 몸이 위로 올라가는 게 느껴졌다. 그녀가 올라가는 새로운 계단은 오른쪽으로, 좀전과 반대 방향으로 휘었다. 이번에는 판판한 공간을 맞이하자 아예 계단이 끝났다. 2층에 도착한 것이다.

"방향을 틀어요."

그가 한숨 쉬듯이 말했다.

이번에는 그가 오른쪽으로 몸을 틀자 팔이 그녀를 밀 듯이 다가왔다. 그녀는 거기에 맞춰 방향을 바꾸었다. 두 사람은 이제 2층 복도를 걷고 있었다.

가죽과 나무 냄새가 좀더 인간적인 분위기를 풍기기 시작했다. 금세 사라지는 시가의 흔적이 어딘가에 남아 있었다. 그 속에 섞인 좀더 달짝지근한 향기는 흔적이 아니라 추억이라고 해야 할 만큼 아련하고 희미했다. 몇 제곱미터인지 모를 무균의 공간 속에 섞인 한 알의 파우더. 일 년 전, 어쩌면 하루 전에 분사된 향수 한 방울. 그녀는 다른 시기, 다른 공간에서 맡은 향수 냄새를 떠올렸다. 지금 그 향을 맡은 건 아니었다.

발이 나무로 된 문지방을 넘었다. 높이가 얕아서 걸려 넘어질 수준은 아니었다.

공기가 미묘하게 바뀌었다. 누가 옆에 있나 싶은가 하면 아무 기척도 없었다. 사람들이 말하길 시신은, 특히 죽은 지 얼마 안 된 시신은 알아채기 힘들다고 한다. 하지만 그곳에서는 단순히 사람이 없는 수준을 넘어 뭔가가 정지된 분위기가 분명한 존재감을 드러내고 있었다.

이제 그만 걸어도 된다는 게 다행이었다. 그의 팔이 움직임을 멈췄다. 그녀도 옆에서 걸음을 멈추었다. 그들 뒤편을 향해 그가 다른 팔을 뻗어 움직이자 문이 움직이는 듯한 희미한 공기의 흐름이 느껴졌다. 바로 뒤에서 문이 끼익하고 닫히는 소리가 들렸다.

"이제 불 켤 테니까 눈이 부실 거예요."

그가 경고했다.

그녀는 조심하려고 눈을 감았다. 어둠 속을 한참 동안 순례한 뒤라 전깃불이 감당할 수 없을 만큼 눈부셨다. 방안에서 가장 두드러지는 존재는 시신이었다. 주변으로 후광이라도 뿜어지는 듯했다.

방 자체는 이런저런 용도가 한데 합쳐진 일종의 다목적실이었다. 적지 않은 권수의 책들이 벽에 달린 책꽂이에 두세 줄로 짤막하게 꽂혀 있었으니 어떻게 보면 도서실이라고 할 수 있었다. 셰러턴 책상이 한 개 있었으니 또 어떻게 보면 서재라고 할 수 있었다. 고전적인 생김새의 가죽 안락의자가 여기저기 놓여 있고 술을 보관하는 장식장도 있는 걸 보아 남자가 쓰는 응접실로 보는 게 가장 적절할 듯했다. 집안 식구 전체가 아니라 한 사람을 위해 2층에 마련된 응접실이라고 할까. 옛 상류층 사람들이라면 개인실이라고 불렀을 공간이었다.

촌스러울 정도로 남성적이지는 않았다. 그렇게 노골적이지는 않았다. 어디까지나 평범한 방이었고, 나머지 부분은 보는 사람이 해석하기 나름이었다.

초록색이 섞인 노란색 벽은 워낙 색이 옅어서 전등빛에 하얗게 보였다. 예컨대 정사각형 종이를 갖다 댄다든지 해서 진짜 하얀색과 비교해 보아야 누르스름하다는 걸 알 정도였다. 목조 가구들은 모두 호두나무였다. 카펫과 의자 등받이는 짙은 고동색이었다. 두 개 놓인 스탠드 갓은 양피지였다.

그들이 들어선 쪽이 긴 변인 직사각형 모양의 방이었다. 짧은 변에 해당하는 양옆의 벽에는 별다른 문도 장식도 없었고, 등지고 선 벽에는 당연하지만 그들이 들어온 문이 하나 있있다. 맞은편 벽에는 문이 두 개 달려 있었다. 하나는 침실, 약간 거리를 두고 나란히 자리잡은 다른 하나는 욕실로 향하는 문이었다. 퀸이 그녀를 두고 침실로 들어갔다. 집 뒤편으로 불빛이 새어 나가지 않게 창문마다 묵직한 커튼을 치는 모습이 어둠 속에서 희미하게 보였다. 그녀가 서 있는 방에는 창문이든 뭐든 외부로 트인 부분이 없었다. 그가 욕실을 신경쓰지 않는 것을 보면 그곳에도 창문이 없는 모양이었다.

이곳에 그가 있고 움직임도 느껴졌다. 하지만 시야 밖이나 의식 경계선상의 일처럼 어렴풋이 느껴졌다.

그녀는 지금까지 시신을 본 적이 없다. 그 사실이 복잡한 머릿속을 초강력 엔진처럼 계속 어지럽혔다. 그녀는 그 자리에 서서 물끄러미 시신을 내려다보았다. 도를 넘은 병적인 호기심 때문이 아니라 충격으로 넋을 잃었기 때문이었다. 인간이라면 누구나 두려워하는 것이 눈앞에 있구나, 하는 생각이 머릿속을 스치고 지나갔다. 나도 그렇고 퀸도 그렇고, 아직은 젊고 팔팔한 우리 모두 언젠가는 이렇게 되겠구나. 춤을 아무리 춘들, 동전 한 닢까지 긁어모은들, 짜증나게 구는 인간들에게 으르렁거리고 할퀸들, 이상형에게 매달린들 결국에는 이리되겠구나. 날마다 자동판매기에서 롤빵을 사 먹어봐야 나 자신을 속이는 것에 불과할 뿐 이렇게 되는 걸 피할 수는 없겠지. 바로 이렇게 되겠지. 이렇게.

지금까지 산전수전 다 겪었다고 생각했는데, 이건 예외였다. 어느 날 밤엔가 〈비긴 더 비긴〉이 한창 흐르고 있을 때 동료가 댄스홀 한복판에서 갑자기 쓰러진 적이 있었다. 나중에 사람들한테 듣기로는 뭘 먹어서 그랬다는데 확실한 자초지종은 아무도 몰랐다. 브리키는 한참 동안 멀쩡하게 사방을 누비던 그녀가 전원이 나간 것처럼 쓰러지더니 살짝 씰룩거리기만 할 뿐 꼼짝하지 못했다는 것만 알았다. 그들은 지배인이 뭐라고 하건, 뭐라고 욕을 퍼붓건 상관 않고 우르르 창가로 달려가 밖을 내다보았다. 하얀 들것에 실려 구급차로 옮겨지는 동료는 끔찍하게 작고 생기가 쏙 빠져나간 것처럼 보였다. 다음날 밤이 돼도 그녀는 돌아오지 않았다. 영영 돌아오지 않았다.

하지만 그때는 일이 벌어지기 '이전'이었다. 지금은 '이후'였다.

지금까지 그녀는 시신을 본 적이 없었다.

그녀는 남자를 보며 살아 숨쉬던 순간의 얼굴로 이목구비를 다시 그려보려 노력했다. 글씨가 가물가물 흐릿해진 책장을 읽는 것과 비슷했다. 비에 젖은 잉크 글씨를 읽는 것과 비슷했다. 모든 게 그대로 있는데, 모든 게 살짝 초점이 안 맞았다. 외모상의 특징이 었을 주름살이 이제는 팬 자국에 불과했다. 쓴소리든 우스갯소리든 큰소리든 약한 소리든 흘러나왔을 입이 이제는 얼굴에 뚫린 구멍에 불과했다. 두 눈은 다정하든지 매정하든지 현명하든지 적어도 반짝 거렸을 텐데, 이제는 누르스름한 잿빛 반죽에 박힌 부레풀처럼 생기 없이 희끄무레한 일개 장식에 불과했다.

손질이 잘된 머리카락은 아직도 생생하게 빛났다. 가장 마지막에 죽기 때문일까? 주인이 죽어도 계속 자라기 때문일까? 죽음을 부른 충격을 받고 몸이 쓰러지기까지 했는데도 흐트러짐이 없었다. 오랜 세월의 빗질로 완성된 골에서 한두 가닥 삐져나오고 그만이었다.

손질이 잘된 짙은 색의 눈썹은 물개 털 같았다. 흉측할 정도로 숱이 많지는 않고 눈에 확 띄는 정도였다. 그리고 완벽한 일직선이었다. 죽음으로 당혹감은 물론이고 눈썹을 이리저리 찡그릴 필요성이 사라져버렸기 때문이다.

여기까지 봐도 어떤 사람이었을지 가늠이 안 갔다. 나이는 서른다섯 살쯤 되어 보였다. 하지만 남자는 여자보다 나이를 알아맞히기가 쉽지 않다. 서른 살일 수도 마흔 살일 수도 있었다. 한 시간이

나, 못해도 사건이 벌어지기 전까지 준수한 외모를 자랑했을 것이다. 회반죽으로 만든 가면 같은 얼굴을 보면 알 수 있었다. 하지만 인간이 가진 것 중에 가장 하찮은 게 외모다. 외모로 말할 것 같으면 천사도 악마도 준수하지 않은가.

그는 인생의 여흥을 즐기는 사람이었다. 죽는 순간까지 흠잡을 데 없는 야회복 차림이었다. 빳빳하게 풀을 먹인 셔츠는 가슴팍에 구김이 거의 없었고, 장식용 꽃도 단춧구멍에 그대로 꽂혀 있었다.

바닥 광택제가 묻어 희미하게 반짝이는 구두 밑바닥을 보면 얼마 전에 춤을 추었다는 것을 알 수 있었고, 구두 가장자리에 긁히거나 찍힌 자국이 없는 걸 보면 복작거리는 댄스 플로어에서 남의 발을 피할 만큼 노련했다는 것을 알 수 있었다. 그런데 이런 사실을 알아낸들 지금 무슨 소용 있을까? 그는 더이상 춤을 추지 못할 운명이었다.

퀸이 다시 곁으로 왔다. 쳐다보지 않아도 옆에 서 있는 존재가 느껴졌다. 그녀는 그가 옆에 있어주어서 기뻤다. 두 사람의 어깨가 살짝 스쳤다. 느낌이 좋았다.

"저 눈 좀 감기면 안 될까요? 다른 데를 쳐다보는 동안 나를 보는 듯한 기분이 드는데, 막상 쳐다보면 아니란 말이죠."

그가 속삭임으로 대답했다.

"안 돼요, 건드리지 마요. 어떻게 해야 눈을 감길 수 있는지도 모르잖아요. 당신은 알아요?"

"그냥 눈꺼풀을 꾹 누르면 되지 않을까요?"

하지만 둘 다 시도해보지 않았다.

그녀가 숨을 죽이고 물었다.

"뭐였을지…… 알겠어요? 무기가 뭐였을까요?"

거부할 수 없는 충동에 이끌리기라도 한 것처럼 그녀는 천천히 바닥으로 몸을 숙였다. 잠깐 버티던 그도 같이 몸을 숙였다.

"어디 있을 텐데."

그녀는 단추 하나가 재킷을 여미고 있는 시체의 복부로 손을 움직여 조심스럽게 움츠렸다. 그런 다음 단추 말고는 아무것도 건드리지 않으려고 손가락을 뻗었다.

"잠깐만요. 내가 할게요."

그가 얼른 나섰다. 능숙하게 손가락을 움직이자 툭 하고 재킷이 벌어졌다.

"여기 있네요."

그녀는 숨을 들이마셨다.

하얀색 피케 조끼에 스민 불그죽죽하고 조그만 소용돌이가 보였다. 심장 위, 몸의 거의 정중앙이었다.

"총이었나 보네요. 맞군요. 동그랗게 너덜너덜하잖아요. 칼이라면 길게 자국이 남았겠죠."

그가 말하곤 시체의 조끼 단추를 풀고 옷자락을 벌렸다. 그 아래도 비슷한 상처가 있었다. 이번에는 총알이 남긴 여파가 훨씬 넓은 면적에 미쳤다. 옆구리로 피가 흐른 것은 물론이고, 제멋대로 자란 나뭇가지처럼 앞면으로 흐른 흔적까지 셔츠가 압지처럼 흡수했다. 그는 그녀가 볼 수 없게 조끼 자락을 칸막이처럼 들어서 최대한 가렸다. 그런 다음 처음처럼 덮었다.

말이 이어졌다.

"총이 아주 작았나 봐요. 내가 전문가는 아니지만 구멍이 작은 걸 보면 말이죠."

"총구멍은 다 그럴 수도 있어요."

"하긴. 총구멍은 한 번도 본 적 없어서 잘 몰라요."

"한 가지는 분명하네요. 이 사람 혼자 남아 있었다는 거. 아니면 다른 식구들이 총소리를 들었을 테니까요."

그는 방안을 훑었다.

"무기는 들고 갔나 봐요. 안 보이네요."

"성이 뭐랬죠? 이 집 사람들 말이에요."

"그레이브스."

"이 사람이 가족의 중심인가요? 그러니까, 가장이에요?"

"아니에요. 이 집안의 가장은 십 년인가 십오 년 전에 죽었다고 하더라고요. 부인은 사교계에서 아주 유명한 여자예요. 자식은 아들 둘, 딸 하나고요. 이 사람이 큰아들이에요. 작은아들은 다른 지방에서 대학교를 다니고요. 딸은 소위 말하는 사교계의 새 얼굴이에요. 신문에 자주 등장하는."

"이유를 알 수만 있다면, 동기를 파악할 수만 있다면…….”

"몇 시간 만에요? 온갖 노하우를 가진 경찰도 가끔 몇 주씩 걸리는데요?”

"알기 쉬운 부분부터 시작해보자고요. 자살은 아니에요. 자살이라면 총이 방안에 있을 테니까요.”

"그렇다고 할 수 있겠네요.”

그는 머뭇머뭇 대답했다. 자신 없는 목소리였다.

"강도나 절도가 가장 흔한 이유겠죠. 당신이 방금 전에 두 번째로 들어왔을 때 그사이 금고에서 없어진 게 있던가요?”

그는 솔직히 말했다.

"잘 모르겠어요. 불도 안 켜고 들어왔거든요. 그랬다가 저 사람한테 발이 걸려서 넘어졌어요.”

그녀는 안됐다는 듯이 혀를 찼다.

"전깃줄에 심장을 관통당한 기분이었어요. 성냥불로 정체를 파악했을 때 비틀비틀 금고 쪽으로 돌아가서 돈을 집어넣은 다음 쳐다보지도 않고 허둥지둥 빠져나왔어요.”

그녀는 무릎을 뻗어 한쪽 발을 바닥 위로 내밀었다.

"그럼 이제 살펴봐요. 처음에 여기 들어왔을 때 있었던 게 없어졌는지 기억할 수 있겠어요?”

그는 솔직하게 대답했다.

"아뇨. 맨 처음 들어왔을 때도 정신이 없었거든요. 하지만 열심히 기억을 더듬어볼게요."

그들은 쭈그려 앉았던 자세를 풀고 일어나 시체를 등지고 욕실 쪽으로 건너갔다. 전등 스위치가 어디 달렸는지 아는 퀸이 앞장섰다.

그가 스위치를 켜자 흰색 타일들이 번쩍 빛을 발했다. 맞은편에 달린 수납장 거울 때문에 욕실에 들어가면 그쪽에서도 누가 들어오는 듯한 착각이 일었다. 겁에 질린 표정을 짓고 있는, 너무나 젊고 무력하고 대책 없어 보이는 저 아이들은 누구일까?

하지만 그녀는 쓸데없는 데 시간을 낭비하지 않았다.

욕실로 들어서자 오른쪽 벽에 뚫린 정사각형 모양의 구멍이 가장 먼저 눈에 들어왔다. 옆방에 설치된 금고 바로 뒤편까지 뚫은 구멍이었다. 믿기지가 않을 정도로 두꺼운 벽이었다. 옛날에는 벽을, 그것도 내벽을 이렇게 두껍게 쌓았다니.

그는 맨 처음 들어왔을 때 샤워 커튼을 잡아당겨 구멍을 안 보이게 가려놓았다. 실토한 바에 따르면 그랬다. 그런데 다시 들어왔을 때 놀라서 서두르다가 샤워 커튼을 밀어젖힌 채 그대로 두었다. 밀쳐져서 구겨진 커튼 뒤로 구멍이 난 벽이 고스란히 보였다.

솜씨가 깔끔했다. 하지만 자랑스럽다고 생각하지 않은 건 그녀도 그도 마찬가지였다. 표정을 보면 알 수 있었다. 자를 대고 그은 것처럼 아주 반듯한 구멍이었다. 구멍 주변으로 드러난 하얀색 회반죽이 가느다란 연필선 수준이었다. 어찌나 깔끔하게 뚫었는지 옅은 노란색 벽면은 거의 갈라지지도 않았다. 한두 군데 벗겨질락 말락 한 게 전부였다. 벽에서 나온 회반죽은 발로 밀어서 욕조 밑으로 숨긴 듯했다. 그에게 묻지는 않았지만 바닥에 회반죽 덩어리가 보이지 않았고, 욕조는 갈고리 모양 다리가 달린 구식이었다.

회반죽이 하얗게 묻은 나무가 구멍 안에서 어렴풋이 보였다. 그가 손을 집어넣고 경험자답게 손가락으로 가장자리를 들쑤셔 나무판을 끄집어내더니 바닥에 내려놓았다. 상자처럼 금고 겉면을 이룬 나무판들 중 뒷판이었다. 강철 상자가 그 안에 들어 있었다.

잠시 후 그가 이번에는 강철 상자를 구멍에서 천천히 끄집어내 비스듬히 들어올린 양팔로 안았다. 금고의 구성은 그게 다였다. 나무로 감싼 벽면 속 공간에, 자물쇠도 달려 있지 않은 평범한 강철 상자가 든 게 끝이었다. 옆방으로 건너가면 비밀번호를 입력해야 하는 문이나 판 같은 게 금고 앞면에 달려 있을 것이다. 하지만 뒤에서 접근하면 무 자르듯 간단했다.

"별거 없네요?"

"요즘처럼 범죄 수법이 고도로 발달하기 전에 만든 금고일 거예요. 강도가 금고로 곧장 접근할 줄 몰랐던 시절에……."

그는 말을 하다 말고 얼굴을 살짝 붉혔다. 자기가 저지른 짓이 부끄러웠던 것이다. 이 금고에 관한 한 그가 바로 그 강도였다. 그래서 자기 행동이 떠올라 본능적으로 부끄러워진 것이었다. 환영할 일이었다. 옆집에 사는 평범한 남자아이라면 당연히 그런 기분을 느끼지 않겠는가.

그는 다리가 세 개 달린 반질반질한 욕실용 의자를 발로 끌고 오더니 묵직한 강철 상자를 그 위에 얹고 열어서 안을 살폈다.

그가 갖다 놓은 지폐가 맨 위에 있었다. 두 사람은 지폐를 옆으로 치우고 종이 뭉치를 뒤적였다. 하도 묵어서 종이가 누랬다. 그와 그녀가 태어나기 전에 만들어진 것이 대부분이었다.

"여기 유언장이 있어요. 유언장과 관계있는 사건일까요?"

"아니었으면 좋겠는데. 그렇다면 우리가 제시간에 해결할 수 있는 사건이 아니잖아요."

그는 계속 종이 뭉치를 들추고, 그녀는 이 부분 저 부분을 훑어 읽다 말했다.

"아버지가 남긴 유언장이에요. 저 남자가 유언 집행인이네요."

그녀가 옆방 쪽으로 고갯짓을 했다.

"스티브, 이게 저 사람 이름 맞죠?"

그러고는 좀더 파고들었다.

"유언장은 이번 사건하고 상관없는 것 같아요. 전 재산을 아내, 해리엇에게 남겼거든요. 아이들은 어머니가 살아 계신 동안에는 한 푼도 못 받아요. 그런데 어머니가 아니라 아들이 살해당했잖아요."

그녀가 유언장을 다시 접어서 던져 넣자 그가 말했다.

"우리가 짐작한 동기도 유언장은 아니잖아요. 강도의 소행이지."

"그 안에 보석이 몇 개 들어 있었다고 하지 않았어요? 그런데 안 보이네요?"

그녀의 가슴속에서 반짝 희망이 솟았다.

"이 칸이 아니라 뒤쪽 칸에 들어 있어요. 칸막이를 접으면 다음 칸이 나오거든요. 보여줄게요. 아주 값비싼 녀석은 아니에요. 보석 이긴 하지만, 다이아몬드 같은 게 아니거든요."

그가 두 번째 칸을 공개했다. 다양한 모양의 구식 보석 보관함들이 세월을 타서 하나같이 회갈색으로 거무칙칙해져 있었다. 그 안에 진주 목걸이, 토파즈 목걸이, 유행이 지난 스타일의 자수정 브로치가 들어 있었다.

"진주 목걸이는 이삼천 달러는 나가겠는데요?"

"전부 그대로 있어요. 다 내가 보았던 보석들이에요. 없어진 물건 없어요. 내가……."

그는 또다시 말을 하다 말고 멈추었다. 이번에는 얼굴을 붉히지 않는 대신 시선을 잠깐 떨구었다.

달갑지 않은 소식이었다. 희망이 역풍을 맞을 조짐이 보였다.

"강도의 소행이 아니네요. 해결할 수 없는 사건이겠어요."

그녀는 암담한 목소리로 말했다.

두 사람은 물건들을 강철 상자 안에 도로 허겁지겁 넣었다. 지폐를 맨 마지막에 넣었다. 이번에는 지폐를 쳐다보는 그의 시선이 증오로 이글거렸다. 그녀도 이해할 수 있었다. 그렇기에 나무라지 않았다.

문을 닫은 뒤 그가 상자를 들어 벽에 뚫린 구멍에 넣었다. 이제는 굳이 구멍을 샤워 커튼으로 가리려고 하지도 않았다. 이번에도 그의 생각을 알 수 있었다. 휜히 보이는 곳에 시체가 누워 있는데, 그와 종류가 다른 범죄의 사소한 흔적을 가린들 무슨 의미가 있겠는가. 이제는 두 사건을 분리하려고 해봐야 소용없었다. 일단 시신이 발견되고 나면 이쪽 사건이 저쪽 사건을 집어삼킬 것이다.

"이제 틀렸네요."

그가 풀죽은 목소리로 말했다.

그들은 다시 방으로 건너갔다. 그가 나오면서 욕실 불을 껐다.

그들은 발을 옮기다 말고 하릴없이 서로를 바라보았다. 이제 어쩌면 좋을까?

"그만큼 단순한 다른 동기가 있을 거예요. 좀더 개인적인 동기가. 증오나 사랑 같은. 이제 뭘 해야 하는가 하면……."

그는 그녀가 하려는 말을 알아차렸다. 그래서 시신 곁으로 비장하게 걸어가 다시 한번 쭈그리고 앉았다.

"아직 안 했죠?"

그녀가 물었다.

"네, 발에 걸려 넘어졌을 때 성냥불을 켜고 기어가서 이마에 손을 댄 게 전부예요."

그녀는 거부감을 누르며 옆으로 다가가 똑같이 쭈그리고 앉았다. 그 못지않게 시신에 바짝 다가앉았다.

"이제 다 꺼내봐요. 나도 도울게요."

"당신은 손 집어넣을 필요 없어요. 내가 꺼낼게요. 꺼내면 살피기만 해요."

그들은 뒤숭숭한 얼굴로 서로에게 미소를 지으며 앞으로 할 일이 아무렇지 않은 척했다. 그가 말했다.

"여기서부터 시작할게요. 모든 양복의 제일 위에 달린 주머니부터."

가슴 주머니. 그 속에는 윗부분이 밖으로 살짝 드러나 보이게 부채 모양으로 접은 고급 리넨 손수건밖에 없었다.

그녀가 손수건을 펴서 보고 말했다.

"봐요, 총알이 여길 뚫고 지나갔어요. 접혀 있을 때는 구멍이 아래쪽에 하나였는데, 펼치니까 무슨 무늬처럼 세 개로 늘어나요. 종이를 잘라 만든 레이스 무늬처럼 말이에요."

그들은 웃지 않았다. 너무 섬뜩한 비유였다.

"여긴 그것밖에 없네요. 이제 밖에 달린 왼쪽 주머니를 볼게요. 이 남자가 재킷을 깔고 누워서 주머니가 밑으로 들어갔네요."

그는 시신을 살짝 들어 재킷을 끄집어냈다.

잠시 후.

"아무것도 없어요. 휴지 조각 하나 없어요."

그는 까만색 공단으로 된 안감을 꺼내 뒤집어 보였다.

"이번에는 오른쪽."

그가 이번에도 안감을 꺼냈다.

"여기도 아무것도 없어요."

시신의 엉덩이 근처에 반쯤 부푼 까만색 풍선이 두 개 생겼다. 생김새가 꼭 초소형 부낭 같았다. 그는 일단 그 상태로 두었다.

"이제 안주머니."

이번에는 시신의 가슴을 따라 팔뚝을 들이밀어야 했다. 그의 표정에는 변화가 없었다. 어쨌거나 빳빳한 셔츠라는 한 겹의 보호막이 있었다.

그녀가 말했다.

"다 꺼내봐요. 뭐가 됐든 전부."

이런저런 물건들이 주머니에서 그의 손과 그녀의 손을 거쳐 바닥으로 옮겨지는 동안 그녀가 소리 내어 재고 조사를 하듯이 항목을 읊었다.

기이해 보이는 모습이었다. 아이라고 하기엔 너무 큰 어른 둘이 모래밭에서 양동이를 가지고 놀든지 진흙을 쌓든지 하는 것처럼 보였다. 무릎을 가슴에 모으고 쭈그려 앉은 모습이 영판 그랬다. 그는 아무 말도 하지 않았지만 표정으로 보건대 가망 없다고 생각하는 듯했다. 시간이 얼마 남지 않아 불가능하다고 생각하는 듯했다.

등뒤의 책꽂이에 시계가 있었다. 두 사람은 시계를 확인하고 싶은 마음을 오로지 정신력으로 계속 참고 있었다. 시곗바늘 소리가 정적을 잘게 토막 냈다. 조롱하듯이, 가차없이, 너무 빠르게 계속 째깍 째깍 째깍거렸다. 멈추는 법 없이, 포기하는 법 없이, **째깍 째깍**

째깍…….

"담뱃갑. 은. 티파니 제품. 이름이 B로 시작하는 사람한테 받은 선물이네요. 'B가 S에게.' 남은 담배는 세 대. 던힐."

딸깍. 그녀는 담뱃갑을 도로 닫고 내려놓았다.

"지갑. 새끼 바다표범 가죽, 마크 크로스. 오 달러짜리 두 장, 일 달러짜리 한 장. 윈터 가든 극장의 오늘밤 공연 티켓 두 장. C-112, 114. 오케스트라석 세 번째 줄일 거예요. 최소한 이 남자가 오늘밤 8시 40분부터 11시까지 어디 있었는지는 알아냈네요."

"삼십오 년 인생 중에 두 시간 반을 알아낸 거죠."

그가 음울한 목소리로 말했다.

"인생을 통째로 훑을 필요는 없잖아요. 공연이 시작되고 두 시간이나 두 시간 반 이후까지만 거슬러 올라가면 되는걸요. 윈터 가든 극장에서 살해되지는 않았으니까요. 극장에서는 멀쩡히 걸어나왔죠. 그것만 해도 범위가 확 좁아진 거 아닌가요?"

"다른 건 없어요?"

"명함이 있어요. 스태퍼드, 누군지 모르겠고. 홈스, 누군지 모르겠고. 잉골즈비, 누군지 모르겠고. 아무래도…… 아니다, 잠깐. 두 번째 작은 칸 안에 뭔가가 있어요. 사진이에요. 승마복을 입은 어떤 아가씨와 말을 타고 있는 사진이에요."

"어디 봐요."

그는 사진을 살펴보고 고개를 끄덕였다.

"오늘 저녁에 그와 함께 집을 나섰던 여자예요. 침실에 있는 은색 액자에도 이 여자 사진이 들어 있어요. 전에 들어왔을 때 보았거든요. 바버라고 서명해놓았던데."

"그럼 이 여자도 아니에요. 이 여자가 범인이라면 침실 은색 액자에 사진이 있을 리 없으니까. 액자는 그대로 있더라도 사진은 없어졌겠죠. 그 정도는 상식이잖아요."

"그 주머니에 든 건 그게 전부예요. 이제 바지 주머니 네 군데를 뒤질게요. 앞에 두 개, 뒤에 두 개. 왼쪽 뒤, 아무것도 없음. 오른쪽 뒤, 네모나게 접은 손수건으로 끝. 왼쪽 앞, 아무것도 없음. 오른쪽 앞, 현관 열쇠하고 잔돈들."

그녀는 그게 얼마나 무의미한 일인지 깨달은 사람처럼 맥없이 잔돈을 셌다.

"팔십사 센트네요."

그녀는 말하고 동전들을 털썩 내려놓았다. 그가 말했다.

"주머니는 끝이에요. 진전이 없네요."

"진전이 없긴요, 퀸. 얼마나 많은 걸 알아냈다고요. 그런 소리 하지 마요. '담당자 귀하. 아무개가 저를 죽였습니다.' 이런 편지를 기대했던 건 아니잖아요? 아무것도 없던 상태에서 바버라는 이름을 알아냈고, 바버라가 어떻게 생겼으며, 오늘 저녁 이 남자와 함께 외출한 사람이라는 것도 알아냈잖아요. 둘이서 간 곳도 알아냈고요. 공백이 자정 전후 몇 시간으로 줄었어요. 주머니를 뒤져서 알아낸 것치고는 아주 많지 않나요?"

째깍, 째깍, 째깍…….

그녀는 바닥을 내려다보았다. 그런 채로 진정시키려는 듯, 용기를 북돋워주려는 듯 손을 내밀어 그의 손 위에 살짝 얹었다.

"알아요."

그녀가 들릴락 말락 하게 중얼거렸다.

"보지 마요, 퀸. 돌아보지 마요. 우리, 할 수 있어요, 퀸. 할 수 있어요. 성공할 수 있어요. 그렇게 계속 되뇌어요."

그녀는 자리에서 일어섰다. 그가 물었다.

"물건들 다시 넣을까요?"

"당장은 그대로 두어요. 별 상관도 없으니까."

그도 따라 일어섰다. 그녀가 말했다.

"이번에는 방안을 뒤져봐요. 이 사람 주변을. 이 사람은 끝냈으니까 뭐가 나올지 방안을 뒤져보자고요."

그들은 시체를 사이에 두고 양옆으로 갈라졌다.

"당신은 저쪽에서부터 시작해요. 나는 이쪽에서부터 시작할 테니까."

"뭘 찾는 건데요?"

그가 그녀를 등진 채 멍한 목소리로 물었다.

나도 몰라요. 그녀는 울부짖고 싶었다. 나도 모른다고요!

째깍, 째깍, 째깍…….

그녀는 시계 바로 앞을 지나갈 때도 문자판이 보이지 않도록 시선을 떨구었다. 모래밭에 머리를 묻은 타조 같군, 하고 속으로 중얼거렸다. 쉽지 않은 일이었다. 시계는 그녀가 맡은 쪽에서 그녀를 똑바로 쳐다보고 있었다. 책들을 양옆으로 밀치고 책꽂이 한가운데를 턱하니 차지하고 있었다.

"『초록불』."

그녀는 책꽂이를 따라 천천히 게걸음을 치며 큰 소리로 중얼거렸다.

"『중국 등잔용 기름』, 『개인사로 알아본』……."

그녀는 여기까지 읽다 말고 시선을 떨구었다.

째깍. 일 초가 흘렀다. 얼마 있지도 않은 시간에서 일 초가.

그녀는 책장 오른편을 향해 시선을 들었다.

"『동양으로 가는 북방 비행』, 『X의 비극』. 이 사람, 대단한 독서 애호가는 아니었네요."

그녀가 내린 평가였다.

"어떻게 알아요?"

방 한쪽에서 그가 궁금해하는 투로 물었다.

"그냥 느낌이에요. 책을 많이 읽는 사람은 책장에 비슷비슷한 책들을 꽂아놓거든요. 그러니까 거의 한 분야로. 이 사람은 수박 겉핥기식이에요. 이런 분야 한 권, 저런 분야 한 권. 밤에 잠이 안 오거나 그럴 때, 육 개월에 한 권씩밖에 안 읽나 봐요."

먼저 출발 지점에 도착한 건 그녀였다. 걸음을 멈추고 잠깐 생각하다가 그를 불렀다.

"퀸."

"네?"

"담배를 피우는 남자는……. 그 사람 주머니에 담뱃갑이 들어 있었잖아요. 보통 시가도 피우게 되나요?"

"그러기 쉽죠. 많은 사람들이 양쪽 다 피워요. 왜요, 그쪽에 시가 꽁초 있어요?"

"음, 그 사람이 시가를 두 대나 피우는 것도 보통 일인가요? 혼자서? 여기 재떨이에 꽁초가 두 대 있거든요."

그가 다가와 확인했다. 그녀가 말했다.

"집주인이 다른 사람과 함께 있었던 것 같아요. 다른 남자하고. 두 의자 중 어디에 앉았을지는 몰라요. 재떨이를 양쪽에서 쓸 수 있거든요. 꽁초 한 개는 이쪽 홈에 걸쳐져 있고, 다른 한 개는 저쪽 홈에 걸쳐져 있어요."

그는 허리를 숙이고 좀더 유심히 들여다보고는 말했다.

"그 사람이 두 대를 피운 게 아니에요. 두 개가 상표가 다른데, 이런 식으로 피우는 사람은 없거든요. 다른 사람과 함께 있었던 것 맞네요. 또 한 가지. 두 사람은 말다툼 비슷한 걸 했어요. 다른 한쪽은 아니었을지 몰라도 한쪽은 씩씩대고 있었어요. 이쪽 꽁초를 봐요. 입에 닿는 쪽이 매끈하잖아요. 좀 축축하긴 해도 온전하잖아요.

이번에는 이쪽 꽁초를 봐요. 입에 닿는 쪽을 잘근잘근 씹어서 너덜너덜하잖아요. 둘 중 한 명이 뭔가에 화가 난 거예요. 보면 알 수 있어요."

그가 그녀를 올려다보았다.

"지금까지 건진 것 중에서 최고예요. 단연코 최고네요."

"어느 쪽이 흥분했고, 어느 쪽이 침착했을까요? 죽은 사람이었을까요, 상대방이었을까요? 그걸 모르잖아요."

"모르죠. 하지만 중요하지 않아요. 다른 사람이 있었다는 게 중요한 거니까. 두 시가의 상표가 다르다는 사실만으로도 분위기가 화기애애하지 않았다는 증거가 되죠. 한쪽이 다른 쪽이 권한 시가를 사양하고 자기 것을 피운 거예요. 아예 권하지 않았을 수도 있고요. 두 사람은 동시에 시가를 피웠지만 같이 피우지는 않았어요. 무슨 말인지 알죠? 신경전이나 말다툼을 벌이고 있었던 거예요."

"훌륭해요. 하지만 충분하지는 않아요. 상대가 누구였는지 알수가 없잖아요."

그가 한쪽 의자와 벽 사이로 건너갔다. 의자가 벽에 붙어 있지는 않았지만 구석진 자리에 있어 지금까지 보이지 않았던 공간으로 건너간 것이다.

"둘 중 한 사람이 마시던 잔을 의자 옆 바닥에 내려놓았네요."

"다른 사람 잔도 있어요?"

그녀가 둘 사이에 다툼이 있었다는 가설을 빈틈없이 보호하려는 듯 얼른 물었다.

그는 다른 의자와 탁자 사이로 움직여 바닥을 살펴보았다.

"아뇨."

그녀는 안도의 한숨을 내쉬었다.

"두 사람의 분위기가 훈훈하지 않았던 것 맞네요. 처음에 걱정했더니. 빈 잔이 있는 이쪽에 앉았던 사람이 그레이브스였겠어요. 그 사람이 집주인이니까. 한 잔 마시고 손님한테는 권하지 않은 거예요. 권했지만 화가 난 손님이 사양했거나."

"맞아요. 최상은 아니지만 앞뒤가 맞는 설명이에요. 반대일 가능성도 있긴 하지만 희박해요. 못마땅한 손님한테 술을 권하고 자기는 안 마시는 방식으로 불편한 심기를 표현하는 집주인은 없을 테니까요. 그런 경우라면 애초에 술을 권하지 않겠죠. 그러니까 이쪽에 앉았던 사람이 그레이브스였다고 결론을 내려도 되겠어요."

"중요한 건 '어느 쪽'에 앉았느냐가 아니에요."

그녀는 좌절한 투로 중얼거렸다.

"'누구'와 함께 있었느냐지."

"잠깐, 여기……."

그의 손이 손님이 앉았던 자리로 결론을 지은 두 번째 의자의 팔걸이와 엉덩이 판 사이를 향해 곧장 날아갔다. 그가 뭔가를 꺼내자 두 사람의 얼굴이 동시에 살짝 모였다.

"성냥갑이네요?"

그녀가 풀이 죽은 목소리로 물었다. 그도 시인했다.

"의미 있는 물건일 줄 알았는데. 삐죽 나와 있는 게 보이더라고요. 그레이브스는 성냥갑을 갖고 있었어요. 아까 꺼내봤었잖아요. 이건 분명 손님 거예요. 흥분해서 떨어뜨린 모양이에요."

그는 성냥갑을 열었다 닫고 원래 있었던 자리에 꽂았다. 잠시 후 얼른 도로 빼내 뚜껑을 열고 쳐다보며 눈살을 찌푸렸다.

"휴! 정말로 흥분했나 봐요. 시가 한 대 피우는 데 몇 개를 썼는지 봐요. 손님은 자기가 반도 넘게 쓰고 있는 줄도 모르고 대화하는 내내 성냥을 켜고 또 켰든지, 속사포를 퍼붓느라 빠는 걸 깜빡해서 시가가 자꾸 꺼지든지 했을 거예요."

그녀는 반론을 제기했다.

"처음부터 성냥이 반쯤밖에 없었을 수도 있잖아요. 시가를 피웠다지만 새 성냥갑이 아니었을 수도 있잖아요."

그는 이미 생각을 정리했는지 대꾸가 없었다. 성냥갑만 유난히 오래 바라볼 따름이었다.

"잠시만 이쪽으로 와봐요."

그가 시선을 고정한 채 말했다.

"이걸 보면 무슨 생각이 들어요? 나하고 같은 생각이 드는지 알고 싶어요."

"'더블민트 껌을 소개합니다'?"

"껍데기 말고 안에 든 성냥요."

그녀는 고개를 숙여 그의 옆에 댔다. 그들은 소중한 부적이라도 되는 양 성냥갑을 붙잡고 있었다.

"잠깐 볼게요. 이런 성냥갑에는 보통 성냥이 스무 개 들어 있죠. 앞줄에 열 개, 뒷줄에 열 개, 이런 식으로. 이 성냥갑은……. 엄지손가락 좀 치워봐요……. 앞줄에 두 개, 뒷줄에 세 개, 총 다섯 개 남았네요. 그러니까 시가 한 대 피우는 데 열다섯 개를 썼다는 말인가요?"

"아뇨, 내가 하고 싶은 말을 아직 짐작하지 못한 모양이네요. 자, 봐요. 남은 성냥 다섯 개가 다 앞줄과 뒷줄 오른편에 있어요."

그녀가 뒤늦게 말했다.

"네, 맞아요. 그건 보자마자 알아차렸어요."

"있어봐요. 자, 내 주머니에 들어 있던 성냥갑을 봐요."

그가 자기 성냥갑을 그녀에게 건넸다.

"성냥을 하나 빼내서 켰다가 꺼요. 머리를 비우고 그냥 평소처럼 성냥을 켜봐요. 커피포트를 올려놓은 가스레인지에 불을 붙인다 생각하고. 어서요. 머리를 비우고."

그녀는 성냥을 켰다 끄고, 잘 모르겠다는 듯이 그를 향해 귀엽게 고개를 모로 꼬았다.

"이제 성냥갑을 봐요. 어느 쪽의 성냥을 뺐어요? 오른쪽이죠? 남녀노소 가릴 것 없이 오른쪽부터 시작해서 왼쪽으로 옮겨가며 한 개씩 뽑아 쓰게 되어 있어요. 그런데 손님의 성냥갑은 정반대였어요. 이제 무슨 말인지 알겠어요? 오늘밤에 그레이브스를 마주보고 의자에 앉아 있던 남자는 '왼손잡이'였어요."

그녀는 퍼뜩 깨닫고 동그랗게 벌린 입을 다물지 못했다. 그는 말을 이었다.

"그 남자가 누군지, 어떻게 생겼는지, 범인이 맞는지는 몰라요. 하지만 이건 알아요. 시가 한 대를 피우는 데 성냥 열다섯 개를 쓰고, 시가를 잘근잘근 씹을 만큼 뭔가에 열이 받아서 씩씩댔다는 것. 그레이브스와 사이가 나빴다는 것. 왼손잡이였다는 것."

그녀가 성냥갑 쪽으로 손을 내밀자 그는 별생각 없이 성냥갑을 건넸다. 몇 초가 지났을 때 그녀가 묘한 표정을 지었다.

"어쩌면 좋아요, 퀸."

그녀가 이상하게 딱하다는 투로 말했다.

"무슨 소리예요?"

"모든 게 어그러졌어요."

이번에는 그가 묘한 표정을 지었다.

"왜요? 어째서요?"

"여자였어요."

그녀는 한 손으로 그의 손을 잡고 다른 손으로 성냥갑을 쥐여주고는, 거두절미하고 말했다.

"냄새를 맡아봐요. 윗입술에 대고. 그럼 알 테니까."

그는 시키는 대로 고분고분 따르지 않았다.

"여자가 시가를 곤죽으로 만들어놨다고요?"

그는 격렬하게 자기 뒤편을 가리키며 물었다.

"의자에 앉았던 사람이 여자였다고요?"

"시가나 의자는 잘 모르겠어요. 아무튼 윗입술에 대고 성냥갑 냄새를 맡아봐요."

"유황이랑 뭐 그런 냄새가 나는데……."

"잠깐 기다리면 그 냄새는 없어질 거예요. 둘 중에 그쪽이 강해서 먼저 느껴지는 거니까. 지금은 어때요?"

그는 낙담한 듯 얼굴을 찡그렸다.

"향수 냄새."

그는 우거지상을 하고 대답했다.

"희미한 향수 냄새가 나네요."

"핸드백에 들어 있었던 거예요. 하루 종일 들어 있었던 거예요. 향수 냄새가 진동하는 핸드백이라 종이에까지 냄새가 밴 거죠. 이 방에서 한두 번 핸드백을 열었는지 공기 중에도 살짝 냄새가 남았고요. 아까 어두컴컴한 복도에 들어설 때 느꼈어요. 오늘밤 이 방에 여자가 있었던 게 분명해요."

그는 순순히 항복하고 싶지 않았다. 항복해야 맞는 상황이었지만, 그러고 싶지 않았다.

"시가는요? 시가 두 대를 피운 사람은요? 하나는 독한 맛이고 다른 하나는 순한 맛이에요. 하나는 멀쩡하지만 다른 하나는 너덜너덜하고요. 당신 말은 죽은 사람이 두 대를 동시에 피웠다는 거예요?"

"여자가 찾아오기 '전에' 남자 손님이 왔을 수도 있죠. 여자가 떠난 '뒤에' 찾아왔을 수도 있고요. 둘은 같이 여기 있었을 수도 있어요."

"그랬을 리 없어요."

그는 제멋대로 단정지었다.

"시가 꽁초로 봐선 어떤 남자가 그와 마주본 의자에 앉아 있었던 게 분명해요. 성냥갑으로 봐선 여자가 앉아 있었고요. 둘이 동시에 여기 있었을 리는 없어요."

"신경이 곤두서서 자기 성냥을 다 쓴 남자가 여자한테 빌렸을 수도 있잖아요. 남자가 의자에 앉아서 그레이브스와 대화를 나누는 동안 여자가 어디서든 곁에서 두 사람의 이야기를 듣고요."

그는 말도 안 된다는 듯이 홱 하니 고개를 저었다.

"앞뒤가 안 맞잖아요. 그레이브스가 남자의 바로 맞은편에, 여자보다 훨씬 가까운 데 앉아 있었을 거 아니에요. 의자가 두 개뿐이니까. 그럼 그레이브스한테 성냥을 빌렸겠죠."

"둘이 서로 고함을 지르거나 분통을 터뜨리는 중이었다면요?"

"성냥 정도는 호의를 베푸는 거라고 볼 수 없잖아요. 술이나 담배하고는 달라서 묻지도 않고 썼을 거예요. 게다가 성냥을 빌린 거라면 다 쓴 성냥갑이 이 근처에 있어야 하잖아요. 빌리기 전에 쓰던 게. 그런데 없어요."

그는 주먹으로 의자 등을 툭 쳤다.

"여자와 남자는 따로 왔어요."

"알았어요, 그렇다고 쳐요. 그래도 별 도움이 안 되는 건 마찬가지예요. 누가 먼저 왔을까요? 둘 중 나중에 온 사람이 범인일 텐데."

"갈수록 첩첩산중이로군요."

그가 우울한 목소리로 말했다.

째깍, 째깍, 째깍……

그들은 시계를 외면하고 바닥을 내려다보았다.

그들은 의자 근처에 서 있었다. 모든 사건이 의자 근처에서 이루어졌다.

시계 소리를 피하느라 그렇게 시선을 돌리고 바닥을 내려다보았기 때문일까? 그러지 않았더라면 알아차리기 힘들었을 것이다. 카펫이 갈색이었으니까. 갑자기 그녀는 자기가 시선을 두었던 자리를 쫓듯 몸을 움직였다. 한쪽 무릎과 한 손바닥을 딛고 반쯤 엎드린 자세로 몸을 숙였다. 그녀가 너덜너덜한 시가 꽁초가 놓인 방향에 있던, 성냥갑을 발견한 두 번째 의자 밑 공간에 손을 집어넣었다 뺐다. 그리고 손바닥 위에 얹은 무언가를 한 손가락으로 누르고 허리를 폈다.

"설마……?"

그는 경악한 얼굴로 숨을 토했다.

"직접 확인해봐요."

그녀의 대답이었다.

크기는 작았다. 정확히 오 센트짜리 동전만 했다. 갈색이었다. 반달 모양이었다. 가장자리가 둥그런 선으로 이어지다가 직선으로 끊겨 있었다. 몸체에 작은 구멍이 두 개 뚫려 있었고, 구멍이 두 개 더 있었음을 의미하는 듯 직선에 두 군데 움푹 팬 부분이 있었다. 갈색 실이 멀쩡한 구멍 사이에 대롱대롱 매달려 있었다.

그가 경건하게까지 느껴지는 목소리로 내뱉었다.

"깨진 단추네요."

"조끼 단추일까요?"

"아뇨, 소매 단추예요. 소매 바깥쪽에 다는 단추요. 실제로 단추 용도로 쓰기엔 너무 작아서 우리 같은 사람들은 쓸 일이 없겠네요."

"최근에 재킷을 세탁소에 맡겼을 때 깨졌던 단추가 오늘밤에 의자 위로 떨어진 모양이네요. 시가를 손에 쥐고 너무 열심히 흔드는 바람에 그랬는지."

"그런데 어쩌다 의자 '밑'에 있었던 걸까요?"

"원래는 옆으로 떨어졌을 것 같아요. 화가 나서 의자에서 벌떡 일어났든 의자를 움직였든 하는 바람에 떨어져 있던 단추 위로 의자가 옮겨간 거죠."

"그레이브스의 단추일 수도 있잖아요. 며칠째 여기서 뒹굴고 있었을 수도 있어요."

"그럼 지금 맞춰봐요. 다음 단계로 넘어가기 전에 그 부분부터 확인하자고요. 그건 할 수 있으니 얼마나 다행이에요? 갈색이나 옅은 갈색 양복에서 떨어진 단추일 거예요. 나는 남자가 아니지만, 파란색이나 회색 양복에 갈색 단추를 달 리 없다는 것쯤은 알아요. 그레이브스가 지금 입은 턱시도에서 나온 단추도 아니고요."

그녀는 침실로 건너가 옷장을 열고 옷장 벽에 붙어 있는 불을 켰다.

"창문은 다 괜찮겠죠?"

"네, 내가 잘 닫아놨어요."

그는 대답하며 순진한 표정으로 눈을 휘둥그레 뜨고 그녀의 등 뒤를 쳐다보았다.

"맙소사! 몇 살까지 살아야 저 많은 걸 다 입을 수 있을까……."

둘 다 말은 안 했지만 똑같은 생각을 하고 있었다. 그레이브스가 이 옷들을 다 입어보지도 못하고 죽었다는 생각이었다.

갈색이나 그 비슷한 색 양복은 많지 않았다. 왠지 모르겠지만 옷이 많건 적건 갈색 양복을 즐겨 입는 남자는 거의 없었다.

"여기 겨자색은 가능성이 있겠네요."

그녀는 양복을 옷걸이째 빼낸 다음 소맷부리를 한쪽씩 들어서 줄줄이 달린 단추를 손끝으로 휙 훑었다.

"다 제대로 달려 있어요."

그녀는 옷걸이를 다시 걸었다.

"여기 갈색 있네요."

이번에는 그 양복을 옷걸이째 꺼내 똑같은 과정을 반복했다.

"바지 뒷주머니도 빠뜨리지 마요."

그가 주의를 주었다.

"보통 왼쪽 뒷주머니에도 단추가 달려 있거든요. 내 양복은 그래요."

"다 있어요."

그녀는 옷걸이를 다시 걸었다.

"이걸로 끝인데. 잠깐, 저 뒤쪽 고리에 아주 오래된 재킷이 한 벌 걸려 있네요. 저 정도면 갈색이라고 할 수 있겠고요."

그녀는 그 재킷을 살펴보고 다시 걸었다.

"단추 종류가 달라요. 단춧구멍이 있는 게 아니라 뒤쪽에 기둥이 달린 단추예요. 다 제대로 달려 있고요."

그녀는 불을 끄고 옷장 문을 닫았다.

"그럼 그의 단추가 아니에요. 찾아와서 시가를 씹었고 분통을 터뜨렸고 왼손잡이일 수도 있고 아닐 수도 있는 남자의 단추죠."

그들은 성큼성큼 서재로 들어갔다.

"이제 남자에 대해 아는 게 두 가지 더 늘었어요, 퀸. 뭔지 알겠어요? 그는 갈색 아니면 옅은 갈색 양복을 입었고, 재킷 소매 단추가 완전히 아니면 반쪽 떨어져나갔죠. 아, 우리가 프로 탐정이었다면 이 정도 정보로도 뭔가 할 수 있었을 텐데. 절반만 알아도 그랬을 텐데."

"우리는 프로 탐정이 아니잖아요."

그는 대꾸하며, 상상 속의 어떤 맛, 별로 유쾌하지 않은 맛을 혀 끝으로 느꼈다.

"오늘밤만큼은 프로 탐정이 되어야 해요."

"뉴욕은 이 세상에서 가장 큰 도시예요."

"덕분에 일이 어려워지는 게 아니라 쉬워질 수 있어요. 작은 마을이라면, 우리 고향 같은 시골이라면 들통날 가능성이 무척 높아서 범인들이 납작 엎드려 몸을 사릴 테니 절대 잡을 수 없을 거예요. 반면 여기는 워낙 큰 도시라 안전한 것 같은 착각을 불러일으켜서 범인들이 몸을 숨기거나 피하지 않을 수 있어요."

그녀는 말을 멈추고 표정을 살폈다.

"그렇게 생각할 수도 있잖아요. 다른 관점이죠."

그는 앓는 소리를 냈다.

"그래봐야 소용없어요, 브리키. 자신을 속여봐야 뭐하겠어요? 마법의 주문이 있어야 소원이 이루어지는 동화처럼……."

"그러지 마요."

그녀가 목멘 소리를 냈다.

"그러지 마요. 제발요. 당신 몫까지 나한테 떠넘기지……."

말하다 말고 그녀는 고개를 숙였다. 그가 물었다.

"내가 비겁하죠? 미안해요."

"아뇨, 비겁하지 않아요. 그랬다면 당신을 따라 여기까지 들어오지 않았을 거예요."

째깍, 째깍, 째깍······.

그녀가 말했다.

"좀 있다 고개를 돌리고 얼른 시계를 볼 거예요. 당신도 그렇게 해요. 시계를 보고 나면 정말로 배짱이 필요할 거예요. 하지만 그전에 상황을 정리해봐요. 여기, 두 사람이 있어요. 그림자에 불과하다 해도 실존 인물이죠. 둘 중 한 사람이 그를 죽였어요. 누가 그랬는지 알아내야 해요. 안 그러면 당신이······."

그가 무슨 말인가를 하려고 했다.

"아니, 끝까지 들어줘요, 퀸. 지금 상황을 정리하는 건 당신뿐 아니라 나를 위해서이기도 해요. 이 집에 계속 있는 게 아니라 그들이 어디로 갔는지 알아내고, 거기로 찾아가서 그들을 흔들어 자백을 받아내야 하니까요. 그게 우리 숙제예요. 우리 앞에 놓인 숙제요. 제한 시간은 오늘 날이 밝기 전까지죠. 동이 트는 6시에 고향으로 가는 버스가 출발하잖아요. 그게 '마지막' 버스예요, 퀸. 기억해요, 그게 '마지막' 버스라는 걸. 버스 출발 일정 따위 상관없어요. 우리 입장에서는 이 세상 마지막 버스니까."

"무슨 말인지 알겠어요. 그 뒤로도 버스는 계속 있지만 우리는 그 버스를 타야 한다는 거죠? 날이 밝기 전에 떠나야 하니까."

그녀는 고개를 끄덕였다.

"이제 숙제를 할 시간이에요. 우리 둘이 뭉쳐 있어서는 두 사람을 쫓을 수 없어요."

그는 무슨 뜻인지 파악하고 경악한 표정을 지었다.

"우리 둘이 뭉쳐야 한다면서요? 그래서 혼자 터미널로 가지 않고 나를 따라 여기까지 온 거……."

"이제는 시간이 없잖아요! 좋든 싫든 나뉘어서 움직여야 해요. 자, 상황을 정리할게요. 오늘밤, 각기 다른 시각에 이 집을 찾아온 남자와 여자가 있어요. 둘 중 한 명은 아무 잘못이 없고, 한 명은 그를 살해한 범인이에요. 문제는 누가 어느 쪽에 해당하느냐는 거죠. 이제는 주먹구구식으로 저지르고 볼 시간이 없어요. 한 사람씩 행적을 뒤질 시간이 없다고요. 우리 둘이서 동시에 한 사람씩 맡아야 해요. 그게 유일한 희망이에요. 틀릴 수 있는 기회는 한 번뿐인데, 둘이 같이 있다가 틀려버리면 그때는 끝장이잖아요. 우리 둘이 한 명씩 맡으면 확률이 오십 대 오십이에요. 한 명은 헛수고를 하겠지만 다른 한 명은 그렇지 않을 거 아니에요. 거기에 희망을 걸어야 해요. 당신이 남자를 맡아요. 내가 여자를 맡을게요.

이제 내 말 잘 들어요. 지금 우리는 얼마 없는 정보를 최대한 활용해야 해요. 당신은 소매 단추가 한 개 깨진, 갈색 아니면 그 비슷한 색깔의 양복을 입고, 왼손잡이일 수도 있고 아닐 수도 있는 남자를 찾아요. 남자에 대한 정보는 이게 다네요. 나는 왼손잡이인 게 분명하고 진한 향수를 쓰는 여자를 찾을게요. 지금은 무슨 향수인지 모르지만 맡으면 알 수 있을 거예요."

그가 반발하고 나섰다.

"당신이 아는 정보가 나보다도 적잖아요. 아무것도 없는 거나 마찬가지예요."

"알아요. 하지만 내가 여자니까 그걸로 동점이에요. 정보가 많지 않아도 돼요. 여자들한테는 직감이라는 무기가 있으니까."

"그런데 그 여자를 찾아내더라도 뭘 어쩔 수 있겠어요? 무기라고는 맨손밖에 없는데. 어떤 상대인지도 모르잖아요!"

"벌벌 떨 시간 없어요. 맞든 틀리든 뛰어나가서 헤쳐나갈 시간밖에 없다고요. 늦어도 5시 45분까지는 여기로 돌아오기로 해요. 그들을 데리고 오건 못 데리고 오건, 빈손이건 성공했건, 시체가 쓰러져 있는 여기 이 집으로 돌아오기로. 6시 버스를 타려면 그래야 해요."

그녀는 시신 쪽으로 다가가 허리를 숙이고 뭔가를 챙긴 다음 돌아왔다.

"그 사람 주머니에 들어 있던 열쇠를 내가 쓸게요. 당신은 있던 걸 그냥 써요."

그녀는 심호흡을 했다.

"이제 고개를 돌리고 시계를……."

째깍, 째깍, 째깍…….

그녀는 얼굴을 찡그리며 훌쩍였다.

"맙소사. 세 시간밖에 안 남았네……."

"브리키!"

잠시 용기를 되찾은 그가 쉰 목소리로 그녀의 이름을 불렀다.

하지만 그녀는 벌써 어두컴컴한 계단이 시작되는 곳으로 뛰어나가고 없었다.

그는 그녀를 뒤쫓아갔다. 그녀는 이미 계단을 중간쯤 내려가고 있었다.

"브리키……."

그녀의 목소리가 희미하게 들렸다.

"불 꺼요."

그는 되돌아가서 불을 끄고 그녀를 뒤쫓아갔다.

그녀는 벌써 현관에 있었다. 거기 서서 문을 열어놓고 기다리고 있었다.

"브리키……."

"무슨 말 하려고요?"

"그냥……."

그는 잠깐 멈추었다.

"당신 참 투지가 넘치고 용감하다고요. 그 말을 하고 싶었어요. 우린 성공할 수 있을 거예요. 힘없는 청년과 힘없는 아가씨를 보살피는 별이, 분명 그런 별이 어딘가에 있을 테니까. 우린 성공할 수 있을 거예요."

그는 그녀를 지나 한두 발 걸었다. 그러다 걸음을 멈추고 되돌아왔다.

　　"왜요?"

　　"브리키, 그게…… 키스해줄래요? 그냥 행운을 비는 의미에서."

　　그들의 입술이 키스 비슷하게 잠깐 스치고 지나갔다.

　　"그냥 행운을 비는 의미에서 하는 거예요."

　　그녀가 중얼거렸다.

　　한 사람씩 문밖으로 나가 어둠 속에서 헤어질 때 그녀가 애원하듯 속삭인 마지막 말은 이것이었다.

　　"퀸, 당신이 나보다 먼저 돌아오면…… 기다려줘요, 알았죠? 기다려줘요, 나를 두고 먼저 가지 말고. 나는 오늘밤에 고향에 가고 싶어요. 고향에 가고 싶어요."

그는 그녀와 헤어지고 나서 새까만 어둠으로 덮인 밤거리를 걸으며 이런 생각을 했다. 아, 가망 없는 일이야. 소용없는 짓이야. 왜 인정하지 않을까? 왜 모를까? 그 혼자였다면 공원으로 건너가, 날이 밝고 모든 게 끝날 때까지 벤치에 드러누워 기다렸을 것이다. 아니면 날이 밝을 때까지 기다리지도 않고, 잠시 누웠다 일어나서 과거를 돌이키며 담배를 한두 대 피운 다음 가장 가까운 경찰서에 제 발로 찾아갔을 것이다.

하지만 그녀가 얽혔기 때문에 그러지 않았다. 그녀가 얽혔기 때문에 계속 강행했다.

그녀를 끌어들인 게 미안했다. 옳지 않은 일이었다. 부당한 일이었다. 전날 밤에 댄스홀에 갔던 게 후회스러울 지경이었다. 하지만, 휴, 가지 않았더라면 그녀와 만나지 못했을 것 아닌가. 그건 후회스럽지 않았다. 이기적인 생각일망정.

좋았어. 그는 속으로 중얼거렸다. 시작하자.

이제 내가 '그 남자'가 되는 거다.

나는 방금 전에 어떤 남자를 죽이고 그 자리에서 빠져나온 참이다. 지금 그는 그곳에 쓰러져 있고, 방금 전에 내가 그를 죽였다. 어디로 가면 좋을까? 무얼 하면 좋을까?

그는 걸음을 멈추고 이마를 짚었다. 지금까지 사람을 죽여본 적이 없는 내가 무슨 수로 알 수 있을까? 그게 문제다. 사람을 죽여본 적 없어서 앞으로 어떻게 할지 알 수 없다는 게. 남들은 무얼 할까?

그는 고개를 저었다. 단순히 부인하는 정도가 아니라 제멋대로 떠오르는 뻔한 예상들을 없애 머릿속을 정리라도 하려는 듯 세차게 저었다.

다시 시작해보자. 끊겼던 지점으로 돌아가보자.

나는 방금 전에 살인을 저질렀고, 시체는 내가 나온 곳에 쓰러져 있다. '이제' 나는 무얼 하면 좋을까?

그는 길모퉁이에 다다랐다.

어느 쪽으로 가는 게 좋을까?

택시가 있다. 택시를 탈까? 근처에 서는 버스도 있다. 버스를 탈까? 두 블록을 걸어가 렉싱턴 애비뉴에서 지하철을 탈까? 세 블록을 걸어가면 3번가에 고가철도가 있는데 거기로 갈까? 아니면 그냥 계속 걸을까? 이거저거 다 그만두고 가장 안전하고 훌륭한 두 다리를 이용할까? 어쩌면 나는 여기까지 걸어오지 않았을지도 모른다. 그를 살해한 곳에서 한두 집 옆에 차를 세워두었을지 모른다. 그 차를 탔을 수도 있다.

여섯 갈래 길. 거기다 도심 쪽이냐 외곽 쪽이냐 하는 방향까지 더하면 도합 열두 개가 된다. 딱 한 다스다. 나는 탈주로로 이루어진 미로 한복판에서 길을 잃었다. 길을 제대로 고른다 한들 무슨 소용이 있을까? 어디로 가는 길인지, 목적지가 어디인지 알 수가 없는데.

이러지 말자. 포기하지 말자. 그녀가 너를 그런 남자로 생각하길 바라는 건 아니겠지? 다시 시작하자. 새롭게 시작하자. 지금 당장.

나는 방금 전에 어떤 남자를 죽였고, 지금 길모퉁이에 서 있다. 여기까지 걸어온 거다. 이번에는 저지른 행동은 신경쓰지 말자. 기분이 어떨까 하는 쪽으로 시도해보자. 감정적으로 접근하면 더 빨리 해결될지 모른다.

기분이 어떠냐고? 안팎으로 부들부들 떨며 동요하고 있을 것이다. 냉혈한이 아닌 이상. 잔뜩 곤두선 신경이 지금까지 가라앉질 않겠지. 분노가 됐건 뭐가 됐건 일을 친 원인은 사라지고 후폭풍만 남고.

부들부들 심하게 떨린다.

잠깐, 저기 문을 연 약국이 있다. '24시간 영업'이라고 적힌 조그만 팻말이 쇼윈도에 걸려 있다. 지금 영업중이면 그때도 영업중이었겠지.

흠, 안팎으로 부들부들 떨리는 상황이라면 들어가서 진정시킬 만한 무언가를 달라고 하지 않을까? 윽, 바로 근처에서 사람을 죽인 직후에 그러면 위험하려나? 약사가 상태를 알아차리고 기억해두었다가 나중에 증언할 테니까. 사람을 죽인 직후에 저런 데 들어가지는 않을 것이다. 하지만 들어가봐야 하지 않을까? 너무 떨려서 미처 생각조차 하지 못한 채 들어가버릴지 모르니까.

약사가 기억해두었다가 나중에 '증언'을 할 테지. 그래, 그거야. 기억하는지 한번 확인해보자.

그는 약국으로 들어갔다.

약국에는 한 사람밖에 없었다. 조제실 앞의 카운터를 지키고 있었다. 퀸은 그쪽으로 다가가 가만히 서 있었다.

그가 어찌나 뜸을 들였던지 결국에는 약사가 인간미라고는 느껴지지 않는 퉁명스러운 말투로 먼저 물었다.

"뭘 드릴까, 젊은 양반?"

그는 천천히 말을 꺼냈다. 한 단어, 한 단어 연습한 대로 이어나가고 싶었다.

"저기 있잖습니까. 여기 제가 지금 속이 울렁거리고, 온몸이 부들부들 떨리고, 신경이 곤두섰다면요. 뭘 추천해주시겠습니까?"

"내가 아는 중에서 최고는 암모니아수를 물 반 잔이랑 같이 마시는 건데."

퀸은 두 번째 카드를 내밀었다.

"보통 그걸 처방하시나요?"

약사는 신랄한 듯하면서도 다정하게 피식 웃었다. 그게 습관인 듯했다.

"먹을 땐 먹더라도 어떤 약인지 확인하고 싶은 모양이지? 맞아요, 보통 그걸 처방하지."

퀸은 숨을 참았다.

"사실 말이지. 몇 시간 전에도 한 손님한테 그렇게 처방했어요. 손님이 오늘 들어 두 번째요."

퀸은 나지막이, 천천히 숨을 내뱉었다. 이렇게 쉬운 걸. 이렇게 간단한 걸. 첫발에 과녁을 제대로 맞히다니 믿기지가 않았다. 잠깐. 그는 주의를 주었다. 진정해. 성급하게 결론을 내리지 말고 좀더 알아봐야지. 헛다리를 짚었을 수도 있어. 이렇게 가뿐하게, 쉽게 해결되다니 말이 안 되잖아?

"저랑 비슷한 증상을 보인 사람이 있었던 모양이죠?"

약사는 그 말에 고개를 끄덕였다. 그걸로 끝이었다.

"어때, 만들어드릴까?"

"네, 주세요."

그는 약국에 남아서 말을 붙일 만한 핑곗거리를 만들어야 했다.

약사는 식수대 뒤로 건너가 잔에 물을 조금 받고 커다란 병에 든 탁한 액체를 넣어서 살짝 저었다. 숟가락을 꺼낸 그가 퀸에게 잔을 건넸다.

"마셔봐요. 값은 십 센트올시다."

냄새는 괜찮았지만 겉보기에는 꼭 비눗물 같았다. 맛은 어떨까 싶었다.

"무서워 말고 죽 마셔요."

그는 무섭지 않았다. 가능한 한 시간을 끌고 싶을 따름이었다.

약사는 예리한 눈빛으로 예의 주시했다.

"손님은 안절부절못하며 움직이진 않네요. 멍하다면 모를까."

퀸은 혀를 댔다 얼른 뺐다. 하마터면 어렵사리 만든 대화의 물꼬를 막을 뻔했다.

"저는 그 손님하고 원인이 달라서 그런가 보죠. 그 손님은 좀 안절부절못했나 봐요?"

약사는 특유의 신랄한 미소를 지었다. 이번에는 과거를 회상하는 분위기였다.

"불안해서 가만히 서 있질 못했지. 입구로 가서 밖을 내다보다 이 자리로 돌아오는 걸 반복했어요. 가만히 서 있질 못하고."

퀸은 깜짝 놀란 척했다. "잠깐만요" 하고 외치며 그럴듯하게 보이려고 선반 제일 위 칸에 진열된 약병들을 올려다보았다.

"아는 사람 같은데요. 내가 아는 사람 같아요."

그는 약을 축내지 않으려고 혀만 다시 살짝 축였다.

"어떻게 생겼던가요?"

그는 대놓고 물었다.

"걱정이 있는 눈치던데요."

약사는 씩 웃었다.

퀸은 좀더 찔러볼 셈으로 아무 이름이나 던졌다.

"에디 같은데. 어떻게 생겼던가요?"

이번에는 작전이 주효했다. 약사가 걸려들자 아주 매끄러운 대화로 연결됐다.

"마른 편이었어요. 손님보다 키가 좀더 컸고."

퀸은 넋을 놓고 고개를 끄덕였다. 약사가 먼저 온 사람을 두고 에스키모였다고 했어도 고개를 끄덕였을 것이다.

"나보다 키가 좀더 크죠. 그리고……."

퀸은 자기 머리를 향해 손짓만 할 뿐, 당연히 수반되어야 하는 색상 설명은 빠뜨렸다.

자동 응답이 뒤를 이었다. 약사가 별생각 없이 모자란 부분을 보충했다. 그는 자기가 일방적으로 진술하는 줄은 모르고 추임새를 넣고 있다고 생각했을 것이다.

"머리는 옅은 갈색이었고요."

퀸은 뒤따라 중얼거렸다.

"머리가 옅은 갈색이죠."

그러고는 완벽하게 가면을 쓴 채 맞다는 듯 고개를 끄덕인 뒤 얼른 덧붙였다.

"갈색 양복을 입었던가요?"

약사가 대답했다.

"듣고 보니 생각이 나네. 맞아요, 갈색 양복을 입었어요."

"그럼 에디 맞네요."

퀸은 말하고 심호흡을 했다. 여기까지는 성공적이었다. 그는 지금 평균대 연기를 하는 중이었다. 이제 착지할 때가 됐다고 속으로 중얼거렸다.

"맞아요."

그는 똑같은 말을 반복했다.

"에디예요."

그리고 속으로 중얼거렸다. 에디는 무슨. 살인범이겠지.

이 정도면 우려낼 대로 우려냈다. 더이상 얻을 게 있을까 싶었다.

그런데 잠근 수도꼭지에서 남은 물방울이 떨어지듯 갑자기 추가 정보가 등장했다. 약사가 말했다.

"오한이 든 사람처럼 굴더군요."

"부들부들 떨었나 보죠?"

"아니, 그게 아니라 여기 있는 내내 이런 식으로 재킷을 단단히 붙잡고 있었어요."

약사는 시범을 보여주기 위해 옷깃을 한 손으로 붙잡고 얼굴 쪽으로 바짝 세우더니 말을 이었다.

"감기 기운이 있었나 봐요. 오늘밤은 날이 춥지도 않고 이보다 더 따뜻할 수가 없는데 말이죠."

사람을 죽이면 그렇답니다, 퀸은 생각했다. 그럼 영하 25도가 되죠.

"그러고 나서 나갔나요?"

"아뇨, 십 센트짜리 동전을 오 센트짜리로 바꿔달라고 하더니 저쪽으로 갔어요."

그는 카운터 오른편을 돌아 뒤쪽으로 이어지는 통로를 가리켰다.

"전화를 쓰러 갔을걸요. 암모니아수도 들고요."

"나가는 걸 보셨나요?"

"못 봤어요. 다른 손님을 챙기느라 정신이 없었거든. 모르는 새 나갔어요."

퀸은 물잔을 내려놓았다. 그는 잔을 깨끗하게 비운 것조차 알아차리지 못했을 만큼 흥분한 상태였다. 하지만 그럴 가치가 있었다. 물잔에 청산이 들었더라도 지금 심정으로는 마실 만한 가치가 있었다.

약사는 여전히 아무것도 알아차리지 못했다. 지금까지 둘이서 두서없는 잡담을 나눈 줄로만 알았다.

"그 사람을 찾고 있는 거로군요? 꼭 만나고 싶어서."

"네, 꼭요."

그는 몸을 돌렸다.

"제가 저길 좀 둘러보겠습니다."

그는 약사의 시야에서 벗어나 끝이 막힌 짤따란 통로로 들어섰다.

막힌 공간 한쪽에 공중전화박스가 두 개 설치되어 있었다. 다른 쪽에 달린 선반 위에 전화번호부 한 권이 활짝 펼쳐진 채 놓여 있었다. 나머지는 순서대로 제자리에 꽂혀 있었다.

펼쳐진 전화번호부 위에 빈 잔이 놓여 있었다. 갖다 놓는 걸 깜빡하고 두고 간 것이었다.

살인범이 남긴 책갈피였다.

처음에 퀸은 난데없이 등장한 유령을 대하듯 잔을 쳐다보았다. 손을 대면 사라지기라도 할 것처럼 대했다.

원대한 포부가 잠깐 뇌리를 스치고 지나갔다. 지문. 이 잔에 지문이 남았겠지. 잔을 고이 싸서 경찰에 넘기면 어떨까.

하지만 도로 풀이 죽었다. 부질없는 짓이었다. 시간이 너무 오래 걸린다. 그럼 날이 밝을 것이다. 버스가 떠날 것이다. 게다가 누가 그 잔을 경찰에 넘긴단 말인가? 경찰에서는 그를 찾고 있는데. 아니, 조만간 그를 찾으러 나설 텐데. 게다가 미지의 인물이 범인이라는 증거도 될 수 없었다. 이곳은 범행 현장이 아니었다. 길모퉁이를 돌아가면 나오는 그 집이 범행 현장이었다. 여기 공중전화박스가 아니라 그 집에서 발견된 것이라야 증거가 될 수 있었다.

여기까지 추격했는데 놓쳤군. 그는 골똘히 생각에 잠겼다. 남자는 암모니아수 냄새가 나는 빈 잔을 남기고 약국 뒤편에서 연기처럼 사라졌다.

하지만 누군가에게 전화를 걸었다. 뒤편으로 건너온 이유도 누군가에게 전화를 걸기 위해서였다. 누구한테 전화를 했을까? 그는 첫 번째 공중전화박스 안으로 들어갔다. 문은 닫지 않았다. 다이얼이 말을 할 수 있다면 얼마나 좋을까? 그는 박스 안의 약간 튀어나온 부분에 걸터앉아 한 손을 이마에 얹고 열심히 머리를 굴렸다.

방금 전에 살인을 저지른 사람은 누구한테 전화를 할까? 정답은 살인자가 누구고, 어떤 성격인가에 따라 달라질 것이다. "보스께서 시키신 대로 했습니다. 깨끗하게 처리했습니다"라고 말할 부류도 있을 것이다. "야, 나 지금 큰일났어. 난감하게 됐어. 좀 도와주라" 하고 말할 부류도 있을 것이다. 누구에게 전화를 걸기만 하고 사건에 대해서는 일언반구도 않는 사람도 있을지 모른다. "당신한테 빌린 돈 마련했소. 무슨 수로 마련했는지야 알 것 없고. 아무튼 갚을 준비가 됐으니 앞으로 신경 꺼도 될 거요"라고 말할 세 번째 부류도 있을 것이다. 보다 가증스러운 부류도 있을지 모른다. "어이, 늦은 시간인 건 알지만 태우러 갈 테니 잠깐 드라이브할까? 바람 좀 쐬고 싶네."

남자는 마지막 부류는 아니었다. 그런 부류라면 약국에 들어와서 진정제를 찾지 않았을 것이다.

그는 고개를 돌리고 공중전화박스 밖의 빈 잔을 쳐다보았다. 정확히 그의 측면에 있었다. 빈 잔이 놓인 면은 옥수수처럼 누런색이었다. 업종별 안내라는 뜻이었다.

그는 자리에서 일어나 얼른 그쪽으로 걸어갔다.

제일 꼭대기에 '병의원'이라고 적힌 페이지였다.

그는 빈 잔을 일종의 뷰파인더 삼아 똑바로 내려다보았다. 투명한 유리잔 밑으로 이런 글씨가 보였다.

시드넘 병원, 맨해튼 애비뉴…….

요크 병원, 이스트 74가 119번지.

동물병원 – 개와 고양이 치료…….

병원. 그쪽으로는 생각도 못 했는데. 살인을 저지른 뒤 이런 곳에 전화를 걸었다면……. 그는 방금 전에 약사한테서 들은 말을 떠올렸다. "오한이 나는지 이런 식으로 재킷을 단단히 붙잡고 있었어요." 오한이 난 게 아니라 다른 이유 때문이었다.

그는 좀 전에 나온 공중전화박스로 급히 돌아가서 성냥을 켠 뒤 바닥에 대고 샅샅이 훑었다. 공중전화박스 특유의 쓰레기 말고는 아무것도 없었다. 은박으로 된 껌 종이, 씹다 버린 껌, 담배 찌꺼기. 그가 둘러보는 동안 이런 잔재들이 성냥이 비추는 불빛 속으로 천천히 들어왔다 나갔다.

그는 성냥을 끄고, 두 번째 박스로 얼른 건너갔다. 거기서 성냥을 또 켜고, 누르스름하니 희미한 불빛으로 바닥을 비추며 한 바퀴 훑었다.

거기 있었다. 단서가 되는 선명한 얼룩이 거기 있었다. 바로 눈앞에 있었다. 반짝이는 네 개의 큼지막한 핏방울이 다닥다닥 붙어 있어서 네잎 클로버 무늬 비슷했다. 남자가 지혈을 할 때 썼던 도구가 한쪽 구석에 있었다. 꼬깃꼬깃하게 뭉쳐서 내팽개친 화장지 두세 장은 엉겨붙은 피로 범벅이었다. 뭉쳐진 화장지에서 한쪽 끄트머리만 하얬다.

이 안에서 새로 화장지를 대는 동안 피가 네 방울 바닥에 떨어진 모양이었다.

재킷을 단단히 여민 이유였다. 업종별 안내의 병의원 항목 위에 유리잔이 놓인 이유였다. 그는 살인을 저지른 뒤 병원에 전화하는 유형이었다. 그는 그레이브스를 살해했지만, 그전에 그레이브스가……

멀쩡하게 걸어 다닌 것을 보면 심각한 부상은 아니었을 것이다. 하지만 그레이브스의 관자놀이에 생긴 상처도 크지 않았고 어쩌면 똑같은 총이 쓰였을지도 모른다. 살짝 스친 수준의 얕은 상처겠지.

그는 허리를 펴고 밖으로 나갔다. 이번에는 잔을 들어 옆으로 치웠다. 잔은 남자를 배신하며 진가를 발휘했다. 남자는 이 순간 이 도시의 병원에서 치료를 받고 있었다. 병원에서는 총상 환자가 있다고 경찰에 보고했을 것이다. 남자에게 그만한 위험 부담을 감수할 용의가 있었을까? 있었을 것이다. 안 그랬더라면 찾아가기 전에 전화부터 했을 리 없다. 남자는 분명히 이유를 조작했을 것이다. 총상이 아닐 수도 있다. 총상이었다고 장담할 만한 근거가 없었다. 몸싸움을 벌인 흔적은 딱히 없었지만 그레이브스가 무언가를 휘둘러 자상을 입혔을 가능성도 있다. 그거라면 남자는 응급치료를 받는 데 따르는 부담이 크게 줄었을 것이다.

문제는 어디냐는 것이었다. 남자가 어느 병원으로 전화를 했을까? 어느 병원으로 갔을까? A에서부터 Y까지 병원이 많고 많았다. 유리잔의 위치로는 아무것도 알 수 없었다. 선택한 병원의 전화번호를 확인한 남자가 들고 있던 잔을 아무데나 내려놓았을 테니까.

그런데 왜 먼저 전화를 했을까? 그냥 찾아가지 않고. 퀸은 그 부분이 이해되지 않았다. 더 생각해보면 남자가 전화를 걸었다는 실질적인 증거도 없었다. 한쪽 공중전화박스에 피 묻은 화장지가 버려져 있었지만 남자가 전화기는 건드리지도 않고 붕대로 급조한 화장지만 갈았을 수도 있다. 전화번호부에서 원하는 주소지를 확인하고 재킷을 살짝 벌려, 지혈하려고 댄 화장지를 간 다음 다시 밖으로 나왔을 수도 있다.

유리잔? 남자가 찾은 병원을 표시하는 용도로 유리잔의 투명한 밑바닥을 활용했을까? 유치하고 무의미한 발상이었다. 동네에서 가까운 병원부터 뒤지는 건 어떨까? 전화번호부에 있는 병원을 모조리 뒤질 시간이 없으니 대상을 바짝 줄여야 했다.

그는 병원 하나를 선택했다. 쉽게 참고할 수 있게 전화번호부에서 그 면을 통째로 찢어서 접고 주머니에 챙긴 후 성큼성큼 걸어나왔다.

카운터 뒤편의 조그만 비품 칸에서 쉬고 있던 약사가 지나가는 소리를 듣고 고개를 내밀었다.

"이제 괜찮아졌어요?"

퀸은 약사의 질문을 이해하지 못했다. 몇 분 전에 뭐라고 둘러댔었는지 잊어버렸던 것이다.

"많이 괜찮아졌습니다."

그는 고개만 돌려서 대답했다.

퀸은 허들을 넘는 달리기 선수 같은 보폭으로 정문 앞 계단을 올라갔다. 1층 복도는 서늘하니 어두침침하고 바닥에서는 광이 났다. 그는 불이 밝혀진 벽감 안쪽에 앉아 있어 머리와 어깨만 보이는 접수 담당자에게 다가갔다.

"두세 시간 이내에 치료를 받으러 온 남자를 찾으러 왔는데요."

"구급차에 실려 왔나요?"

"아뇨, 혼자 걸어왔을 거예요."

"오늘밤에는 그런 환자 없었는데요."

"갈색 양복을 입고, 이런 식으로 몸을 웅크린 사람입니다."

그는 재킷 옷깃을 세우고 앞섶을 여며 어떤 모습인지 보여주었다.

"없었는데……."

대답을 들은 그는 등을 돌리고, 찢은 전화번호부를 꺼내려 주머니에 손을 넣었다.

"아, 잠깐만요!"

그녀가 갑자기 등뒤에서 그를 불렀다.

그는 급하게 방향을 돌리느라 하마터면 미끄러져 넘어질 뻔했다. 접수 담당자는 시들한 미소를 지었다.

"어떤 환자를 말씀하시는지 알 것 같아요. 4층으로 올라가시면 돼요. 거기서 입원 수속을 밟고 계시거든요."

그러더니 등뒤에 대고 외쳤다.

"엘리베이터에서 내려서 오른쪽으로 가세요. 이쪽으로요."

그는 엘리베이터를 탔다.

4층에 도착했을 때 엘리베이터에서 내려 들은 쪽으로 방향을 꺾었다. 서늘하니 어두침침한 복도가 다시 한번 길게 이어졌다. 아무도 보이지 않았다. 그는 문들이 연달아 이어지는 복도를 지나 계속 걸었다. 끝에 다다랐을 때 직원에게 듣지 못한 다른 모퉁이가 등장했다. 모퉁이를 돌자 벤치가 몇 개 놓인 대기실 비슷한 널찍한 공간이 나왔다. 안으로 들어갈 필요는 없었다. 그곳에 남자가 있었다.

그는 멀찍이서 남자를 보자마자 알아차렸다. 남자는 아직 입원 전이었다. 아직 밖에서 대기하고 있는 것을 보면 방금 전에 도착한 모양이었다.

남자는 참담하고 심란한 표정으로 벽에 기대어 벤치에 웅크리고 앉아 있었다. 총에 맞은 부분을 감싸고 있었다. 적어도 재킷을 동원해 필사적으로 덮은 모양새였다. 통증이 심한지 벽 쪽으로 고개를 젖혔다. 언뜻 보면 천장을 올려다보는 것 같은 자세였지만 한 손으로 얼굴을 덮어 눈을 가리고 있었다. 아니, 눈을 누르고 있었다.

그런 채로 입을 살짝 벌리고 입으로 숨을 쉬었다.

2인용 벤치라 퀸은 옆자리로 가서 앉았다. 잠깐 동안 정적이 흘렀다. 무거운 퀸의 숨소리와 가쁜 남자의 숨소리만 복도를 따라 흘렀다.

남자는 그를 쳐다보지 않았다. 너무 아프거나 너무 괴로운 모양이었다. 남자는 옆자리에 앉은 사람이 누구인지 상관하지 않았고, 알고 싶어 하지도 않았다.

퀸은 담배를 한 대 꺼내 불을 붙였다. 그러곤 남자의 옆얼굴에 대고 연기를 내뱉었다. 관심을 끌기 위해서 거의 귀에 대고 연기를 내뱉었다. 무신경한 처사라는 생각이 연기를 내뱉는 순간부터 들었다. 하지만 남자에게 자기 존재를 알리고 싶었다. 그는 속으로 중얼거렸다. 이거면 됐을 거야. 이제 고개를 돌릴 거야. 두고 봐.

남자는 손을 거두고 얼굴을 내리더니 고개를 돌려 퀸을 쳐다보았다.

퀸은 그렇게 참담한 표정을 평생 본 적이 없었다. 충격이 온몸을 훑고 지나갔다. 표정 때문은 아니었다. 순간 왜 동질감이라는 묘한 감정이 와락 밀려드는지 이해가 가지 않았기 때문이었다. 그는 살인범처럼 보이지 않았다. 평범한 인상이었다. 퀸은 생각했다. 이런, 나랑 인상이 비슷하잖아. 내가 생각하는 내 인상하고. 순하고 무능력해 보이고, 나이는 나보다 어려 보이는군. 총알이 박힌 가슴을 움켜쥐고 앉아서 돌아보는 저 사람이 나라고 해도 믿겠어.

그가 고개를 숙이자 피로 물든 화장지가 바닥에 떨어져 있는 것이 눈에 들어왔다. 공중전화박스에서 보았던 것과 비슷했다.

남자가 먼저 말을 꺼냈다.

"담배 한 대 빌릴 수 있을까요?"

퀸은 담배를 건네며 은근슬쩍 말했다.

"그럽시다. 댁 같은 처지에 있으면 담배가 얼마나 고프겠어요."

남자는 힘없이 미소를 지으며 대꾸했다.

"맞아요. 그렇죠."

남자가 성냥을 켜는 순간을 기다렸건만, 그는 퀸의 담뱃불에 대고 불을 붙였다. 퀸은 담뱃불을 빌려주며 생각했다. 살인범과 이렇게 가까이 있어 보긴 난생처음이로군. 담배 연기 섞인 숨결을 느낄 수 있을 만큼 가까이 있다니.

남자가 말을 건넸다.

"그쪽도 나랑 똑같은 이유로 온 겁니까?"

퀸은 험상궂게 대답했다.

"아뇨. 정반대 이유로 온 겁니다. 180도 다른 이유로."

퀸은 잠깐 뜸을 들인 뒤 말을 이었다.

"시가를 다 피운 모양이로군요."

남자가 대답했다.

"네, 딱 한 대 남았었는데 좀 전에……."

그러다 퍼뜩 수상한 낌새를 알아차린 듯했다.

"어찌 아셨습니까?"

"그레이브스 씨 집에 잘근잘근 씹힌 시가가 한 대 있더군요."

퀸이 나지막이 말했다.

남자는 그를 쳐다보기만 했다. 그 말의 의미를 뒤늦게 알아차린 것이다.

남자가 아무 말도 없기에 퀸이 물었다.

"암모니아수를 마시니까 좀 괜찮던가요? 70가 근처 매디슨 애비뉴의 약국에서 마신 거 말이죠."

남자의 얼굴이 희한한 색으로 바뀌기 시작했다. 옆으로 보이는 목울대도 살짝 움직였다.

"어떻게 아셨습니까?"

그가 속삭이듯 물었다.

"잔이 있더군요. 카운터 뒤편 공중전화박스 앞에 둔 전화번호부 위에."

남자가 퀸에게 빌린 담배가 떨어졌다. 버리려고 버린 게 아니라

입이 벌어지는 바람에 떨어진 것을 미처 잡지 못했다.

퀸은 계속 남자를 쳐다보았고, 남자도 계속 그를 쳐다보았다.

퀸이 물었다.

"많이 아픈가요? 꼭 누르고 있는 거기 말입니다."

퀸은 손가락을 구부려 위로 치켜세운 남자의 옷깃을 쓸듯이 움직였다. 만지지는 않았다.

"피가 많이 나던가요?"

퀸은 이어 물은 뒤, 우격다짐을 벌이지는 않고 되도록 부드럽게 남자의 손을 강제로 떼어냈다.

벌어진 재킷 앞섶 사이로는 별다른 것이 보이지 않았다. 새하얀 속살만 허리띠 부분까지 이어질 따름이었다.

퀸은 흠칫 놀라며 뒤로 물러났다.

남자가 말했다.

"셔츠를 못 입었어요. 맨살에 재킷만 걸치고."

남자가 아까처럼 재킷 앞섶을 여몄다. 이제는 자연스러워 보이는 경지에 이른 동작이었다.

퀸은 몸을 다시 앞으로 숙였다.

"그자한테 당한 게 아니었군요. 나는 그런 줄 알았는데. 그럼 피는 어디서 난 겁니까?"

"코피예요. 흥분하면 늘 코피가 나거든요. 밤새도록 나다 말다……."

"신통찮은 조합이로군요. 만성적으로 코피를 흘리는 살인범이라니. 이미지에 타격이 큰데요."

남자의 입이 떡 벌어졌다. 그의 말을 제대로 못 들은 것처럼 바보같이 되물었다.

"뭐라고요?"

"당신이 그 사람을 죽였잖아요. 죽은 그를 두고 그 집에서 나왔잖아요. 몰라요?"

남자가 벤치에서 일어서려고 하자 퀸이 어깨에 손을 얹고 가볍게 힘을 주었다. 퀸은 애써 태연한 척하며 말했다.

"아니, 가만히 앉아 있어요. 곧장 일어서려 하지 말고. 가만히 앉아 있어요."

남자의 턱 주변이 정신없이 실룩거렸다. 퀸이 말했다.

"그레이브스 말입니다. 그 집에서 시가를 잘근잘근 씹었잖아요. 70가에 있는 곳."

남자는 떨리는 목소리로 대답했다.

"69가예요. 그리고 이름이 뭐냐면…… 기억이 안 나네. 아무튼 그레이브스는 아니었어요. 아래층에 사는 그 남자 집에 내려간 것도 너무 불안해서 혼자 있을 수가 없기에 한 십 분 동안 시가 한 대 같이 피우려고 간 거였어요. 그가 살해당했다면 내가 떠난 뒤에 벌어진 일입니다."

남자는 이제 망연자실한 표정이었다. 잔물결이 천천히 바깥쪽으로 번지면서 그대로 굳은 듯한 표정이었다. 이윽고 그가 말했다.

"그쪽 말투가 정말 귀에 거슬리네요. 다른 데로 자리를 옮기든지 해야지, 원."

퀸이 돌처럼 차가운 목소리로 말했다.

"착각하지 마요. 내 말투야 당연히 거슬리겠지만, 다른 데로 자리를 옮길 수는 없을 테니까."

이번에는 남자가 어깨에 퀸의 손을 얹은 채로 벤치에서 일어나 퀸을 떼어내려고 했다. 똑같이 자리에서 일어난 퀸은 다른 쪽 손까지 그의 어깨에 얹고 단단히 붙잡았다.

"나가요, 당장."

남자는 신경질적으로 계속 숨을 헐떡였다.

"나가요."

두 사람은 서로 뒤엉킨 채 앞뒤로 비틀거리며 드잡이를 했다. 그러다 벤치에 부딪히자 밀려난 벤치가 바닥에 끌리며 귀에 거슬리는 소리를 냈다.

"당신이 범인이지?"

퀸이 이를 악다물고 물었다.

"당신이 범인이지? 70가에서…… 그레이브스를…… 자백을 받아내고야 말겠어……."

"하룻밤 동안 무슨 사건이 이렇게 많아……. 당신이 무슨 짓을 저질렀는지 안 보여? 진정시켜놨는데 또 시작이잖아."

한쪽 콧구멍에서 빨간 줄이 가느다랗게 흘러내리기 시작했다. 남자가 한쪽 팔을 퀸에게서 빼내 주머니에 손을 넣더니 화장지를 한 움큼 꺼냈다. 화장지로 얼굴을 내려치듯 퍽퍽 닦아낸 뒤 눈앞에 대고 쳐다보았다. 빨간 피가 보이자 분노가 폭발하는 모양이었다. 지금까지는 퀸에게 붙잡힌 채 소극적으로 반항하던 남자가 퀸을 향해 힘껏 주먹을 휘둘렀다. 헛방에 그치자 허둥지둥 두 번째 펀치를 날렸다.

벌컥 열린 문으로 등장한 간호사가 두 사람을 노려보며 날카롭게 외쳤다.

"거기! 지금 뭐하시는 거예요? 그만하세요! 두 분 왜 그러시는데요?"

두 사람은 뒤엉킨 채 헉헉대며 머뭇머뭇 싸움을 그쳤다.

간호사가 나무라는 듯 화난 얼굴로 쏘아보았다.

"기가 막혀서 원. 이런 소동은 살다 살다 처음이네. 어느 분이 카터 씨인가요?"

"전데요."

퀸에게 붙잡혀 꼴이 말도 아닌 남자가 대답했다. 이제는 빨간 줄이 턱에 닿았고, 두 번째 줄이 그 줄과 나란히 흐르려 하고 있었다. 퀸이 붙잡고 있다 보니 재킷 앞섶이 벌어졌다. 맨살이 드러난 납작한 배가 풀무처럼 위아래로 들썩였다.

"알려드릴 소식이 있는데. 듣고 싶으세요?"

간호사가 못마땅한 투로 물었다.

"뭔데요?"

남자가 겁먹은 목소리로 물었다.

"아들이에요."

간호사는 얼른 퀸 쪽으로 고개를 돌렸다.

"저분 좀 잠깐 부축해주세요. 저러다 기절하겠네. 초보 아빠들이 엄마와 아이를 합한 것보다 더 골치 아프다니까요?"

"어디로 모실깝쇼, 아가씨?"

택시 기사가 차문을 열며 물었다. 그녀는 차문을 닫고 그대로 밖에 서 있었다.

"뭐 좀 여쭤볼 게 있는데요. 밤새도록 여기 계셨나요?"

"12시부터 있다 없다 했죠. 매일 밤 12시가 되면 여기로 오거든요. 정해진 시각에 딱딱 맞추지는 않지만 보통 여기에서 대기해요. 늘 여기서 손님을 태우고 여기로 돌아오죠."

"오늘밤 12시 이후에 여기서 혼자 탄 여자 승객이 있었나요?"

"네, 있었어요. 두세 시간쯤 전에."

그러더니 그가 물었다.

"왜요, 사람을 찾으세요?"

"네."

"찾는 사람의 생김새를 말해보시죠. 도와줄 수 있을지 모르니까."

"생김새는 잘 몰라요."

그는 어깨를 으쓱하고, 핸들 가장자리에 얹었던 양손을 살짝 들었다 다시 내렸다.

"그럼 내가 무슨 수로 도울 수 있겠어요?"

맞는 말이었다. 그는 잠깐 기다렸다가 다시 물었다.

"심각한 일이에요? 경찰에 연락하지그래요."

"아뇨, 심각한 일 아니에요. 개인적인 문제예요."

그녀는 잠깐 고민했다.

"저기요, 손님들이 요금을 낼 때 유심히 관찰하시나요?"

그는 쓸쓸한 미소를 지었다.

"손님들이 요금을 낼 때만 유심히 관찰하죠. 얼마를 내는지, 얼마를 거슬러주어야 하는지."

"아뇨, 그게 아니고요. 그러니까…… 그 여자 손님을 어디로 데려다주었는지 기억하시죠?"

"어디로 데려다주었는지 기억하죠."

"요금으로 얼마를 냈는지도 기억하시고요."

"요금으로 얼마를 냈는지도 기억하죠."

"그런데 그녀가 요금을 낼 때 혹시……. 저를 그 여자 손님이라

치고 그때처럼 봐주세요. 그녀가 이런 식으로 요금을 내던가요?"

그녀는 열린 차창 너머로 오른손을 내밀어 요금을 내는 척했다.

"아니면 이런 식으로 요금을 내던가요?"

이번에는 왼손을 내밀어 요금을 내는 척했다.

"무슨 소린지 모르겠네. 다시 한번 해봐요."

그녀는 기사에게 다시 한번 보여주었다.

그는 고개를 저었다.

"나는 그 손님 손밖에 못 봤어요. 거기 들린 돈이랑. 내가 돈을 받은 뒤에는 빈손이 됐겠죠? 내가 거스름돈을 건네니까 손님이 거기서 팁을 챙겨서 주었어요. 손님은 다시 빈손이 됐죠."

"엄지손가락이 어느 쪽에 있었는지 기억 안 나요?"

"안 나는데."

그는 넌더리가 난다는 듯 고개를 저었다.

"그런 데 신경쓸 일이 있어야지. 엄지손가락이 어느 쪽에 있은들 뭔 상관이겠어요? 반지는 봤어요. 도움이 될지야 모르겠지만."

"아무 도움 안 돼요. 어떤 반지였는데요?"

"그냥 평범한 결혼반지였어요. 남들도 다 끼고 다니는 거."

그녀는 택시 쪽으로 몸을 살짝 기울였다.

"요금을 낸 손에 반지를 끼고 있었다는 거죠?"

"그럼요. 그러니까 봤지."

"그럼 왼손으로 요금을 낸 거네요?"

그는 화들짝 놀란 듯했다.

"그게 궁금했던 거예요? 나는 그런 줄도 모르고."

그녀는 문을 열고 택시에 올라탔다.

"그 손님이 간 곳으로 가주세요."

그는 그녀를 태우고 매디슨 애비뉴를 끝도 없이 달렸고, 매디슨스퀘어 파크가 나오자 서쪽으로 방향을 틀어 23가를 따라 7번가까지 달렸다. 그러다 다시 남쪽으로 꺾어 셰리든 스퀘어 가까이까지 갔을 때 14가 조금 위쪽에 있는 어느 골목길에서 갑자기 차를 세웠다. 워낙 예기치도 않았던 급정거라 그녀는 신호등에 걸린 줄 알았다. 그런데 앞을 확인해보니 파란불이었다. 기사가 뒤를 돌아보았다.

"다 왔어요."

"다 왔다고요? 여긴 길모퉁이잖아요. 어느 쪽 길이고 어느 건물인가요? 그 손님이 번지수를 안 가르쳐줬나요?"

"안 가르쳐줬어요. 이 자리에 세워달라고 했어요. 내 어깨를 툭 치더니 '여기서 내릴게요'라고 했어요. 똑같이 해드린 거예요. 지금 손님이 서 있는 자리, 길모퉁이 하수구 뚜껑 위로 내렸거든요. 그때 이 차에서 하수구 뚜껑에 떨어뜨린 기름 위로 지금 또 기름이 떨어지고 있을걸요? 이보다 더 똑같을 수도 없어요."

"그 손님이 어느 쪽으로 갔는지는……."

"그다음은 못 봤어요. 돈이 손님 손에서 내 손으로 옮겨진 뒤부터는 돈을 봤으니까. 그러곤 파란불이 맞는지 확인하고 출발했죠."

"잠깐만요. 여기 저를 떨구고 가면 어떡해요. 가지 마세요!"

하지만 그는 이미 출발했다. 택시가 배기관 너머로 야유를 뿜어내는 가운데 그녀는 네거리에 혼자 남겨졌다.

브리키는 네거리를 훑어보았다. 서 있는 자리에서 시계 방향 순서로 네거리의 특징을 나열하자면 다음과 같았다.

지금 그녀가 서 있는 모퉁이에는 담뱃가게가 있었다. 문을 닫아서 어두컴컴했다. 두 번째 모퉁이의 이발관도 문을 닫았다. 세 번째 모퉁이에는 주유소가 있었는데, 차가 들어갈 수 있게 경사로를 만들고 그 위에 시멘트를 발라놓았다. 희미한 전등 한두 개가 깜빡이며 시멘트 위를 비추고 있었다. 네 번째 모퉁이에 있는 세탁소도 문을 닫았다.

그 여자는 이 모퉁이에서 택시를 세웠으니 네 군데 중 한 곳에 들어갔을 것이다. 이발관은 아예 열외고 주유소도 가능성이 낮았다. 담뱃가게가 가장 가능성이 높았다. 여자가 내린 데서 가장 가깝기도 하고 겪은 일이 일이니 담배가 필요했을 것이다. 하지만 브리키에게는 선택의 여지가 없었다. 유일하게 문이 열려 있는 주유소로 길을 건너갔다.

그녀는 직원에게 물었다.

"오늘밤 내내 여기 계셨어요?"

"네, 야간 근무라서요."

"혹시 저쪽 모퉁이에서 택시에서 혼자 내린 여자 본 적 있어요? 한 시간이나 그전쯤에, 제가 지금 가리키는 저기에서요."

직원은 그쪽을 쳐다보더니 대답했다.

"봤어요. 담뱃가게로 들어가던데요?"

"다시 나오는 건 못 봤죠?"

"네, 오래 보지는 않았거든요."

그녀는 돌아섰다. 여자의 발자취를 알아냈지만 겨우 한 뼘 정도에 불과했다. 길가에서 담뱃가게 입구까지가 전부였다.

그녀는 좀 전의 자리로 돌아가 주변을 둘러보았다. 그녀가 선 곳에서 대여섯 건물 너머에서 새어 나온 가느다란 불빛 하나가 인도를 비추고 있었다. 이 시각에 좀처럼 없는 일이라 눈에 확 들어왔다.

최소한 문을 연 데가 있다는 뜻이었다. 그녀는 그쪽으로 발걸음을 옮겼다. 여자도 그쪽으로 갔을지 모른다. 마음속에서 다시 희망이 부푸는가 싶다가 몇 걸음 만에 깨져버렸다.

가까이 다가갈수록 불빛이 새어 나온 공간이 조금씩 넓어졌다. 쇼윈도에 적힌 "식품점"이라는 글자도 덩달아 조금씩 커졌다.

사람을 죽인 뒤에 먹을거리를 산다? 이발관에 버금갈 만큼 가능성이 낮은 이야기였다. 그래도 안으로 들어갔다. 달리 방법이 없었다. 쓸모없는 기운 소모라는 건 알았지만.

"사람을 찾고 있는데요. 한 시간쯤 전에 금발 아가씨를 보신 적 있나요? 혼자 왔을 텐데."

"공병을 들고 왔나요?"

"아니에요."

사람을 죽인 뒤에 공병을 바꾸러 오지는 않았을 것이다.

"내가 모를 리 없는데."

주인은 카운터 위로 한 손을 털썩 떨어뜨렸다.

옆에서 조수가 끼어들었다.

"누구 말씀하시는 건지 알 것 같아요. 야단법석을 떨었던 아가 씨 있었잖아요. 제가 오죽하면 '손님, 한 덩이를 다 사는 거면 모를 까 이만한 두께로 잘라달라고 빵 위에다 손톱으로 그으시면 안 돼 요. 다른 손님도 생각하셔야죠'라고 말했겠어요. 호밀 흑빵에 살라 미를 끼운 십 센트짜리 샌드위치를 달라면서 빵을 이렇게 통째로 집고서는……."

조수는 빵을 집더니 하얀 가루를 날려가며 부드러운 안쪽 부분 이 나올 때까지 손톱으로 긁었다.

"이랬다니까요?"

"하지 말라더니 자네가 하고 있구먼."

주인이 짚고 넘어갔다.

"저는 괜찮아요. 여기 직원이잖아요."

주인도 이제 어렴풋이 기억이 나는 모양이었다.

"아, 그 아가씨 말이로군. 맞아요, 왔었어요."

브리키는 카운터 너머로 열심히 몸을 내밀었다.

"그 손님 이름은 모르시죠?"

"그야 모르죠. 단골이긴 한데. 이 옆집에 살아요."

주인은 엄지손가락으로 뒤편을 대충 가리켰다. 정확하게는 선반에 일렬로 놓인 케첩병을 가리켰다.

"아."

그녀는 황망하게 말했다.

"아."

그녀는 뒷걸음질을 치기 시작했다.

"그럼 제가 찾아볼게요. 옆에 사는 줄 몰랐네요. 지금 가서 찾아볼게요."

"바로 옆집이에요."

그는 똑같은 말을 반복했다.

그녀는 들어올 때보다 훨씬 빠른 속도로 나갔다. 성과가 있었다. 이번에는 그 여자에게 일 미터쯤 다가갈 수 있었다.

그녀는 빙 돌아서 계단 없이 보도와 평평하게 이어진 바로 옆 건물 현관으로 쏙 들어갔다.

현관에는 왼편으로 우편함 여섯 개가 나란히 달려 있었다. 오른편에도 여섯 개가 있었다. 이 중 누구일까? 식품점 주인은 "옆집"이라고 했고, 그러면서 엄지손가락으로 대충 이쪽을 가리켰는데, 이 광범위한 "옆집" 중에서 어느 집을 말하는 걸까? 어떻게 하면 알아낼 수 있을까? 이름도 모르는데. 어떻게 생겼는지도 모르는데.

택시 기사는 가고 없었다. 단서는 호밀빵 살라미 샌드위치 한 조각에서 끊겼다. 그나마도 보물찾기를 하다 우연히 얻은 웃기는 소득이었다.

"밀러", "캐럴", "허조그", "라이언", 빈칸, "바티팔리아●". 그녀는 허리를 숙이고 이십 센티미터 앞으로 눈을 들이댄 채 이름들을 훑었다. 삐딱해서 고개를 모로 꼬고 읽어야 하는 경우도 있었다. 바티팔리아의 경우에는 "리아"가 칸 밖으로 삐져나와 있었다. 그 여자는 금발이었으니 그중 바티팔리아가 이름일 가능성이 가장 낮았다. 그래도 아예 배제할 수는 없었다. 결혼으로 성이 바뀌었거나 과산화수소로 탈색을 했다면…….

그녀는 반대편으로 고개를 돌려 초점이 잘 안 맞는 거리에서 이름들을 훑었다. "뉴마크", "커시", "로페즈", "심스", "발로", "스턴".

그중 하나일 수밖에 없었다. 그 모두일 수는 없었다. 열한 개 중에 정답은 하나였다. 나머지 열 개가 오답이었다. 그런데 이 건물이 아닐 가능성까지 포함하면 결국 선택지는 열한 개였다. "옆집"은 고무줄 같은 단어라 같은 블록일 뿐 두 집 건너일 수도, 세 집 건너일 수도 있었다.

아무 집 초인종이나 눌러볼까? 세입자들이 노려보거나 딱딱거리면 어쩐다? 그들로부터 정보를 얻을 수도 있었지만 그러고 싶지 않았다. 그녀의 정체가 드러날 수 있기 때문이었다. 바닥에도 벽에

● **바티팔리아** _ 이탈리아 남부에 같은 이름의 지역이 있으며, 이탈리아 남부 지방 사람들은 일반적으로 머리색이 검다.

도 귀가 달려 있을지 모른다. 예고 없이 갑자기 들이닥쳐야 일말의 성과나마 기대할 수 있었다.

어느 집인지 알 수 없었지만, 그녀는 현관의 안쪽 문으로 다가가 건물 안으로 들어갈 수 있는지 살폈다. 월세가 저렴한 지역이지만 놋쇠 문손잡이가 반질반질한 걸 봐선 양심적으로 잘 관리되는 건물인 듯했다. 그녀는 손잡이를 잡아 돌리려다 말고 제때 멈추었다.

아주 작고, 희미하고, 정말 별거 아닌 흔적이었다. 아무리 살짝이라도 손이 닿았다면 분명히 지워졌을 것이다. 공단처럼 반질반질한 놋쇠 손잡이에 하얀 반점이 찍혀 있었다. 지문이 보이는 한 조각 어렴풋한 초승달 모양. 누가 분필을 만졌던 손으로 방금 전에 손잡이를 잡고 돌리기라도 한 걸까.

식품점 직원의 말이 떠올랐다. "호밀빵을 사간 손님 말이에요. 기계로 썬 게 좀 얇았나 봐요. 어느 정도 두께를 원하는지 손톱으로 이렇게 표시를 하지 뭐예요"라던.

잘 떨어지지 않는 밀가루가 흩뿌려진 호밀빵.

"이 안으로 들어간 거야. 이 건물 안에 있어."

그녀는 혼잣말로 중얼거렸다. 오답의 가능성이 열한 개에서 열 개로 줄었다.

바보야, 들어가봐. 들어가서 집집마다 찾아다녀야지. 이젠 확실해졌잖아. 그녀는 고개를 젓고 가만히 서 있었다. 갑작스럽게, 뜻밖의 기습 공격을 하지 않으면 모든 게 도루묵이 될 수 있었다.

바닥에 조그만 종잇조각이 떨어져 있었다. 그것 말고는 현관이 흠잡을 데 없을 만큼 깨끗했으니 방금 전에 누가 떨어뜨린 게 분명했다. 손톱만 한 종잇조각이었다. 사실상 별건 아니었다. 들어오는 쪽에서 오른편에 달린 우편함 밑으로 떨어진 종잇조각이었는데, 어느 우편함 밑이라고 콕 짚어 말할 수 없었다. 한 집을 딱 지목하기에는 우편함과 거리가 있었고, 떨어진 위치도 우편함 아래를 살짝 비껴 나간 자리였다.

그녀는 종잇조각을 집어 유심히 들여다보았다. 워낙 작아서 두 손가락으로 집었더니 거의 안 보일 정도였다. 그 위에 뭐가 적혀 있길 바란다면 지나친 욕심이었다. 우연의 일치로 파격적인 행운이 따른다고 한들 애초에 뭐가 적힐 공간이 없었다. 그리고 정말 없었다. 역시 그냥 백지였다.

하지만 무엇이든 단서가 될 수 있는 법. 그녀가 손톱으로 틈을 벌리자 종이가 벌어졌다. 접힌 종이였던 것이다. 두 겹으로 겹쳐져 있었고 종이끼리 붙어 있는 봉합선은 테두리가 기계로 잘린 듯 깔끔했다.

그러니까 편지 봉투에서 나왔다는 뜻이다. 손가락을 넣어서 허겁지겁 뜯는 바람에 살짝 떨어져나온 봉투 입구 부분이었다. 그렇게 뜯느라 봉투가 너덜너덜해지는 와중에 이 작은 조각이 바닥으로 떨어졌다.

그래서 무슨 소용일까? 여기서 개봉했으니 이쪽 우편함에 든 편지였을 것이다. 오른편에 달린 여섯 개의 우편함 중 한 곳에. 그렇다면……? 먼저 우편함을 열어야 편지를 꺼낼 수 있었겠지. 배에서 내리는 트랩을 놋쇠로 작게 만든 모형처럼 우편함은 뚜껑이 아래쪽으로 열리는 방식이었다. 열 때는 열쇠를 꽂고 돌리면 그만이기 때문에 손이 닿을 일이 없었다. 하지만 닫을 때는 손끝으로 누르는 게 더 자연스럽고 빠르고 편하지 않을까?

문손잡이에 하얗게 남았던 조그만 소용돌이무늬.

그녀는 좀더 가까이, 좀 전의 이십 센티미터보다 더 가까이 얼굴을 들이댔다. 이번에는 우편함의 누름 버튼 밑에 달린 이름표뿐 아니라 투명 창과 그 주변까지 샅샅이 살폈다. 어찌나 가까이서 들여다보았던지 투명 창에 콧김으로 김이 서렸을 정도였다. 뉴마크, 심스, 로페즈, 커……. 그녀는 문득 멈추고 뒤로 한 걸음 물러섰다가 이번에는 얼굴뿐 아니라 몸 전체를 들이댔다.

우편함과 그 뚜껑이 맞닿는 선 바로 위에 하얀 얼룩이 살짝 묻어 있었다. 작정하고 찾지 않았으면 지나쳤을 게 분명한 조그만 자국이었다. 위에 달린 이름은 커시였다. 2층의 계단 오른편 집이었다.

6분의 1이었던 확률이 1이 되었다. 확률이 1이라는 건 확정이란 뜻이었다.

사소한 것들이, 정말 사소한 것들이 온 사방에 널려 있었다. 제대로 활용할 줄 알기만 하면 되는 것들이. 제때 생각해내서 방비책을 마련하지 못하면 파멸로 이어질 수도 있는 사소한 것들이. 그런데 그런 것들이 있다는 걸 제때 알아차리지 못하면 아무것도 할 수가 없다.

원하는 두께를 설명하기 위해 호밀빵을 그은 손톱. 생각 없이 손끝으로 우편함을 닫는 바람에 뚜껑에 남은 하얀 자국. 청구서거나 광고 전단, 아무튼 별 의미 없는 내용물이 들었을 게 거의 분명한 편지 봉투. 여자가 허겁지겁 뜯어나간 그 봉투. 마지막으로 건물 안으로 들어가기 위해 돌린 문손잡이. 자기가 사는 건물로 들어가려는데 문손잡이를 돌리지 않고 어쩌겠는가. 그런데 이런 사소한 것들이 모이면? 재앙이 된다. 아주 먼 곳에 안전하게, 아무한테도 안 보이게 묻었다고 생각했던 것을 알리고 가리키고 고발하는 증거가 된다.

그녀는 1층 안쪽에 달린 문을 밀었다. 이 시각에 건물 안이 쩌렁쩌렁 울리도록 누가 들어왔다고 소리 나게 만들어놓지는 않았을 것이다. 안쪽에 달린 버튼식 잠금장치에서 문이 몇 번 튕기며 걸쇠가 풀려 있음을 알렸고, 그녀는 문을 열고 안으로 들어갔다.

그녀가 계단을 향해 걸어가자 왼쪽에 달린 방문이 빼끔 열리더니 모습을 드러낸 남자가 탐색하는 듯한 눈빛으로 그녀를 쳐다보았다. 그녀는 달래듯 미소를 지으며 얼른 앞을 지나갔다.

"죄송해요. 실수했어요. 손이 삐끗했나 봐요."

그는 잠에 겨워서 인지능력이 떨어졌다. 멍하니 눈을 깜빡이다 문을 닫았다. 그 무렵 그녀는 첫 번째 층계참 근처에 다다라 발걸음을 재촉하고 있었다.

모퉁이를 돌자 그 방이 눈앞으로 다가왔다. 관만 한 크기였다. 살인범이 조금 전에 그 문지방을 넘었다. 겉보기에는 다른 방문과 다를 게 없었지만 그렇지가 않았다. 보이지 않는 파도를 타고 살인범의 맥박이 흘러나오고 있었다. 그 진동이 얼굴에 느껴지는 듯했다.

그녀는 한쪽 발을 내밀었다가 문 앞 십몇 센티미터 지점에서 그대로 내려놓았다. 다른 쪽 발은 뒤에서 움직이지 않았다.

그녀는 귀를 기울였다. 처음에는 아무 소리도 들리지 않았다. 그러다 문득 탁자 위로 접시를 내려놓는 소리가 들렸다. 문에서 먼 쪽으로 총총 걸어가는 소리. 다시 이쪽으로 총총 걸어오는 소리. 또다시 접시를 내려놓는 소리. 이번에는 접시 위로 다른 접시를 내려놓는 소리가 들렸다. 아니, 그보다는 잔 받침 위로 잔을 내려놓는 소리에 가까웠다. 그리고 다시 먼 쪽으로 총총 걸어가는 소리.

저도 모르게 몸서리가 쳐졌다. 집으로 돌아와 이 새벽에 간식을 먹는 살인범이라니.

다시 이쪽으로 총총 걸어오는 소리. 뭘 꺼내는지 종이봉투를 요란하게 부스럭거리는 소리. 두툼하게 썬 호밀빵 샌드위치겠지.

다시 먼 쪽으로 총총히 걸어가는 소리. 맙소사, 이렇게 바쁠 수가. 행복하게 느껴질 정도로 이렇게 발걸음 소리가 명랑할 수가. 하지만 잠시 후면 달라질 것이다. 살인범은 조만간 불청객이 들이닥치리란 것을 모르고 있었다.

그녀는 문을 두드렸다.

발소리가 갑자기 멎었다.

그녀는 다시 한번, 이번에는 빠르고 고집스럽게 문을 두드렸다.

문 쪽으로 걸어오는 희미한 발소리가 들렸다.

"누구 왔어요? 밖에 누구세요?"

목소리를 들어보니 살짝 겁에 질린 듯했다. 그렇지 않으면 아무리 늦은 시각이라도 숨을 죽이고 물을 리 없었다.

"당신을 만나러 온 친구예요."

"친구? 무슨 친구요?"

"문을 열어보면 알아요."

브리키는 최종 장애물인 여자를 구슬려 문을 열기 위해 목소리에서 협박의 기미를 없앴다.

문손잡이가 머뭇머뭇 돌아가는 게 보였지만, 문은 열리지 않았다.

"루스, 루스는 아니지?"

"할말이 있어서 그래요. 잠깐이면 돼요."

이번 한번뿐이라도 내 말을 믿으면 당신은 영원히 끝장이야. 이번 한번 내 말을 믿는 걸로 당신은 두 번 다시 아무도 믿을 수 없게 될 거야.

잠금쇠가 철커덕 움직였고, 문이 열렸다.

여자는 스물여덟 살쯤 되어 보였다. 아니, 가늠하기가 어려웠다. 까짓것 스물여섯이라고 하자. 금발머리는 짧고 곱슬곱슬했다.

살짝 손을 댔을지 몰라도 천연 금발이었다. 옅은 갈색 눈썹과 흰색에 가까운 속눈썹을 보면 알 수 있었다. 인상은 쌀쌀맞은 듯 쌀쌀맞지 않았다. 내면에서 우러나온 서늘함이라기보다 보호막이나 껍데기에 가까웠다. 보호막 바로 밑, 눈빛이나 긴장한 입가의 주름 속에는 하도 구박을 받다 보니 전면에 나서지 못하는 어린아이가 숨겨져 있었다. 그 아이는 한두 번이 아니라 수도 없이 혼이 났다. 그래서 이제는 세상을 피해 아예 숨어 있으려고 했다.

뺨은 살이 없어서 양쪽 다 푹 꺼졌다. 거기다 볼연지를 너무 넓게, 너무 많이 발라서 꼭 열이 난 환자 같았다. 옷은 얇은 줄무늬가 들어간 싸구려 면 원피스를 입고 있었다. 줄무늬는 사선이었다. 보이지 않는 선을 중심으로 한 면은 이쪽으로, 다른 면은 반대쪽으로 그어졌다.

불쑥 찾아온 손님 때문에 살짝 겁을 먹은 여자는 마음을 놓을 수 있는 일이길 바라고 있었다.

이 모두가 눈으로 찍어둔 즉석 스냅사진에서 몇 분 사이 서서히 취합한 정보였다.

"당신을 만나고 싶어서 왔어요."

그녀는 앞으로 내디뎠던 발을 안으로 들이밀었다. 이제 문을 닫을 수 없었다. 여자는 아래를 쳐다보지 않았기 때문에 아직 그 사실을 몰랐다.

"누구세요?"

"안으로 들어가서 얘기해요. 나뿐 아니라 당신을 위해서도 그게 좋을 거예요. 여기 서서 이러지 말고."

그녀는 여자를 지나 안으로 들어갔다. 둘 중 한 명이 문을 닫았는데, 누구도 누가 닫았는지 확신하지 못했다.

가구가 비치된 비좁은 아파트의 조그만 거실 겸 식당이 바로 이어졌다. 깔끔하긴 했지만 모든 면에서 조잡한 싸구려 티가 났다. 팔을 뻗으면 닿을 거리에 있는 회색 벽 위로 창문에서 던져진 네모난 불빛이 드리워졌다. 창문 양쪽에는 짤따란 크랜베리색 벨루어 커튼이 달려 있었다. 카드 게임용 탁자 위에 접시와 식품점에서 사 온 음식들이 놓여 있었다. 심지어 둘둘 말아서 납작하게 누른 초록색 타블로이드 신문까지 두 접시 사이에 놓여 있었다. 방금 전에 산 새 담배, 반질반질하게 닦은 재떨이, 성냥갑도 보였다. 샌드위치는 상을 차리는 동안 먼지가 앉지 않게 종이 냅킨으로 덮어 놓았다.

불빛이 새어 나오는, 문 없이 거실과 이어진 공간은 침실일 것이다.

그녀는 이 모든 광경을 대수롭지 않게 받아들였다. 살인범도 가정이라는 게 있는 법, 어딘가에서 불쑥 튀어나오지는 않는다.

"무슨 일로 오셨나요? 늦은 시각에는 낯선 사람을 들이지 않는데. 영 맘에 들지 않게 행동하시네요."

브리키는 거두절미하고 말했다.

"1시쯤에 70가와 매디슨 애비뉴가 만나는 모퉁이에서 택시를 탔죠? 그 모퉁이를 돌면 나오는 어떤 사람의 집에 있다가. 맞죠?"

여자의 얼굴이 대답을 대신했다. 점점 핏기를 잃어가고 있었다.

"당신이 만났던 남자는 죽었죠? 그렇죠?"

여자의 두 눈동자가 얼어붙었다. 쓰고 있던 껍데기는 살짝 흙빛이 됐다. 보기에 아름다운 광경은 아니었다.

"당신이 범인이죠? 그렇죠?"

"하나님 맙소사."

여자가 나지막한 목소리로 천천히 중얼거렸다. 눈이 뒤집히는 바람에 동공이 사라졌다. 잠깐 동안 흰자위밖에 안 보였다.

여자는 앞이 안 보이는 와중에 더듬더듬 카드 게임용 탁자 모서리를 찾아서 쓰러지지 않기 위해 붙잡았다.

여자는 울음을 터뜨리려 했다. 하지만 눈물이 차오르기 시작하자 생각을 바꾸었다. 흘러내리지 않고 두 눈에 고인 눈물 때문에 눈동자가 유리알처럼 반짝였다.

"당신 뭐예요? 경찰이에요?"

"내 정체는 신경쓸 것 없어요. 지금 중요한 건 당신이니까. 당신은 살인범이에요. 오늘밤에 어떤 사람을 죽인 살인범."

여자는 목과 가슴이 만나는 곳에 잠깐 손을 얹어 맺힌 덩어리를 풀었다. 그러자 기침 소리에 가까운 흐느낌이 터져 나왔다.

"잠깐 물 좀 마시고 올게요. 나는…… 걱정 마요. 도망칠 방법은 없으니까."

"들어가는 김에 소지품도 챙기도록 해요."

브리키는 잔인하게 말했다.

여자는 불빛이 새어 나오는 공간으로 들어갔다. 입구 한쪽을 짚어가며 간신히 움직였다.

브리키는 그 자리에 서서 눈을 내리깔았다. 생각은 접고 귀를 쫑긋 세웠다. 잔이 쨍그랑거리는 소리가 들렸다. 하지만 소리를 듣고 알아차린 건 아니었다. 전선처럼 가느다랗게 뻗은 직감이 투명한 전류를 감지하고 찌릿하고 반응했다. 그녀는 종종걸음으로 여자를 따라 들어가서 외쳤다.

"'그거' 마시지 마요!"

브리키는 여자의 얼굴을 향해 팔을 휘둘렀다. 여자의 입술 가까이 있던 잔이 날아갔다. 깨지지는 않았다. 싸구려라 두꺼웠다. 탁 소리와 함께 바닥에 부딪혀 묽은 액체를 흘리며 데굴데굴 구르고 끝이었다.

소기의 목적을 달성한 뒤에 주위를 둘러보니 세면대 위 선반에 놓인 뚜껑 열린 병이 눈에 들어왔다. 라벨에 "리솔"이라고 적힌 갈색 병이었다.

여자는 세면대가 툭하면 없어지는 불안한 물건이라도 되는 양 양손으로 움켜쥐었다.

"자백한 거나 다름없네요?"

여자는 말이 없었다. 세면대를 붙잡은 손만 살짝 떨었을 뿐이었다.

"그럴 필요 없었는데. 나는 어차피 알고 있었는데."

여자는 계속 말이 없었다.

"지금 나랑 같이 가요. 거기로 가요. 사건 현장으로."

여자가 목이 졸린 듯한 목소리로 입을 열었다.

"싫어. 끌려가지 않을 거야. 당신이 누군지 모르지만 끌려가지 않을 거야. 당신을 죽여버리겠어. 내가 두 번 죽을 필요 없잖아. 한 번이면 충분해."

여자가 세면대 한쪽에 달린, 고무로 만들어진 꽂이 비슷한 곳에 손을 넣었다. 무언가가 불빛을 받아 번뜩이는가 싶더니 여자의 뒤쪽에서 등장한 짧고 날카로운 주방용 칼이 브리키를 겨냥했다.

안이 하도 좁아서 도망칠 공간이 없었다. 브리키는 여자를 향해 몸을 날렸다. 한쪽 손이 여자가 칼을 든 쪽 손목을 붙잡았다. 남은 두 팔은 요동치며 서로 으르렁거리다 결국 한데 엉켜 이러지도 저러지도 못하는 상태가 됐다.

여자의 무기는 자살까지 각오한 자포자기의 심정이었다. 브리키의 무기는 생존 본능이었다. 팽팽하게 맞서 이룬 균형은 금세 깨질 수밖에 없었다. 움직일 수 있는 공간이 적었다. 세면대 주변을 벗어나지 못했다. 둘이서 한꺼번에 세면대 쪽으로 몸을 구부렸다 다시 반대로 몸을 구부리는 식이었다. 머리가 풀렸다. 둘 다 고함이나 비명을 지르지 않았다. 이것은 상대방이 나를 얕잡아 보았다며 여자들끼리 벌이는 하찮은 드잡이가 아니었다. 목숨이 걸린 싸움이었다. 목숨 앞에서는 성별이 무색해지는 법이다.

그들은 원래 있던 자리에 가까워졌다. 정적 속에 두 사람의 거친 숨소리만 이어졌다. 지쳐간다는 게 무엇인지 보여주는 현장이었다. 브리키는 칼을 막느라 지쳤고, 여자는 칼을 휘두르려고 애쓰느라 지쳤다.

현관문 밖에서 더듬더듬 열쇠를 꽂는 소리가 들렸다.

갑자기 두 사람의 역할이 바뀌는 당혹스러운 상황이 펼쳐졌다.

여자가 손에 쥐고 있던 칼을 내동댕이치려고 했다. 브리키는 영문을 알지 못한 채 여자가 움직이지 못하게 손목을 꽉 쥐었다. 여자의 손이 펼쳐지면서 칼이 바닥으로 떨어졌다. 여자가 잽싸게 칼을 발로 차서 세면대 밑으로 안 보이게 치웠다. 이제는 기를 쓰고 싸울 이유가 사라졌다. 그들은 머뭇머뭇 서로를 잡았던 손을 놓았다.

옆에서 여자가 무릎을 꿇더니 브리키의 원피스 자락을 붙잡고 몸부림치며 애원했다.

"해리한테는 아무 말 말아줘요. 제발 해리한테는 아무 말 말아줘요. 자비를 베풀어줘요."

현관문이 열렸다.

명랑한 목소리가 들렸다.

"헬렌, 아직 안 온 거야?"

"제발요. 나한테는 어떻게 해도 좋아요. 하지만 해리한테는 아무 말 말아줘요. 지금은 안 돼요. 나는 저 사람을 정말 사랑해요. 저 사람은 내 전부예요. 시키는 대로 할게요, 뭐든지."

브리키는 허리를 숙이고, 끈질기게 원피스 자락을 주물럭거리는 여자의 손을 떼어냈다.

"그럼 나랑 같이 그 집으로 다시 갈 거예요? 시키는 대로 순순히 갈 거예요?"

여자는 난처한 상황을 일시적으로 모면할 생각에 열심히 고개를 끄덕였다.

남자의 그림자가 벌써 이쪽 입구를 향해 다가오고 있었다. 카드게임용 탁자 위에 놓인 음식을 한입 먹어보느라 중간에 잠깐 쉬는 듯했다.

브리키는 마음이 약해졌다.

"알았어요. 당신이 협조해주면 나도 협조할게요."

여자는 그녀의 발치로 몸을 숙이고 한마디 더 속삭였다.

"나한테 맡겨요. 내가 알아서 말을……."

남자가 입구에 등장했다.

브리키의 눈에는 그냥 평범한 남자였다. 사랑의 콩깍지가 씌어야 남자가 근사해 보일 텐데, 여기서 콩깍지가 씐 사람은 이 여자였다. 브리키의 평가는 다를 수밖에 없었다. 그는 평범한 남자였다. 어디서나 흔히 볼 수 있는 남자였다.

그녀의 발치에 무릎 꿇고 앉아 있던 여자는 남자를 보지 못한 척 말했다.

"이쪽 옷단을 너무 넓게 잡아서 문제예요. 그래서 치마가 전체적으로 비뚤어진 것처럼 보이는 거예요."

그러더니 그제야 그를 발견한 것처럼 말을 하다 말고 멈추었다.

"어머, 해리. 들어오는 소리도 못 들었는데!"

기쁜 목소리로 외치는 여자에게 그가 물었다.

"이분은 누구야? 누굴 부른 거야?"

여자는 몸을 일으켜 그에게 다가가더니 입을 맞추었다. 그는 정체가 궁금하다는 듯 여자의 어깨 너머로 멍청히 브리키를 쳐다보았다.

여자가 옆으로 비켜섰다.

"메리, 우리 남편이에요."

"메리 콜먼이에요."

브리키는 깍듯하게 인사를 건넸다.

두 사람은 조심스럽게 고개를 숙여 서로 인사했다. 남자는 자기 재킷과 바지를 흘끗 내려다보고 침대 쪽으로 시선을 옮겼다. 피곤한 기색이 역력했다. 세 사람 사이로 팽팽한 정적이 흘렀고, 잠시 후 남자가 몸을 돌려 다시 거실로 들어갔다.

"나 먼저 식사할게."

그가 퉁명스럽게 말을 남겼다.

두 여자도 남자를 따라갔다.

"남편분도 오셨고 하니까 저는 이만 가볼게요."

"잠깐, 같이 가서 그거 받아올게요. 그 옷본 말이에요."

남자는 의자에 앉아 셔츠 단추 사이에 부채꼴 모양으로 종이 냅킨을 끼웠다.

"이 시각에?"

그가 물었다.

"새벽 3시에 옷본이라니."

그는 들릴락 말락 하게 툴툴거렸다.

"오 분 내로 다녀올게요. 집이 이 근처거든요."

그가 뚱한 목소리로 물었다.

"당신 올 때까지 기다려야 하나? 피곤한데."

"먼저 먹고 자요. 언제 나갔나 싶을 정도로 얼른 다녀올게요. 재킷도 안 입고 나갈 거예요."

브리키가 말했다.

"재킷은 입는 게 좋지 않겠어요? 이 시각에는 좀 쌀쌀하니까."

여자는 침실에서 재킷을 들고 나왔다. 브리키와 여자, 둘 다 안색이 조금 창백했다. 브리키는 남자가 알아차렸을까 궁금했다.

남자는 샌드위치를 우물우물 씹으며 현관문까지 두 여자를 배웅했다. 엄청난 대가가 따른 샌드위치였다.

여자가 남자에게 한 번 더 입을 맞추었다.

"해리, 내가 열쇠로 열고 들어올 테니까 안에서 문 잠그지 마요.

만에 하나 당신이 먼저 잠들면 벨을 눌러서 깨우고 싶지 않으니까."

"너무 오래 있지 마. 당신한테 무슨 일 생기는 거 싫어."

여자는 그에게 세 번째로 입을 맞추었다.

"키스는 이미 했잖아."

"마음 내키면 몇 번 더 해도 되는 거 아니에요?"

"하긴 그렇긴 하지."

그도 맞장구쳤다.

이미 넥타이 매듭 위로 손을 올려놓은 남자는 입이 찢어져라 하품을 하며 두 여자를 배웅했다.

여자는 등뒤로 문이 닫히자마자 울음을 터뜨렸다. 소리 없이 얼굴을 일그러뜨렸다.

"안에서 울음이 터지는 줄 알았네. 그이가 피곤했기에 망정이지, 안 그랬으면 내 눈을 보고 알아차렸을 거예요. 나는 그이를 정말 사랑해요."

"진정해요."

브리키는 무뚝뚝하게 대꾸했다.

그들은 계단을 내려갔다. 브리키가 앞장섰다. 잠시 후 그들은 파란색의 묵직한 어둠으로 뒤덮인 길거리로 나섰다.

여자가 건물 현관을 흘끗 돌아보았다.

"다시는 돌아오지 못하겠죠?"

여자는 입술을 깨물었다.

"이 집 좋았는데. 그이랑 같이 살 수 있어서. 휘황찬란하지 않아도 그이가 있어서 좋았는데."

브리키는 차가운 목소리로 물었다.

"그럼 기회가 있을 때 잘 지키지 왜 그랬어요? 나는 내 역할 해줬으니까 이제 당신 차례예요."

말하고 나서 그녀는 생각했다. 인생은 시소 같은 거야. 한쪽이 올라가면 다른 쪽은 내려가지.

그들은 길모퉁이까지 걸어갔다. 브리키가 말했다.

"택시를 탈 거예요. 그게 가장 빠르니까."

여자가 옆에서 살짝 몸을 웅크렸다.

택시가 안 잡혔으면 좋겠다, 이거겠지. 브리키는 속으로 중얼거렸다. 어떻게든 시간이 지체됐으면 하겠지. 그녀는 택시가 보이자 소리 높여 불렀다. 택시가 다가와 섰다.

브리키는 자발적으로 목적지를 밝히라는 듯이, 어디로 가자고 하는지 두고 보겠다는 듯이 동행을 향해 손을 까딱였다.

"그 집 앞으로……?"

"아뇨, 가장 가까운 모퉁이까지만 가면 충분해요."

"70가와 매디슨 애비뉴가 만나는 모퉁이요."

헬렌 커시가 괴로워하며 말했다.

브리키는 맞는다는 뜻에서 실눈을 뜨고 고개를 끄덕인 뒤 문을 닫았다.

택시가 방향을 돌려 외곽을 향해 달리자 도심이 한 블록씩 멀어져가기 시작했다. 가로등이 양옆 차창 너머로 등장했다 사라지고 또 등장했다 사라졌다.

헬렌 커시는 절망감에 두 주먹을 맞대고 입가에 붙였다.

"그이 셔츠를 누가 세탁소에 맡겨줄까요? 만날 까먹을 텐데. 내가 늘 맡겨주었는데."

브리키는 대답하지 않았다.

네거리를 한 개 두 개 지났다. 가로등이 휙휙 지나갔다.

"내가 없으면 일요일마다 그이 혼자 뭘 하면서 보낼까요? 그이는 일요일에 딱 하루 쉬거든요. 그런데 이제는 하루 종일 할 일이 없겠네요."

브리키는 헬렌을 외면하며 고개를 돌렸다.

"뭐하러 그런 걱정을 해요?"

그녀는 무뚝뚝하게 물었다.

신호등에 걸려 기다리는 동안 정적이 흘렀다. 웅웅거리는 엔진 소리가 심장박동 소리처럼 느껴졌다.

또다시 네거리를 한 개 두 개 지났다. 또다시 가로등 불빛이 창문 너머로 스며들었다가 사라졌다. 뉴욕은 길쭉한 도시였다. 모든 희망이 담긴 종착지를 향해 종으로 가로지르는 길이면 더욱 그렇게 느껴졌다.

헬렌 커시가 말했다.

"경찰들, 참 빠르네요. 남들이 그렇다고 할 때는 안 믿었는데 이젠 믿겠어요."

경찰이라. 브리키는 서글픈 생각이 들었다. 우리가 경찰이라면 좋겠지. 이 여자 생각대로 말이야.

여자는 다시 살짝 흐느끼기 시작했다.

"믿기지가 않아요. 그 남자가 그렇게 됐다니…… 설마 그럴 리가……."

브리키는 냉정하게 딱 잘라 말했다.

"죽었어요. 싸늘하게. 차갑게."

이 말이 헬렌 커시의 어딘가를 건드렸는지 갑자기 아픈 사람처럼 무릎 위로 몸을 접고 얼굴을 가렸다. 이번에는 눈물이 펑펑 쏟아졌다. 뜨거운 눈물방울이 뚝뚝 흘렀다.

그녀는 목멘 소리로 흐느꼈다.

"그럴 생각은 없었어요! 정말이에요! 정말이에요!"

"방에서 남자와 단둘이 있었나요?"

여자는 어두컴컴한 택시 안에서 마지못한 듯 고개를 끄덕였다.

"총을 들고 있었고요?"

이번에는 좀 전보다 속도가 더디기는 했지만 고개가 또다시 위아래로 움직였다.

"총을 남자에게 쏘았나요?"

"저절로 발사가……."

"그렇죠. 당신 같은 여자 손에 총이 들어가면 우습게도 늘 저절로 발사되죠. 제멋대로 발사되는데 적중률은 또 끝내줘요. 총이 발사되니 남자가 쓰러지던가요? 대답해봐요. 쓰러지던가요?"

"네."

여자는 기억을 떠올리며 몸서리를 쳤다.

"쓰러지면서 나까지 잡아당겨 넘어뜨렸어요. 한동안 붙잡혀 있다 간신히 떼어내고 일어나서 도망쳤어요."

"하지만 그는 못 일어났죠. 그는 쓰러진 뒤에 계속 누워 있었나요? 꼼짝 않고 누워 있었나요, 일어나서 당신을 뒤쫓았나요?"

"일…… 일어나서 뒤쫓아오지는 않았어요."

"당신은 총을 발사했어요. 쓰러진 그는 일어나지 못했죠. 당신이 아무리 외면하려 해도 사실은 달라지지 않아요. 이봐요, 아가씨. 당신은 지금 살인을 저지른 거라고요."

헬렌 커시는 꼬챙이에 찔린 돼지처럼, 지나가던 사람에게 밟힌 강아지처럼 꽥하는 소리를 냈다. 그녀는 문을 열고 빠져나가기라도 할 것처럼 고개를 돌려 좌석과 문이 만나는 모서리에 얼굴을 묻었다. 그러고는 항의하듯 손으로 좌석을 때렸다.

"그럴 생각은 없었어요! 제발 믿어주세요! 그럴 생각 없었다고요! 나는 파티에 가고 싶지 않았어요. 같은 회사 여직원의 꼬드김에 넘어간 거예요! 나는 가고 싶지 않았어요. 해리를 배신하는 짓은 지금까지 한 적 없어요. 도착하고 보니 우리 넷뿐이라 모양새가 마음에 안 들어서 자리를 박차고 나오려고 했어요. 그런데 모르는 새 어디로 한 쌍이 사라지고 둘만 남았지 뭐예요."

브리키는 자신이 유일하게 아는 지식으로 여자의 기운을 북돋워주었다.

그녀는 무뚝뚝하게 말했다.

"그렇게 무서워할 필요 없잖아요? 감방살이도 안 할 수 있어요. 완벽한 변호거리가 있잖아요. 그런 사건은 여자한테 유리해요. 당신 말고는 증언할 사람도 없고요."

여자는 고개를 들지 않았다. 오히려 더 떨어뜨려 엎드리다시피 했다.

"그게 아니라…… 그게 아니라…… 그러고 나면 해리랑 헤어져야 하잖아요. 그이가 날 내칠 테니까요."

"의미 없는 파티라고 생각하고 갔던 거니까 용서해줄 거예요."

"안 그래요. 남자들은 절대 안 그래요. 이 경우에는요."

문득 브리키는 내막을 속속들이 간파할 수 있었다.

"아."

그녀는 힘없이 내뱉었다.

"당신이 총을 쏜 시점이……."

"'그 이후'였거든요."

택시가 속력을 늦추더니 멈추어 섰다.

브리키가 앉은자리에서 요금을 계산하고 여자와 함께 내렸다.

그녀는 여자의 손목을 잡고 말했다.

"택시가 갈 때까지 여기서 잠깐 기다려요."

그들은 꼼짝 않고 서 있었다. 택시는 밤거리에 푸르스름한 매연을 남기고 떠났다. 배기가스가 뿜어져 나오자 그들의 치맛자락이 살짝 펄럭였다. 잠시 후 그들은 길가에 단둘이 남았다.

"이제 어쩔 작정이에요?"

헬렌 커시가 측은하게 울먹였다.

"총을 어디다 버렸는지 알려줘요. 그걸 가장 알고 싶으니까. 앞장서요."

그녀의 인질은 모퉁이에서 이스트 가를 따라 길을 건넜다. 브리키는 그림자처럼 옆에 바짝 붙어 걸으며 생각했다.

'먼저 이쪽으로 건너와서 총을 버렸다고? 그런 다음 원래 길로 돌아가 저기서 택시를 탔다고? 참 희한한 행적이네.'

하지만 그녀는 아무 소리 않고 묵묵히 따라갔다.

그들은 너비가 남들 두 배에 달하고 한가운데 불룩한 중앙분리대까지 있는, 무미건조하게 위풍당당한 파크 애비뉴를 건넜다. 시야가 허락하는 스무 블록 이내에 불 켜진 창문이 거의 없을 만큼 적막했다. 이 동네 주택들은 침실이 대부분 대로 반대편에 있기도 했다. 세상에서 가장 과대평가된 도로가 바로 파크 애비뉴였다.

그들은 계속 걸었다. 좀더 좁고 인간적이며 생기 넘치는 렉싱턴 애비뉴가 나왔다. 그들은 3번가를 향해 계속 걸었다. 고가철도 밑으로 3번가를 건너 이번에는 2번가를 향해 계속 걸었다.

결국 브리키가 물었다.

"뭐하러 이 먼 데까지 왔어요?"

"길을 잘못 들었어요. 처음에는 거기가 어딘지 몰랐거든요. 그 집에서 뛰쳐나왔을 때 하도 정신이 없어서."

그래, 브리키는 생각했다. 사람을 죽인 직후에는 누구라도 그렇겠지.

커시가 잠시 후 다시 입을 열었다.

"이 근처 건물 사이 골목길이었어요. 내놓은 쓰레기통이 일렬로 서 있는 곳. 맨 앞 쓰레기통에 뚜껑이 덮여 있었어요. 그 뚜껑을 열고 안에다 버렸죠."

그러더니 잠시 후 덧붙였다.

"벌써 치웠을 수도 있겠다."

"동틀 무렵은 되어야 치워요."

"저기였던 것 같아요. 맞아요. 보이죠? 한 여섯 개가 일렬로 서 있는 거."

브리키는 경고했다.

"옆에 딱 붙어 있어요. 내가 확인하는 동안 옆에 서 있어요."

여자는 "페어플레이 할 거예요. 당신도 우리집에서 그랬잖아요" 하고 말했다.

골목길로 들어서자 그들은 시커먼 어둠에 뒤덮였다. 조심스럽게 속삭이는 그들의 목소리만 남았다. 그리고 희미하게 철컹거리며 쓰레기통 뚜껑을 여는 소리만 남았다.

"찾았어요?"

여자의 질문에 비난의 의미가 담긴 정적이 흘렀다. 잠시 후 브리키가 웅얼거렸다.

"솔직하게 실토한 거 맞아요?"

"누가 찾았나 봐요! 누가 가져갔나 봐요!"

"여기였던 거 확실해요?"

"분명히 이 골목길이었어요. 고개를 돌려 대로를 쳐다봤을 때 보이던 풍경을 기억해요. 여기저기 하얗게 실금이 간 유리창들이 보였어요. 그리고 첫 번째 쓰레기통이었죠. 골탄으로 가득했는데."

브리키는 말이 없었다.

"진짜예요. 여기까지 끌고 와서는 이제 와서 뭐하러 거짓말을 하겠어요?"

"진짜처럼 들리네요. 그 속에 팔 집어넣을 필요 없어요. 총이 있었다면 맨 위에 놓여 있었을 테니까. 당신이 떠난 뒤에 누가 쓰레기통을 뒤지러 왔다 발견한 모양이죠. 여기다 총을 넣고 가는 걸 본 사람이 있었거나."

그들은 그나마 밝은 인도로 되돌아갔다.

"좋아요. 이제 그 집으로 가요."

브리키가 나지막이 말했다.

여자는 걸음을 멈추고 애원하는 눈빛으로 쳐다보았다.

"안 가면 안 돼요?"

"가야 해요. 당신을 데려온 이유도 그 때문이에요. 총보다 더 중요해요. 총이야 있거나 말거나."

그들은 왔던 길을 되돌아가기 시작했다. 3번가를 다시 건넜다. 여자가 갑자기 걸음을 멈추었다. 온몸을 부들부들 떨고 있었다. 어둠 속에서도 보일 정도였다.

브리키가 말했다.

"기운 내요. 뭘 그렇게 망설……?"

여자는 말없이 방향을 틀어 퀴퀴한 냄새를 풍기는 바로 앞 건물로 들어갔다. 처음에 브리키는 여자가 도망치려는 줄 알았다. 붙잡으려 팔을 뻗다 거두고, 터지려는 탄성을 꾹 참았다. 쭈뼛하니 서늘한, 희한한 느낌이 한순간 그녀를 훑고 지나갔다.

그녀는 여자를 따라 안으로 들어갔다.

"지금 뭐하는 거예요? 나 놀려요?"

목소리가 떨렸다.

어두침침한 불빛이 비추는 건물 복도에서, 어디로 향하는지 모를 터널 안에서 여자가 무슨 소리인지, 어떤 의미에서 묻는지 모르겠다는 표정으로 쳐다보았다.

브리키는 질문을 포기했다. 여자가 건물 뒤편에 위치한 계단을 올라갔다. 그녀도 뒤따라 올라갔다. 이제는 둘 중에 누가 더 겁에 질렸는지 단언할 수가 없었다. 브리키는 속이 메슥거리는 당혹감에 두려움을 느꼈다.

반쯤 올라갔을 때 여자가 또 걸음을 멈추었다.

"못 가겠어요. 왜 꼭 가야 하나요?"

브리키는 여자를 손가락으로 찌르고 딱 잘라 말했다.

"가요. 어디로 가는지 모르겠지만."

거무칙칙한 벽에 비친 그들의 그림자가 계속 위로 올라갔다.

그들은 이제 어떤 현관문 앞에 섰다.

헬렌 커시는 그 집이 철옹성이라도 되는 것처럼 문을 이리 보고, 저리 보았다.

"열어요."

목적지를 파악한 브리키가 이를 갈며 말했다.

여자는 문손잡이에 손을 찔릴까 조심하는 사람처럼 손잡이를 살짝 건드렸다. 잽싸게 돌리고 곧바로 손을 치웠다. 문이 살짝 열렸다.

"먼저 들어가요."

브리키가 말했다.

앞장서는 여자의 표정은 암울 그 자체였다. 브리키는 좀 전에 아파트에서 여자가 했던 말이 생각났다. 그렇다, 이건 두 번 죽는 것과 다름없는 경험이었다. 그런데 여자 혼자 죽는 게 아니라 브리키 안의 무언가도 함께 죽어가고 있었다. 그날 밤 시체가 있던 집을 나선 이래 줄곧 가슴속에 품고 있던 무언가가 함께 죽어가고 있었다.

불이 켜져 있었다. 감옥처럼 좁은 복도가 맨 먼저 그들을 맞이했다. 그들은 복도를 따라 걸어서, 열린 문 앞을 지났다. 문안은 어두컴컴했다. 하얀색 나무만 희미하게 반짝였다. 아마 부엌일 것이다. 두 번째 문 앞을 지났다. 이번에도 열린 문 너머로 보이는 공간은 어두컴컴했다. 뒤이어 복도 정면으로 불을 환히 밝힌 트인 방이 나타나자 그들은 그 방에 들어서서 걸음을 멈추었다.

별 특징이 없는 집이었다. 오늘밤 파티를 위해, 오늘밤 밀회를 위해 빌린 장소인 게 분명했다. 가구가 비치된 단기 임대용 공간이었다. 거주하는 사람도 없고, 주거용으로 만들어진 집도 아닌 듯했다. 왠지 그런 분위기였다.

방안에는 아무도 없었다. 누가 있었던 건 분명했다. 누가 여기서 북적북적 요란하게 야단법석을 떨었다. 여기저기서 잔이 뒹굴고 있었다. 네 개로 시작해 곱하기 사, 곱하기 육으로 불어난 듯했다. 한 모금 마시고 내려놓길 반복한 잔들이라 축축한 입술 자국이 360도 전부에 남았다. 의자 위에 부서진 레코드판이 놓여 있었다. 브리키가 라벨이 달린 가운데 조각을 집어 확인했다. 〈피스톨 패킹 마미〉라고 적혀 있었다. 그녀는 〈피스톨 패킹 마마〉를 대놓고 도용한 제목에 움찔 놀라서 레코드 조각을 옆으로 던졌다.

커시는 그 공간에 문 없이 연결된 또 다른 방 앞에 멈춰 서서 손가락으로 가리켰다. 그 자리에 뻣뻣하게 굳어 옴짝달싹하지 못했다. 아무리 다그쳐도 소용이 없을 듯한 상태였다. 브리키는 혼자 그곳으로 들어갔다.

그녀는 문지방에 서서 안을 들여다보았다. 더이상 갈 데가 없었다. 더이상 갈 필요도 없었다.

창문이 있지만 전면 커튼으로 꼭꼭 덮여 있었다. 이곳에도 잔이 두 개 더 있었다. 한 잔은 아직 술이 가득했다. 마시려던 사람이 엄청난 위기가 닥친 것을 느끼고 얼른 다시 내려놓은 듯했다.

입구에서 먼 쪽에 남자가 볼썽사납게 대자로 뻗어 있었다. 축 늘어져 꼼짝하지 않았다.

브리키는 가까이 다가가 쭈그리고 앉았다. 그러다 얼른 허리를 곧추세우고 고개를 돌려 손으로 몇 번 부채질을 했다. 잠시 후에는 아예 일어나 쓸데없는 호기심을 충족시키려는 사람처럼 쓰러진 남자를 발로 이리저리 찔렀다.

그런 다음 방 입구로 되돌아가 밖을 내다보았다.

헬렌 커시가 끝을 알 수 없는 비극의 여주인공처럼 양손에 얼굴을 묻고 서 있었다. 브리키는 물끄러미 바라보기만 했다.

잠시 정적이 흘렀다.

그녀의 시선을 느낀 여자가 천천히 손을 내리고, 뭔가를 묻는 듯한 눈빛으로 그녀를 쳐다보았다.

계속 정적이 흘렀다.

여자가 브리키의 표정에서 서서히 무언가를 발견했다.

"그렇게 쳐다보는 이유가 뭐예요? 왜 그렇게 계속 쳐다봐요?"

"잠깐 이리 와봐요. 보여줄 게 있어요."

헬렌 커시는 움찔하며 고개를 저었다.

브리키가 그녀를 끌고 와서 방안을 들여다보게 했다.

저쪽 끝에서 끙끙거리는 소리가 들렸다. 통나무처럼 누워 있던 남자가 변화를 보이고 있었다. 한참 동안 정신을 잃었던 취객답게 그들이 보는 앞에서 허우적거리며 몸을 일으키려고 애를 썼다.

브리키가 말했다.

"안 죽었어요. 술에 취해서 시체처럼 널브러졌던 거예요. 죽었더라도 나는 이 사람이 아니라 다른 사람을 죽인 범인을 찾고 있어요. 저기 벽에 총알이 박히면서 구멍이 생겼네요."

헬렌 커시가 숨을 죽이고 비명을 지르자 남자가 흔들거리던 초점을 두 여자에게 맞추었다. 흐리멍덩한 눈빛으로 뚫어져라 쳐다보는 모양이 여자를 어렴풋이 기억하는 듯했다.

그가 으르렁거렸다.

"그 친구는 누구야? 셋이서 한잔해."

두 여자가 옴짝달싹도 못한 채 지켜보는 가운데 그가 앞발을 든 곰처럼 완전히 몸을 일으켰다. 정지됐던 화면이 돌아가기 시작했다.

브리키가 단호하게 말했다.

"얼른 나가요. 원점으로 돌아가기 전에."

헬렌 커시는 밤새도록 거기 서 있을 기세였다. 마비돼서 몸을 움직일 수 없는 사람처럼 굴었다. 다그치고 떠밀어야 했다. 브리키는 그녀를 앞세우고 닦달해 중간 방을 거치고 복도를 지나 바깥 층계참으로 나갔다.

뒤에서 뭐가 쿵하고 쓰러지는 소리가 들렸다.

브리키는 추가 안전 조치 삼아 얼른 문을 꽉 닫고 넋을 잃은 동행에게 말했다.

"가요, 얼른 가요. 그렇게 서 있지 말고."

그들은 서로 팔을 꽉 잡고 계단을 달려 내려갔다. 한 사람은 안도감에 흐느껴 울고, 다른 한 사람은 암울한 좌절감을 달래며 달려 내려갔다.

어찌나 화닥닥 뛰쳐나왔던지 길거리로 나선 뒤에도 어느 정도 지난 다음에야 속도가 조절됐다. 그때 브리키가 걸음을 딱 멈추고 그녀를 돌아보았다.

"그 남자 사랑하죠? 이름이 뭐랬더라? 조지? 해리?"

헬렌 커시는 대답을 하지 못하고 고개만 저었다. 또다시 눈물이 쏟아질 것처럼 두 눈이 반짝였다.

"그럼 뭘 기다리는 거예요, 바보같이."

그녀는 팔을 위로 흔들어 지나가던 택시를 불렀다.

"돌아가야지. 쌩하니 그곳으로 돌아가야지!"

택시가 끼이익 멈추어 섰다.

"타요."

브리키가 그녀만 차에 태우고 문을 닫았다. 창백한 얼굴이 아무 말도 못 하고 그녀를 내다보았다. 브리키는 기사에게 엄지손가락을 까딱였다.

"이제 당신은 해피 엔딩을 맞았어요. 이제는 욕심부리지 마요. 당신이 있어야 할 곳은 해리 곁이에요. 앞으로는 입 꼭 다물고, 한 눈팔지 말고, 방아쇠는 건드리지도 마요."

간호사가 남자의 정체를 밝혀주자, 퀸은 갑자기 일감을 잃어버린 꼴이 되었다. 그는 주머니에 손을 꽂고 모자를 눈썹까지 눌러쓴 채 풀죽은 모습으로 병원을 나섰다. 그러고는 이제 술집들을 살피기 시작했다. 술집은 두세 블록 멀리서도 잘 보였다. 이 시각에는 환하게 불을 밝히고 영업을 하는 곳이 술집뿐이라 지도 위에 꽂은 알록달록한 색깔 핀처럼 눈에 확 들어왔다. 그는 거의 여섯 블록에 걸쳐 남북으로 크게 오르락내리락거리며 병원에서 사건 현장 방향으로 이동했다. 네거리가 나올 때마다 남북 중 한쪽으로 세 블록을 걸으며 술집을 뒤진 다음, 방향을 돌려 걸어오며 이번에는 반대편을 훑었다. 출발 지점으로 돌아온 다음에는 서쪽으로 한 블록 건너가 다음 네거리에서 똑같은 과정을 반복했다. 술집들은 모두 골목 길 안쪽이 아니라 대로에 자리잡고 있었다.

어떤 술집은 들어가서 잠깐 눈으로 훑었다. 어떤 술집은 고개만 들이밀었다가 나왔다. 술을 마시지는 않았다. 그건 정신 나간 짓이었다. 시간 낭비인데다 분별력에도 치명타가 될 것이다.

그는 찾아야 하는 것이 무언지, 숨길 수 없는 흔적이랄지 신호랄지 아무튼 그런 걸 알고 있어서 술집들을 빠르게 훑어보며 바짝 돌아볼 수 있었다.

퀸은 속으로 중얼거렸다. 만약 그가 이 시각까지 술집에 있다면 혼자 구석에 처박혀 있을 것이다. 사람을 죽이고 남들과 즐겁게 어울릴 생각으로 술집에 들어오는 인간이 있겠는가. 살인 후 술집을 찾는다면 마음을 가라앉히는 게 목적일 것이다. 따라서 입을 닫고 혼자 구석에 처박혀 있는, 물리적으로나 심리적으로나 남들과 거리를 두고 있는 남자를 찾으면 된다.

그것이 첩경이었다. 궁극의 첩경이었다.

'이곳'을 찾아냈을 때, 그는 들어가지 않고 밖에서 휙 살폈다. 그래도 중요한 부분을 파악할 수 있을 만큼 술집이 작았다. 전면이 다른 가게의 절반밖에 안 되어 가게들 사이에 끼어 있다시피했다. 바가 한쪽 구석이 아니라 정확히 한가운데 있었다. 손님이 지나다니는 통로가 바텐더가 서 있는 바 안쪽 공간과 크기가 비슷했다. 게다가 칸막이나 부스 형태로 나뉜 테이블이 없어서 밖에서 동태를 파악하는 데 별 어려움이 없었다. 전면 유리창 앞에서 바 저쪽 끝까지 원근법에 따라 고스란히 보였다. 가게 안의 풍경은 다음과 같았다.

손님은 모두 여덟 명이었다. 이들은 다시 옆자리 신경 안 쓰고 자기들끼리 떠드는 세 그룹으로 나뉘었는데, 그룹 간의 경계선은 자세히 들여다보아야 알 수 있었다. 물리적인 거리는 고려할 필요가 없었다. 다들 빈자리 없이 한 줄로 앉아 있었던 것이다. 어깨를 어느 쪽으로 돌리고 있는지가 관건이었다. 옆 사람한테 등을 돌리고 있는 사람이 있으면 거기가 바로 경계선이었다. 그 사람들의 어깨는 괄호 표시 같아 보였다. 그룹의 양끝에 앉은 사람들이 똑바로 앉지 않고 자기 패거리를 향해 어깨를 돌리고 앉아 있었던 것이다. 그룹은 이런 식으로 나뉘었다. 맨 앞 세 사람, 그쪽으로 어깨를 돌린 한 사람, 다시 세 사람, 어깨를 돌린 사람, 그리고 마지막으로 마주보고 서 있는 두 사람.

혼자서 술을 마시는 사람은 없었다. 그는 발걸음을 옮기려다 문득 다시 들여다보았다. 무언가가 시선을 사로잡았다. 그는 바에 놓인 술잔과 손님의 숫자가 들어맞지 않는다는 사실을 알아차렸다.

잔은 아홉 개인데, 손님은 여덟 명이었다. 손님보다 잔이 한 개 많았다.

그는 확인 차원에서 다시 한번 세어보았다. 사람 수는 세기 쉬웠다. 그런데 술잔은 끊임없이 들락거리는 사람들의 손 때문에 시야가 가려져서 세기가 만만치 않았다.

체이서*잔까지 셌나 확인하며 세어도 역시 아홉 개였다. 모두 술잔이었다. 희한하게도 하나같이 맥주잔이었다.

남는 잔 하나가 버림받은 잔도 아니었다. 잔이 덩그러니 놓여 있는 한쪽 끝자리, 잔 주인의 자리가 비어 있었던 것이다.

바로 그가 찾던 것이었다. 혼자 외따로 떨어져 있는 흔적. 사람이 아니라 유리잔인 게 문제였지만.

첫 번째 단서였다.

그는 안으로 들어갔다.

사람들을 지나 많은 의미가 담겨 있는 바 끝의 빈자리를 향해 걸어갔다. 맨 마지막 손님과 벽 사이에 몇 미터 공간이 있었다. 그는 바로 앞은 아니더라도 가까운 곳에서 걸음을 멈추었다.

잔을 보았다. 들어온 보람이 있었다. 평범한 맥주잔이었지만 보기 위해 들어온 보람이 있는 녀석이었다.

맥주잔이 그렇듯 그 잔에도 손잡이가 달려 있었다. 술집 주인들을 위해 바닥을 어마어마하게 움푹 판, 팔각형의 두툼하고 묵직한 몸통에 손잡이가 달린 맥주잔이었다. 다른 잔들은 모두 손잡이가 같은 쪽을 보고 있었다. 입구 반대편, 가게 안쪽을 보고 있었다. 그런데 이 잔만 손잡이가 길가 쪽을 보고 있었다.

두 번째 단서였다.

그는 맥주를 한 잔 주문했다. 원활한 질문을 위해 바텐더의 환심을 살 필요가 있었다. 추격전이 갑자기 급박해졌다. 파리처럼 빙글빙글 주변을 맴돌며 사람을 괴롭히던 사냥감이 잠깐 동안이나마 내려앉았다.

그는 바텐더에게 물었다.

"이 잔은 누구 겁니까?"

바텐더가 대답했다.

"어떤 손님 건데, 방금 전에 저 뒤쪽으로 갔어요."

그러니까 그자가 아직 이 안에 있다는 뜻이었다. 손도 안 댔는지 맥주가 가득 담긴 잔을 보더라도 알 수 있었다.

시간이 별로 없었다. 그는 정보 제공자의 심기를 헤아릴 겨를 없이 단도직입적으로 다음 질문을 던졌다.

"손님이 무슨 색 양복을 입고 있었죠?"

"갈색요."

바텐더는 조심스럽게 대답하고 흘끗 쳐다보았다. 못마땅한 눈치였지만, 그래도 "갈색"이라고 대답했다.

세 번째 단서였다. 한꺼번에, 한 장소에서, 투박한 맥주잔에서 단서가 세 개나 발견되다니. 갈색 양복을 입고 외따로 술을 마시는 왼손잡이.

그는 세 번째 질문을 했다.

"혹시 언제부터 여기 있었는지 기억해요?"

십 센트의 효과가 막바지에 달한 게 분명했다. 바텐더가 뜸을

●　**체이서** _ 독한 술을 마신 직후나 마시는 사이에 먹는 물 또는 가벼운 음료.

들였다. 대답을 하기는 했지만 이번이 마지막이라는 듯, 추가로 뭐가 없으면 어림도 없다는 듯 느지막이 말했다.

"두세 시간쯤 됐을 거예요."

시간이 얼추 맞아떨어졌다.

네 번째 단서였다.

"내내 이걸 마셨나요?"

이번에는 부작용이 났다. 호밀 위스키를 주문했더라면 몇 개 더 물어봐도 됐을 텐데.

"손님, 지금 뭐하시는 거예요? 여기서 호구조사해요?"

바텐더는 으르렁거리더니 돈벌이는 더 되고 꼬치꼬치 캐묻지는 않는 옆쪽으로 자리를 옮겼다.

바텐더를 붙잡고 더 물어볼 필요가 없었다. 이제는 그럴 수도 없었지만, 뒤편 어딘가에서 문이 열리고 맥주잔의 주인이 돌아왔던 것이다.

퀸은 고개를 돌리지 않았다. 정면에 거울이 달려 있었다.

"저걸로 보면 돼."

그는 중얼거리며 시선을 앞에 고정했다.

처음에는 거울 속에 그의 모습밖에 없었다. 그러다 옆자리가 채워지기 시작했다. 뒤에서 걸어오는 누군가의 얼굴이 거울 속에서 점점 부상하더니 그와 똑같은 선상에 놓였다.

쭈글쭈글한 모자를 깊숙이 눌러쓰고 있었지만 얼굴이 안 보일 정도는 아니었다. 마흔다섯 살쯤 되어 보이는 얼굴이었다. 하지만 얼굴만 이십 년 먼저 나이를 먹은 듯했다. 오늘밤만 이런 걸까? 머리색이나 목주름이나 기타 등등을 보면 아직 젊은 나이였고, 얼굴도 그 나이로 보여야 했다. 그런데 중압감 때문인지 수척하고 창백했고, 모자 밖으로 전등 불빛이 비추는 부분은 은색으로 번들거렸다.

그리고 어딘지 모르게 이상했다. 퀸은 한눈에 알 수 있었다. 누가 봐도 한눈에 알 수 있었다.

남자는 바에 똑바로 기대서지 않았다. 아무도 못 보게 숨는 것처럼 바와 맞닿은 벽에 오른편 몸을 완전히 기대고, 방어적인 자세로 몸을 웅크린 채 섰다. 술에 취해서 힘없이 기댄 게 아니라 은밀하게 무언가를 숨기는 자세였다. 아주 미묘하기는 해도 온몸에서 그런 분위기가 풍겨져 나왔다. 심지어 손을 내밀어 술을 마시는 지금도 벽 쪽으로 몸을 살짝 돌렸다. 눈에 띄게 틀었다기보다 몸가짐이 조금 달라졌다 할 만큼 미세한 움직임이었지만, 아무튼 무언가를 감추려는 생각에 몸을 살짝 돌린 건 분명했다.

잡았다. 퀸은 속으로 중얼거렸다. 이번에는 확실히 수상한 냄새가 나. 아이가 태어나서 겁에 질린 아빠가 아니야.

남자는 웅크린 자세로 술을 마시고 또 마셨다. 항상 왼손만 움직였다. 오른손은 꺼내지도 않았다. 오른손은 수호자 역할을 하는 그의 몸과 벽 사이에 숨어 있었다.

총 때문일까? 퀸은 그런 생각이 들었다.

몽롱한 눈빛으로 저렇게 들여다보다니 맥주 안에 뭐가 들어 있나? 죽은 사람의 혼령이라도 보이는 걸까? 그래서 무언가에 홀린 사람처럼 눈을 떼지 못하는 걸까?

저자가 어떤 반응을 보이는지 시험해봐야겠다. 퀸은 결정을 내렸다. 어떤 반응을 보일지야 알고 있지만, 그걸 다섯 번째 단서로 삼아야지.

그는 맥주잔을 들고 느긋하게 담배 자동판매기가 설치된 쪽으로 다가가 기계를 만지작거리는 척했다. 거기 서 있으면 손님들이 일직선으로 한눈에 들어왔다. 그는 자동판매기 위에 아슬아슬하게 맥주잔을 내려놓은 다음 아무도 모르게 슬쩍 밀었다.

맥주잔이 바닥에 부딪히면서 와장창 깨졌다. 위협적이진 않고 조금 놀랄 만한 소리였다. 여덟 명이 고개를 돌리고 무심하게 흘끗 쳐다보다 다시 고개를 돌리고 대화를 이어나갔다.

하지만 아홉 번째 손님은 달랐다. 견갑골을 조여 등을 오므리고, 뒷덜미를 공격해 올 것을 피하려는 사람처럼 고개를 잽싸게 숙였다. 고개를 돌리지는 않았다. 돌릴 수가 없었다. 깜짝 놀라서 잠깐 동안 옴짝달싹하지 못했던 것이다. 충격이 서서히 가라앉는 동안 남자가 억지로 숨을 쉬느라 옆구리가 부풀었다 꺼졌다 하는 게 퀸의 눈에 들어왔다. 잠시 후 남자가 손을 들었다. 손 윤곽이 흐릿하게 보일 만큼 심하게 떨고 있었다.

반응: 양성. 죄책감에 양성 반응. 한데 뭉뚱그려진 덩어리로 보

일 만큼 겁을 먹고 몸을 움츠릴 이유가 죄책감 말고 뭐가 있을까. 더 심하게 티가 나는데 퀸이 못 보고 지나친 반응도 있을 수 있었다. 예를 들어 주머니 안에 들어 있던 오른손이 총을 꺼내려다 말고 들어갔다면 벽만 알 수 있긴 해도 확실한 증거였을 텐데. 퀸이 실수했다. 확인하려고 했을 때는 이미 늦어서 오른손이 꼼짝하지 않았다.

그는 깨진 유릿조각을 한가롭게 발로 치우며 자리로 돌아갔다.

이제 그들은 서로를 맹렬하게 의식했다. 안 그런 척하면서 사소한 움직임마저 놓치지 않으려는 미묘한 신경전이 시작됐다. 모자챙이 더 내려갔다. 한참 더 내려갔다. 하지만 퀸은 모자챙으로 가려진 남자의 소름 끼치게 번뜩이는 두 눈이 바를 향하는 척 다른 곳을 보고 있다는 것을 알고 있었다. 퀸도 정면의 거울을 바라보고 있지만 거울에 관심이 있는 건 아니었다. 서로 상대방의 변화를 민감하게 수신할 수 있도록 투명 안테나를 맞추어놓은 듯한 분위기였다.

남자가 뭔가를 알아차린 눈치야. 퀸은 속으로 중얼거렸다. 내가 무슨 짓을 저질러서 그런 게 아니라, 나무토막처럼 앉아서 자기를 찔러보지도 않고 없는 사람처럼 구는 게 이상한 거지. 내가 너무 한참 동안 너무 가만히 서 있거든. 너무 정면을 보고 있거든. 걸려들었어. 나에 대한 두려움이 생겼어.

보이지 않는 전류가 이쪽에서 저쪽으로 건너가고, 충전이 돼서 다시 이쪽으로 건너오고, 충전이 돼서 다시 저쪽으로 건너갔다. 긴장의 연속이었다.

남자는 방어를 하듯 모자를 점점 더 눌러썼다. 그것 말고는 움직임이 없었다. 거울을 쳐다보는 퀸의 시선도 점점 더 무표정해질 뿐, 다른 데로 향하거나 감춰진 얼굴로 옆걸음질치는 법이 없었다. 두 사람 다 이제 거의 숨을 쉴 수 없는 지경에 이르렀다.

주변 사람들은 모두 눈치도 못 챈 채 마시고 떠들고 웃고 가끔 침도 뱉었다. 들썩들썩 웅성거리는 현실의 술집 한복판에서, 그들만 바에 자리잡은 두 남자를 정물화로 그린 것처럼 전혀 달랐다. 두 사람은 서너 걸음 정도 거리를 두고 앞으로 기울여 놓은 무생물의 표본과도 같았다.

아무 전조도 없었다. 갑자기 퀸의 옆자리가 비었다. 한줄기 연기만 없었을 뿐 파우스트가 사라지는 것과 비슷했다. 하도 갑작스럽게 벌어진 일이라 퀸은 엉뚱한 곳으로 고개를 돌렸다. 원래 남자가 있던 자리로 고개를 돌렸다가 우왕좌왕 반원을 그리며 몸을 돌려 반대편인 출입문 쪽을 바라보았다.

남자가 허둥지둥 출입문을 빠져나가고 있었다. 젖은 스펀지로 닦아낸 유리잔의 얼룩처럼 순식간에 시야에서 사라졌다.

퀸은 남자가 대놓고 뻔뻔하게 줄행랑을 놓을 줄은 미처 몰랐다. 시치미를 뚝 떼고 게걸음으로 살금살금 빠져나가는 거라면 모를까, "저놈 잡아라!" 하고 외칠 새도 없이 노골적으로 도망을 치다니. 범죄를 자백하는 두루마리를 퀸의 얼굴에 집어던지는 거나 다름없었다.

내가 범인이다. 내가 범인인 걸 내가 아는데, 네가 알아낼 때까지 기다릴 필요가 있나? 나는 알기에 도망치련다.

그는 흥분한 바람에 목에 걸려 잘 나오지 않는 신음 소리를 내며 뒤쫓아갈 준비를 했다. 팔과 다리가 가동되기 전에 몸통부터 먼저 움직였다.

바텐더가 뭐라고 고함치는 소리가 들리자 그는 주머니에서 동전 비슷한 것을 꺼냈다. 확인도 하지 않고 어깨 너머로 던졌다. 동전이 포물선을 그리며 바닥으로 떨어졌을 때 이미 그는 밖으로 나온 뒤였다.

남자는 벌써 길거리를 따라 미친듯이 달리고 있었다. 미친듯이 달렸다는 말밖에는 표현할 방법이 없었다. 두려움으로 이성이 마비되지 않는 한 누구도 그렇게 빨리 달릴 수가 없었다. 그 와중에도 총을 쥔 손을 몸에 꼭 붙이고 주머니에서 빼지 않았다. 그 때문에 몸의 균형이 무너져서 약간 기우뚱했다.

남자가 길모퉁이를 돌아 사라졌다. 퀸도 잽싸게 모퉁이를 돌자 남자가 다시 눈앞에 등장했다. 둘 사이의 간격은 아까와 비슷했다. 남자가 어두컴컴한 쪽으로 길을 건너자 그림자로 덮여 다시 시야에서 사라졌다. 남자의 발자국이 쉴 새도 없이 밟으며 쫓아가자 남자가 다시 퀸의 눈앞에 등장했다.

이렇게 그들은 어둠 속에서 숨바꼭질을 펼쳤지만, 재미라고는 찾아볼 수 없는 잔인한 게임이었다. 저쪽에서 총을 쏘겠지. 퀸은 이런 생각이 들었다. 조심하는 게 좋겠어. 총을 쏠 테니까. 그래도 달리기를 멈추지 않았다. 용기를 낸 게 아니었다. 추격의 열기가 모든 두려움을 녹여버렸기 때문이었다.

남자가 또다시 모퉁이를 돌았다. 퀸도 모퉁이를 돌아 다시 시야에 그를 넣었다. 이번에는 좀 전보다 간격이 좁았다. 둘 사이의 거리가 점점 좁혀졌다. 다리뿐 아니라 양손으로 자유롭게 허공을 갈라야 잘 달릴 수 있는 법이다.

남자가 당황하기 시작했다. 다시 모퉁이 너머로 사라진 남자는 이번에는 퀸이 덩달아 모퉁이를 돌아도 보이지 않았다. 하지만 남자가 두려움을 못 이기고 다시 퀸 앞에 모습을 드러냈다. 계속 숨어 있었으면 놓쳤을 텐데, 막판에 못 믿겠다는 생각이 들었는지 어느 건물 입구에서 튀어나온 것이다. 결국 다시 추격전이 이어졌다. 퀸이 이미 그 건물을 지나친 상태였기 때문에 방향은 반대로 바뀌었다. 두려움은 여러 능력을 무너뜨린다.

추격전이 펼쳐지는 동안 말리거나 끼어드는 사람은 전혀 없었다. 만약 죄가 없다면 도와달라고 고함을 지르지 않았겠어? 퀸은 생각하며 뿌듯해했다. 안 그랬겠어?

남자는 극단적이고 압도적인 침묵을 지키며 끝까지 아무 소리 없이 달렸다.

이제 거의 막판에 다다랐다. 퀸은 젊고 목표가 있었기에 밤새도록 이 도시를 질주할 수 있었다. 남자는 이제 그의 시야에서 벗어나지 못했다. 어떤 길모퉁이도, 어떤 건물 입구도 남자를 구할 수 없었다. 어디든 그 정도로 빨리 숨을 수가 없었다.

뛰는 속도가 느려지면서 남자의 발소리가 점점 띄엄띄엄 이어지는가 싶더니 아예 그쳤다. 남자는 막다른 골목의 담장에 등을 기대 몸을 웅크리고 가쁜 숨을 몰아쉬었다. 담장 때문에 궁지에 몰린거나 다름없었다. 퀸은 벼락같이 앞으로 다가갔다. 수상한 남자의 팔을 의식하며 원을 그리듯 살짝 돌아나가, 바로 앞까지 다가서지 않고 거리를 두고 압박을 가했다. 그래야 남자가 어느 쪽으로 뛰더라도 같이 움직일 수 있었다.

하지만 남자는 어느 쪽으로도 뛰지 않았다. 뛰질 못했다.

남자가 모래를 체로 거르듯 쌕쌕거리며 쉰 목소리로 속삭이듯 물었다.

"뭡니까? 뭣 때문에……? 더이상 가까이 오지 마요."

퀸도 숨이 차서 쌔근거렸지만, 육연발총이 난사되더라도 꺾이지 않을 목표 의식으로 이글거렸다.

"가까이 갈 겁니다. 바짝 접근할 거예요."

퀸이 다가가자 두 사람의 거리는 얼굴이 거의 맞닿고 뜨거운 입김이 느껴질 정도로 좁혀졌다. 둘 다 겁에 질렸지만 한쪽이 더 심했다. 덜 심한 쪽이 퀸이었다. 그는 불시에 총알이 날아올지 모른다는 두려움밖에 없었다. 하지만 상대방은 좌불안석이었다. 피부로 느껴졌다. 남자가 기대고 서 있는 담장에서 무언가가 꾸물꾸물 흘러내리는 듯했다. 타르 아니면 뻑뻑한 페인트 같았다. 남자가 입을 열자 축축한 무언가가 우스꽝스런 실처럼 입가를 장식했다. 그러다 누가 가위로 잘라버린 것처럼 순식간에 사라졌다.

퀸이 알아차리지 못한 새 왼손이 움직였다. 오른손이 아니라 왼손이 움직였다. 총을 꺼낸 거였다면 엎질러진 물이었다. 그런데 총이 아니었다.

"자, 이걸 노리는 건가요? 가져가고 나는 건드리지 말아줘요."

남자가 강요했다.

"가져가요. 가져가. 소리지르지 않을게요. 절대로……."

지갑이 바닥으로 떨어지자 퀸이 발로 차서 옆으로 밀었다.

"도망을 친 이유가 뭐죠?"

"뭣 때문에 쫓는 겁니까? 뭐하려고? 더이상 못 견디겠어요. 내가 무서워서 벌벌 떠는 거 안 보여요? 어둠도 무섭고, 빛도 무섭고, 소리도 무섭고, 정적도 무서운데. 나를 둘러싼 공기 자체가 무서운데. 날 가만 내버려두라고요……."

남자는 퀸에게 대고 고함을 질렀다. 아니, 퀸의 어깨 너머 무심한 밤하늘을 향해 고함을 질렀다.

"진정하시죠. 그렇게 무서워서 벌벌 떠는 이유가 뭡니까? 사람을 죽였기 때문인가요? 그랬나요? 대답해요. 당신, 사람을 죽였죠?"

누가 성냥 꺾듯 목을 반으로 꺾은 것처럼 남자의 고개가 푹 꺾였다.

"많이 죽였죠. 스무 명. 몇 명인지 모르겠네……. 세려고 했는데 셀 수가 없어서…….”

“오늘밤에 죽인 사람은……?”

남자가 어린애처럼 울음을 터뜨렸다. 퀸의 앞에서 난생처음 보는 광경이 펼쳐졌다.

“날 놓아줘요. 여기 서서 그들을 맞닥뜨리게 하지 마요. 제발 놓아달라고요…….”

“거긴 뭐가 들었어요? 총?”

그는 힘없이 늘어진 남자의 오른팔을 불쑥 붙잡았다.

퀸의 손가락이 뼛속에 닿을 기세로 남자의 팔을 파고들었다. 거칠 게 없었다. 남자의 팔이 통째로 주머니에서 빠져나왔지만, 그가 움켜쥐는 바람에 그렇게 된 게 아니었다. 빈 소매에서 돌돌 만 신문이 떨어졌다. 그러자 소매가 어깨 부분까지 푹 꺼져버렸다.

“맞아요. 총이 있었죠.”

남자가 어린애와 비슷해서 섬뜩한 목소리로 말했다.

“그런데 저들이 가져갔어요. 맡은 바 소임을 다했을 때. 그런데 돌려주면서 내가 손을 뺀다는 걸 깜빡했나 봐요. 그 뒤로 손이 없어졌네요? 매번 확인해보지만 없네요? 여기까지 말이죠…….”

충격이 바늘처럼 퀸의 심장을 관통했다. 그는 젊었기에 구멍이 금세 닫혔다. 하지만 잠깐 할말을 잃을 만큼 여파가 엄청났다.

“죄송합니다.”

그는 간신히 이 말 한 마디를 내뱉고 안타까운 마음에 고개를 돌렸다.

"뭐라 드릴 말씀이 없네요."

"이제 나를 보내줘요."

그는 이해할 수 없거나 대적할 수 없는 상대와 맞닥뜨린 힘없는 어린아이처럼 애처로운 목소리로 얌전하게 말했다.

퀸이 말했다.

"그 살인 사건 말입니다. 언제였죠? 그 사건이 벌어졌던 게."

"스페인이었고, 이 년 전이었어요. 그게 아니라 몇 분 전에 저 길모퉁이에서 벌어졌던 일인가? 이제는 잘 모르겠네요. 포탄이 계속 터져서 눈이 부셔요."

퀸은 길바닥에 떨어져 있던 구깃구깃한 모자를 주워 꾸물꾸물 상냥하게 먼지를 털었다. 천천히 먼지를 털고 또 털었다. 그것 말고는 마음을 표현할 방법이 없었다.

곤경에 처한 헬렌 커시를 구하고 대리 만족을 느낀 것도 잠시, 골이 지끈거리는 딜레마가 다시 찾아오자 전보다 두 배 더 괴롭게 느껴졌다. 바람피운 여자를 싣고 집으로 향하는 택시의 빨간 후미 등이 사라지자 그녀는 또다시 혼자가 되었다. 또다시 혼자 나서야 하는 신세가 되었다. 사십 분, 어쩌면 오십 분의 시간을 덧없이 흘려보낸 지금, 임무를 성공리에 완수할 가능성은 그 어느 때보다 요원했다.

그녀가 있는 곳은 이스트 70가였다. 여기서 하룻밤 새 총격이 두 건이나 벌어져 한 명은 죽고 한 명은 살았다니 놀라울 따름이었다. 이 길을 따라 천천히 서쪽으로 가면 그레이브스 씨 집으로 돌아갈 수 있었다. 이제 그녀는 그곳으로 돌아가야 했다. 어딘가를 기점으로 처음부터 되짚어야 했으니 그 집이 새로운 모험을 시작하기에 논리적으로 알맞은 곳이었다.

그녀는 그레이브스의 주머니에서 꺼낸 두 번째 열쇠를 가지고 있었기에 어려움 없이 다시 들어갈 수 있었다. 들어간들 무슨 소득이 있을까 싶었고, 엄청난 위험 부담을 감수해야 할 게 분명했지만 마지막 희망이 물거품처럼 사라져버렸으니 달리 뾰족한 수가 없었다. 무엇보다 자신이 저지른 범죄 현장에 반드시 다시 나타난다는 범인처럼 넋이 팔린 듯 자꾸만 그곳으로 발걸음이 향했다. 이런 불가항력을 느끼다니 마치 그녀가 범인 같았다.

무엇 때문인지는 알고 있었다. 시신이 발견되었는지, 경찰이 출동한 흔적이 있는지, 불이 켜져 있는지, 그 집의 비밀이 공개된 증거가 있는지 확인하고 싶었고, 확인해야만 했던 것이다.

그래서 그녀는 시간제한이 있는 사람답지 않게 천천히, 조심스럽게 렉싱턴 애비뉴를 지나고 파크 애비뉴를 지났다. 그렇게 점점 가까이 다가갔다. 파크 애비뉴에서 매디슨 애비뉴로 넘어가는 블록의 중간 지점에 다다랐을 때 이미 앞 블록이 보였다. 여전히 인적이 없고, 여전히 조용하며, 최소한 겉보기에 사방이 잠잠하다는 것을 훤히 알 수 있었다. 근처에 차가 주차되어 있지도 않았고, 경찰이 앞을 지키고 있지도 않았고, 집을 드나드는 사람도 없었다. 무엇보다 전면으로 새어 나오는 불빛이 하나도 없었다. 특히 여기처럼 깜

깜하게 일직선으로 이어지는 길의 경우 창밖으로 불빛이 비치면 멀리서도 눈에 띄기 마련인데 보이지 않았다.

아니면 미끼일까? 덫이 설치되어 있을까? 경찰이나 인간이 설치한 덫을 말하는 게 아니었다. 그들이 지금 이 시각에 그녀가 돌아올지, 돌아오기나 할지 알 리 없었다. 실질적인 적, 그러니까 도시가 설치한 덫을 말하는 것이었다.

이제 그녀는 매디슨 애비뉴에 도착했다. 출발 지점의 건너편 블록 모퉁이를 바라보았다. 그녀는 완벽한 원을 그리고 원점으로 돌아왔다. 빈손으로. 헬렌 커시를 찾는답시고 헛걸음했을 때 탔던 택시는 보이지 않았다.

알루미늄으로 된 소형 우유 배달 트럭이 스치듯 지나갔다. 작년인가부터 도입된 신형 트럭이었다. 초창기 전기 자동차처럼 조용하고 날렵했다. 벌써 우유가 배달되다니. 동틀 무렵이 머지않았다.

그녀는 매디슨 애비뉴를 지나 계속 걸었다.

점점 더 가까워지고 있었다.

그녀는 그 집의 생김새를 영원히 잊지 못할 것이다. 벌써부터 머릿속에서 떠날 줄 몰랐다. 앞으로 오랜 시간이 흐르고 멀리 떠나 있더라도 눈앞에 아른거릴 것이다. 철거되어 공터로 남는대도 눈에 선할 것이다. 지금처럼 한밤중에 그 앞에 서 있는 꿈을 꿀 것이다. 오늘밤 모습 그대로 온전하게, 완벽하게 머릿속에 퍼뜩 되살아날 것이다. 그리고 운이 좋다면 집안으로 들어가기 직전에 깨어나겠지.

그가 돈을 돌려놓으러 들어간 사이 집 앞을 천천히 왔다갔다했던 게 벌써 오래전 일처럼 느껴졌다. 오늘밤에 있었던 일이라니, 하룻밤이 그렇게 길 수 있나 싶어 믿기지가 않았다. 하지만 '지금'이 아니라 '그때'로 돌아가고 싶은 마음이 간절했다. 기다리는 동안 고통스러웠고 당시에는 겁이 났으며 그가 붙잡히면 어쩌나 싶어 무서웠지만, 최소한 그때는 모르지 않았던가. 안에서 어떤 일이 기다리는지 모르지 않았던가.

그녀는 한숨을 쉬었다. 그녀가 가장 좋아하는 댄스홀의 명언이 생각났다. 바란들 무슨 소용 있겠어?

그는 어디서, 어떻게 하고 있는지 궁금했다. 나보다는 운이 따라주었으면 좋겠는데. 그녀는 생각하며 그가 아무 탈 없기를, 궁지에 빠지지는 않았기를 빌었다. 하지만 차라리 다른 궁지가 나았다. 그가 처한, 그들이 처한 지금 이 상황보다 더 끔찍한 궁지가 어디 있겠는가.

그녀는 자신에게 넌더리가 났다. 너는 기대하고 바라는 버릇을 버리지 못하는구나. 칠면조 차골ㅈ깷*을 들고 맨 처음 만난 경찰에게 가서 잡아당겨보라고 한 다음 그것으로 마무리를 짓는 게 어때?

그녀는 발걸음을 멈추었다. 이제 바로 그 집 앞이었다. 끔찍한 살인 사건이 벌어진 집이건만 밖에서 보면 어찌나 여느 집과 다를 게 없는지 묘하다는 생각이 들었다. 사건을 아는가의 여부가 차이를 만들었다.

그녀는 들어가기로 작정했다. 첫걸음을 옮기기 전부터 그 집이 다가오는 게 느껴졌다. 왜 그런지, 들어가봐야 무슨 소용이 있을지 알 수 없었다. 하지만 그 앞에 서서 어쩔 줄 몰라 하며 쳐다보기만 하는 것 역시 무슨 소용 있겠는가.

최소한 용감하게 다가간다는 의미는 있었다. 슬그머니 꽁무니 빼지 않고, 비켜서지 않고. 그녀는 정면 돌파를 감행해 문 앞 계단을 올라갔다. 다른 길은 좀더 위험했고, 지나가던 사람 눈에 띄었을 때 의심을 살 가능성이 더 높았다.

여닫이식 겉문이 뒤에서 휘릭 닫혔고, 점점 더 똑바로 세운 관처럼 느껴지는 조그맣고 답답한 현관이 다시 그녀를 감쌌다. 용기였는지 추진력이었는지 뭐였는지 모를 게 집안으로 들어선 순간 대부분 날아가버렸다.

좀 전에는 그와 함께였다. 혼자 들어가니 그때보다 무서웠다. 누가 숨어 있으면 어쩐다? 경찰 같은 합법적인 인물이 아니라 여기서는 정체를 파악할 수 없는 사람이, 불빛을 원치 않는 사람이, 그들 두 사람만큼이나 비밀리에 무단 침입을 감행하려는 사람이 숨어 있으면 어쩐다? 엎지른 물이 되기 전에는 존재를 알 수 없는 사람이 숨어 있으면 어쩐다?

그녀는 그대로 밀어붙였다. 달리 방법이 없었다. 후퇴한들 해결되는 건 아무것도 없었다.

● **차골** _ 닭이나 오리 등 조류의 목과 가슴 사이에 달린 V자 모양의 뼈. 두 사람이 이 뼈의 양끝을 잡고 서로 잡아당겨 긴 쪽을 차지하게 된 사람이 소원을 빌면 이루어진다는 속설이 있다.

그녀는 열쇠를 구멍에 넣었다. 죽은 사람의 열쇠였다. 좀 전에 그가 열쇠를 꽂으면서 얼마나 손을 떨었는지 기억이 났다. 그가 지금 그녀를 보았다면 진정한 떨림이 무엇인지 알 수 있었을 것이다. 팔뚝이 팔꿈치를 중심으로 널을 뛰다시피 했다. 게다가 이 요란한 소리! 그녀가 듣기에는 빈 깡통이 땡그랑거리는 것처럼 느껴졌다. 이런 식으로 등장을 알릴 바에 차라리 속시원하게 초인종을 누르는 게 낫겠다 싶었다.

뭐, 어차피 안에 아무도 없는데, 그러거나 말거나 무슨 상관이 겠어?

그야 네 희망사항이지. 그녀는 침울한 목소리로 정정했다.

문이 열렸다.

고요했다.

한번 들어와봤던 터라 길이 조금은 익숙했다. 곧장 직진하면 계단이 나왔다. 그녀는 먼저 문을 닫고 걸음을 옮겼다. 방향을 제법 확실히 알고 있어도 완벽한 어둠 속에서 움직이면 늘 그렇듯 외줄타기를 하는 것처럼 불안했다.

이번에도 가죽과 나무 냄새가 느껴졌다.

어찌나 고요한지. 집이 이렇게 고요할 수도 있을까? 집이 엉큼한 속셈을 품고 침묵을 과장하는 것처럼 느껴질 정도였다.

그녀는 생각했다. 내 여행 가방이 벽 앞에 그대로 있는지 확인해보자. 이 집에 들어온 사람이 있었는지 없었는지 단서가 될 수 있을 테니까.

어느 쪽에 두었는지는 알지만, 문에서 어느 정도 거리였는지는 알 수 없었다. 그녀는 방향을 돌려 집안을 가로질렀다. 벽이 나오자 손바닥으로 아래쪽까지 더듬었다. 굽도리 널이 있는 위치까지 더듬어 내려갔는데, 손에 걸리는 게 아무것도 없었다.

여기가 아니었나 보다. 좀더 옆이었나 보다.

그녀는 벽에서 살짝 물러나 수색을 재개했다. 네 걸음 정도 앞으로 걸어가서 벽 쪽으로 다가간 다음 다시 더듬어보았다. 분명 이쯤일 텐데. 이보다 더 멀리 놓지는 않았을 텐데. 그녀가 서 있는 자리는 분명 계단이 시작되는 곳 근처였다.

그녀는 또 손을 내밀었고, 손바닥이 벽에 닿자 여행 가방이 있어야 하는 곳까지 더듬으며 내려갔다.

그런데 벽이 달라졌다.

서늘하고 반질반질한 회반죽이 아니었고 평평하지도 않았다. 그녀의 손이 닿자 벽이 들어갔다. 하지만 안쪽에 무언가가 있어서 살짝 들어가고는 그만이었다. 느낌이 거칠거칠하면서도 부드러웠다. 복슬복슬하면서 뻣뻣했다. 보풀이었다. 재킷 보풀이었다. 누군가가 입은 재킷이었다. 누군가를 감싼 재킷이었다.

누가 벽에 바짝 기대고 서 있었다. 들키지 않으려고 벽에 몸을 딱 붙이고 있었다. 그런데 그녀가 바로 앞에서 술래가 영원히 바뀌지 않는 섬뜩한 장님놀이를 하는 것처럼 손바닥으로 그 남자를 더

듬은 것이다.

그녀의 손이 닿자 상대방이 짧게 숨을 들이마시는 소리가 났다. 그녀가 낸 소리는 아니었다. 그녀는 아예 숨이 멎었다.

바로 앞에 누가 있었다. 살아서, 그녀에게 발각되자 죽은 사람처럼 꼼짝 않고 서 있는 사람이.

어둠이 미친듯이 소용돌이쳤다. 그녀를 집어삼킬 듯이 날아드는 파도처럼 놀쳤다. 그녀는 파도타기를 하는 듯한 심정이었다. 공포라는 못된 파도를 타는 듯한 심정이었다. 그녀는 뒷걸음질을 치다 이성을 잃었다. 전혀 의도하지 않았던 말이 조그만 신음 소리처럼 새어 나왔다.

"퀸, 도와줘요……."

튀어나온 팔이 그녀의 허리를 감쌌다. 그녀는 정신이 혼미해서 구조의 손길인지 체포의 손길인지 구분하지 못했다.

퀸의 목소리가 들렸다.

"브리키! 정신 차려요, 브리키!"

그녀가 몸을 다시 앞으로 기울이자 머리가 힘없이 그의 어깨 위로 떨어졌다. 그녀는 기댄 채 한동안 아무 말도 할 수가 없었다.

퀸이 말했다.

"맙소사. 당신인 줄 몰랐어요. 겁이 나서 온몸이 얼어붙었는데……."

그녀는 일이 분이 지난 뒤에도 숨을 헐떡이는 것 말고는 아무것도 할 수가 없었다.

"이런 상황에서 죽지 않고 버텼으니 앞으로 무슨 일이 닥쳐도 죽을 일은 없겠네요."

그는 맥주 통을 나르는 사람처럼 양팔로 그녀를 감싸 안고 어둠 속을 앞장섰다.

"이쪽으로. 계단에 앉아서 잠깐 쉬어요. 조금만 가면⋯⋯."

"아니에요, 이제는 괜찮아요. 불을 켤 수 있는 2층으로 올라가서 이 망할 어둠을 내쫓자고요. 어두워서 그랬던 거니까."

그들은 계단을 올라갔다. 그녀는 이제 그가 있기 때문에 괜찮았다. 더이상 무섭지 않았다.

"우리 둘이 이런 식으로 동시에 돌아오다니 희한하네요. 운이 안 따라줬던 모양이죠?"

그녀가 짐작하고 물었다.

"대실패였어요. 처음부터 다시 시작해보려고 돌아온 거예요."

"나도 그러려고 온 건데."

그들은 어떤 일을 겪었느냐고 묻지 않았다. 얻은 성과가 없었으니 복기한들 소용없었다. 가장 큰 이유는 시간이 없다는 거였지만.

불이 켜졌을 때 그들은 바닥에 누운 시체를 쳐다보지도 않았다. 그럴 단계를 지난 지 오래였다. 곁눈질로 검은 옷과 하얀 셔츠 앞부분을 보고 아직 그 자리에 있다는 걸 확인하는 수준으로 충분했다. 그녀는 시체와 같은 공간에 있는 것도 금세 익숙해지는구나, 하는 생각이 들었다. 시체와 밤을 새는 사람들이 눈썹 하나 까딱 않는 이유도 그 때문이었다. 어떻게 그럴 수 있는지 이제는 이해가 됐다.

난생처음 맞닥뜨린 시체인데도 압도감이 이미 사라졌다. 방안을 돌아다니다 그게 있으면 벌써부터 아무렇지 않게 살짝 돌아가고 그만이었다. 마치 잠을 자는 개나 고양이를 밟지 않게 조심하는 사람처럼 그랬다.

그들은 눈앞이 캄캄했다. 나락으로 추락했다. 앞이 막혔다. 서로의 눈을 들여다보면 그렇다는 걸 알 수 있었지만, 둘 다 말로 표현하거나 시인하지 않았다. 그는 뭔가를 하는 척 정신없이 왔다갔다하는 것으로 현실을 외면하려 했다. 침실 입구로 건너가 불을 켜고, 있지도 않은 뭔가를 필사적으로 포착하려는 사람처럼 이리저리 둘러보았다. 그러다 이번에는 욕실 입구로 건너가 불을 켜고 똑같은 행동을 반복했다.

소용없는 짓이자 부질없는 짓임을 둘 다 알고 있었다. 이 집이 제시한 침묵의 단서는 마지막 한 방울까지 남김없이 짜낸 상태였다. 더는 없었다.

그녀는 좀더 소극적인 방식으로 좌절감을 표출했다. 가만히 서서 손가락으로만 표현했다. 한 의자 등에 손을 얹고 보이지 않는 타자기를 두드리는 것처럼 계속 손가락을 움직였다.

불현듯 무언가가 정적을 갈랐다. 언뜻 등장했다 사라졌고, 그들의 소행은 아니었다.

"이게 뭐죠?"

터진 파이프나 수도 본관에서 얼음처럼 차가운 물이 머리 위로 쏟아진 것처럼 공포가 덮쳤다. 도망칠 방법이 없는 폐쇄된 공간 안인데, 감각을 마비시키는 물살이 저 밑에서부터 빠른 속도로 불어나는 듯했다. 그들은 소용돌이에 휩쓸려 하릴없이 동그랗게, 동그랗게 떠밀려 다니는 두 마리의 생쥐나 다름없었다. 아직은 살아 있지만 결국에는 가라앉을 것이다.

공포의 근원지는 조그만 벨 소리였다. 따르르릉, 따르르릉 하는 나지막한 소리가 몇 번이고 계속됐다. 안 보이지만 그들과 관계있는, 그들이 있는 이 집과 관계있는 어딘가에서 나는 소리였다.

바늘과도 같은 일차 충격이 지나간 뒤 그들은 옴짝달싹도 못한 채 겁에 질린 눈만 이쪽, 저쪽으로 돌렸지만 번번이 늦었다. 가만히 서서 소리의 정체를 밝히고 소재를 파악하고 다른 소리와 구분하려는 그들의 머리 주변을 요리조리 맴돌며 앵앵거리는 말벌과도 같았다. 사방에서 들리는가 싶으면 또 아무데서도 들리지 않았다. 따르르릉, 따르르릉. 벨벳처럼 부드러우면서 그칠 줄 몰랐다.

그녀가 속삭였다.

"뭘까요? 도난 경보기일까요? 우리가 건드리면 안 될 거라도……?"

"여기…… 침실에서 나는 소리예요. 거기 알람 시계가 있는 모양인데……."

그들은 공포의 파도타기를 하는 생쥐답게 침실 입구로 쏜살같이 달려갔다. 서랍장 위에 조그만 접이식 시계가 놓여 있었다. 그가 시계를 집어 맨 꼭대기를 주먹으로 내리친 뒤 귀에 갖다 댔다.

따르르릉, 따르르릉. 좀 전보다 소리가 가까워지지 않았다. 사방에서 일제히 유령의 신음 소리가 들렸다.

그는 시계를 내려놓고 저쪽으로 되돌아 달려갔다. 그녀도 따라나갔다.

"초인종인가 봐요. 어쩌면 좋죠?"

그녀는 몸서리를 쳤다.

그는 몇 걸음 달려가 계단 꼭대기에서 귀를 기울였다.

"아니에요. 두 군데에서 동시에 들리고 있어요. 아래층에서 들리기도 하지만 우리 뒤쪽, 여기에서도 들리는데……."

그녀가 말허리를 잘랐다.

"소용없어요. 1층은 어두워서 절대 못 찾을 거예요. 돌아와요. 이 근처를 다시……."

그들은 물에 빠진 생쥐답게 다시 침실 안으로 달려 들어갔다.

"문을 닫아봐요." 그녀가 말했다. "그럼 어느 방에서 나는 소리인지……."

그녀가 문을 닫았다. 그들은 귀를 기울였다. 문을 닫아도 그 소리는 조금도 잦아들지 않고 변함없이 똑같았다.

"여기 이 방에서 나는 소리예요. 거기까지는 파악했고…… 아,

이 소리가 일 분만 안 들려도 우리 능력을 동원해서……."

그가 바닥에 엎드리더니 동물처럼 엉거주춤하게 이리저리 움직였다.

"잠깐, 저 아래 상자가 있어요! 침대 아래, 벽 앞에, 하얀색……보여요. 내선 전화다. 그런데 수화기가……?"

그는 벌떡 일어나더니 침대 머리 쪽으로 달려가 침대를 앞으로 살짝 움직였다. 그런 다음 매트리스가 있는 곳까지 팔을 넣어 수화기를 끄집어냈다.

"누워서 받을 수 있게 이 뒤에다 걸어놨네요."

그래도 소리가 여전히 구분이 안 됐다.

"너무 시끄럽지 않게 줄인 쪽이 이 전화기 벨 소리예요. 본체는 1층에 있고 여기다 내선 전화를 설치했기 때문에 사방에서 소리가 들려 우리가 화들짝 놀란 거예요."

그가 설명을 하는 동안에도 그의 손안에서 전화벨이 계속 울렸다.

애처롭고 끈질기게. 따르르릉, 따르르릉…….

그는 속절없이 그녀를 바라보았다.

"어떻게 할까요?"

따르르릉, 따르르릉……. 잔소리처럼 멈출 줄 몰랐다.

"상황을 모르는 사람이 그와 통화를 하려나 봐요. 그것도 아주 애타게. 내가 한번 받아볼게요."

그녀가 퍼뜩 손을 내밀어 그의 손목을 꽉 붙잡았다.

"조심해요! 그러다 경찰이 출동하기 십상이에요. 저쪽에서 그 사람 목소리가 아닌 걸 알아차릴 테니까요."

"무사히 끝낼 수 있을지 몰라요. 나지막이 웅얼거리면 저쪽에서도 목소리가 다른 걸 알아차리지 못할 거예요. 그 남자인 척하면 돼요. 이번이 유일한 기회예요. 뭔가 발견할 수도 있고…… 어쩌다 내뱉은 한두 마디에 불과하더라도 그만큼 이득이잖아요. 내 옆에 바짝 붙어 있어요. 전심을 다해 기도해요. 받습니다."

그가 훅 스위치를 누르고 있던 손가락을 떼자 전화가 연결됐다.

그는 고압전기가 흐르기라도 하는 것처럼 조심스럽게 수화기를 귀에 갖다 댔다.

"여보세요."

그가 웅얼거렸다. 어찌나 우물거리는지 그녀도 간신히 알아들을 수 있을 정도였다.

그녀는 심장이 두근거렸다. 그들은 머리를 모으고 귀를 맞댄 채 한밤중에 걸려온 전화에 귀를 기울였다.

상대편에서 말했다.

"여보세요. 바버라예요."

그녀는 서랍장 위에 놓인 사진을 흘끗 돌아보았다. 바버라, 은색 액자에 담긴 그 여자. 맙소사. 그녀는 괴로운 마음을 달래며 중얼거렸다. 다른 사람이면 모를까, 애인을 어떻게 속이나. 그 남자를 너무 잘 알 텐데. 절대……

긴장감으로 그의 얼굴이 하얘졌고, 두근거리는 심장박동이 관자놀이를 통해 그녀에게 전해질 지경이었다.

"스티브, 내 금색 분첩 혹시 당신한테 있어요? 집에 와보니 없기에 신경이 쓰여서요. 거기 있나 찾아봐줄래요? 당신이 주머니에 챙겼을 수도 있겠다 싶어서요."

그가 우물우물 되물었다.

"분첩? 잠깐만."

그가 잠시 수화기를 손으로 가렸다.

"어쩌죠? 뭐라고 해요?"

옆에 바싹 붙어 있던 브리키가 얼른 옆방으로 달려갔다. 잠시 후 돌아온 그녀는 불빛을 받아 반질반질하게 반짝이는 무언가를 들고 와서 보여주었다.

"있다고 하고 대화를 이어나가요. 목소리는 계속 낮추고요. 지금까지는 좋았어요. 그녀는 정말로 그게 궁금해서 전화한 게 아니에요. 조심스럽게 접근하면 뭔가 알아낼 수 있을지 몰라요."

그녀는 다시 그의 옆에 몸을 웅크리고 수화기에 귀를 댔다. 그는 송화구를 막고 있던 손을 뗐다.

그가 속삭였다.

"음, 여기 있어."

"잠이 안 와서요. 그래서 전화했어요. 분첩 때문이 아니라."

그는 "당신 말이 맞네요" 하는 표정으로 브리키를 쳐다보았다.

상대방은 기다리고 있었다. 이제 그가 말을 할 차례였다. 브리키가 얼른 팔꿈치로 그의 옆구리를 찔렀다.

"나도 마찬가지요."

"우리가 결혼한 사이였다면 문제가 훨씬 간단했을 텐데. 안 그래요? 당신 주머니에 들어 있는 걸 침실 화장대 위에 꺼내놓기만 하면 됐을 거잖아요."

브리키는 잠깐 시선을 떨구며 움찔했다. 시신에게 청혼이라니.

"우리가 이런 식으로 화를 내면서 헤어진 게 처음이잖아요."

"미안하군."

그가 나지막이 속삭이다시피 했다.

"거기 그 페로케이라는 데 가지 않았더라면 그런 일도 없었을 텐데."

"그러게 말이오."

그는 순순히 맞장구를 쳤다.

"그 여자 누구였어요?"

그는 이번에는 아무 말도 하지 않았다.

상대방은 그의 고집스러운 태도를 참고 견뎠다.

"누구였어요, 스티브? 키가 크고, 옅은 초록색 원피스를 입고 있던 빨간 머리 여자요."

"나도 모르는 여자요."

그가 그렇게 대답한 이유는 달리 대답할 말이 없었기 때문이었다. 그런데 알고 보니 적절한 대답이었다.

"좀 전에도 그러더니. 애초에 그게 사단이었잖아요. 당신도 모르는 여자라면 콩가를 출 때 왜 그런 식으로 우리 사이를 비집고 들어왔겠어요?"

그는 대꾸하지 않았다. 할 수가 없었다.

"그리고 왜 그 여자가 당신 손에 쪽지를 쥐여주었겠어요?"

상대방은 그가 계속 시치미를 떼려고 침묵하는 것으로 해석했다.

"그 여자가 그러는 거 봤어요. 두 눈으로 똑똑히 봤다고요."

그들은 귀를 쫑긋 세웠다.

"그리고 우리 자리로 돌아왔을 때 왜 저쪽 끝에 있는 그 여자를 향해서 고개를 까딱였나요? 네, 그것도 봤어요. 안 보는 척하면서 분첩 거울을 통해서 봤다고요. 꼭 '쪽지 읽었음. 당신이 하라는 대로 하겠음'이라는 의미인 것 같던데요?"

잠깐 정적이 흘렀고, 변명의 기회가 주어졌다. 하지만 그는 기회를 활용할 수가 없었다.

"스티브, 나 자존심도 버리고 전화한 거예요. 당신이 맞춰주면 안 돼요?"

그녀는 그가 무슨 말이라도 해주길 기다렸다. 그는 아무 말도 하지 않았다.

"그때부터 당신 분위기가 180도 달라졌잖아요. 나를 어서 빨리 집에 바래다주고 싶어서, 어서 빨리 떼어내고 싶어서 안달난 사람처럼 굴었잖아요. 나 울었어요. 스티브. 당신이 떠났을 때 울었어요. 그때부터 지금까지 밤새 울었어요. 스티브. 스티브, 듣고 있는 거예요? 여보세요?"

"듣고 있소."

"목소리가 정말 멀게 들려요. 전화기 때문인가요, 당신 때문인가요?"

"혼선이 된 모양이오."

그는 말을 아꼈다.

"하지만 스티브, 당신 지금 너무…… 너무 말이 없네요. 나랑 얘기하는 게 싫은 사람처럼. 바보 같은 소리인 거 알지만, 당신이 누구랑 같이 있는 것 같은 아주 묘한 느낌이 들어요. 바로 옆에서 누가 대사를 읽어주기라도 하는 것처럼 이상하게 한 박자씩 늦게 말을 하고 있잖아요."

"그럴 리가."

그는 애원하는 투로 속삭였다.

"스티브, 좀더 크게 얘기하면 안 돼요? 누가 깰까 봐 조심하는 것처럼 속삭이지 말고요. 당신이 깨어 있는데, 그 집에 또 누가 있다고 그래요?"

시신이 있지. 브리키는 생각하며 속으로 못마땅해했다.

그가 수화기를 가리고 물었다.

"이러다 눈치채겠어요. 어쩌죠?"

그녀는 그가 상황을 얼른 모면할 생각에 자포자기식으로 전화를 끊으려 한다는 것을 알아차렸다.

"안 돼요. 그러지 마요. 그러면 정말로 들통날 거예요."

그는 수화기를 가렸던 손을 뗐다.

"스티븐, 당신 태도가 신경에 거슬리네요. 왜 그래요? 스티븐, 당신 맞아요?"

그는 다시 수화기를 가렸다.

"낌새가 이상한가 봐요. 큰일났어요."

"잠깐. 당황하지 마요. 내가 구해줄게요. 수화기를 내 쪽으로 살짝 돌려요."

갑자기 그녀가 송화기에 대고 술에 취한 목소리로 넋두리를 늘어놓았다.

"자기, 얼른 와요. 기다리다 지치겠네. 한 잔 더 해요. 언제까지 거기서 수다떨 거예요?"

분자 폭발에 버금가는 충격파가 수화기 너머를 강타했다. 아무소리도 들리지 않았지만, 어찌나 강렬한지 진동이 전화선을 타고 그에게로 몰려오는 게 느껴질 정도였다. 바버라는 물러났다. 물리적으로 멀어진 게 아니라 고통의 단층 너머로 건너갔다. 다시는 건널 수 없는 먼 곳으로 물러났다.

잠시 후 다시 들린 목소리에 노여워하는 기미는 없었다. 아무것도 없었다. 심지어 뜨거운 분노의 다른 극단이라 할 수 있는 냉랭

함조차 느껴지지 않았다. 모범적이고 아무 감정 없이 깍듯하기만
했다.

그녀가 덧붙인 말은 단 두 마디였다.

"아, 미안해요, 스티브."

그러고는 이어지는 괴로운 한숨.

"사과할게요. 몰랐어요."

짤깍 소리에 이어 정적이 흘렀다.

그도 뒤따라 전화를 끊었을 때 브리키가 안쓰러워하며 그녀를
찬양했다.

"진정한 숙녀네요. 하나에서부터 열까지 진정한 숙녀네요."

그는 양심의 가책을 느끼는 듯 손등으로 입을 훔쳤다.

"어휴, 너무 잔인했다. 안 그래도 됐더라면 좋았을 텐데. 누군
지 몰라도 약혼녀였을 거 아니에요."

그러더니 궁금하다는 듯이 쳐다보았다.

"그 수법이 먹힐 줄 어떻게 알았어요?"

그녀는 애석하게 여기는 목소리였다.

"나도 여자잖아요. 여자들 심리는 다 똑같아요."

그들은 은색 액자에 담긴 사진을 돌아보며 잠깐 그녀를 생각했
다. 그가 중얼거렸다.

"그 여자, 오늘밤에 잠을 못 자겠네요. 우리 때문에 억장이 무
너졌겠어요."

"이러나저러나 억장이 무너질 수밖에 없는 상황이었는걸요. 그런데 우스운 건, 남자가 죽었다는 소식보다 방금 전 사건 때문에 더 괴로워할 게 분명하다는 거예요. 왜 그런지는 나도 모르겠지만."

두 사람은 그녀 생각을 접고, 그들의 고민거리로 되돌아갔다.

퀸이 말했다.

"아는 게 좀 전보다 늘긴 했네요. 몰랐던 행적이 조금 더 밝혀졌으니 말이죠. 두 사람은 윈터 가든 극장에서 〈헬자파핀〉 공연을 본 다음 자리를 옮긴 데서 옥신각신했어요. 페로…… 어디라고 했더라?"

그녀는 이 도시의 밤 문화라면 질색이었지만 손바닥 보듯 훤히 알긴 했다.

"페로케이요. 어딘지 알아요. 54가에 있어요."

"그래도 그가 집으로 돌아와서 변을 당하기까지의 행적이 완전히 밝혀진 건 아니에요. 그녀를 바래다주고 나서……."

그녀는 생각에 잠겼다.

"그 속에 뭔가가 있어요. 뭔가 엄청난 게. 우리가 오늘밤 알아낸 것 중에서 가장 엄청난 게. 쪽지를 받았다고 하니까 그게 어딘가에 있을 거예요."

그녀는 사진 앞으로 걸어갔다.

"사진을 보면 질투심에 그런 이야기를 지어낼 여자가 아니거든요. 봐요. 이야기를 날조해서 사서 걱정하기에는 너무 예쁘고 너무 자신만만하잖아요. 이 여자가 봤다면 정말로 본 거예요. 정말로 쪽지가 있었던 거예요. 그렇다면 그 쪽지는 어떻게 한 걸까요? 그가 쪽지를 어떻게 했는지 알 수만 있다면 좋겠는데."

"갈기갈기 찢었겠죠."

"아니에요. 그녀와 같이 있는 자리에서 그랬다면 쪽지를 받았다고 시인하는 꼴인데, 그는 비밀로 하고 싶어 했거든요. 그녀를 바래다준 다음에는 보여달라고 할 사람이 없으니 굳이 찢을 필요가 없었을 테고요. 그러니 고스란히 보관했을 거예요. 그랬을 공산이 커요. 내가 알고 싶은 건 그녀와 함께 클럽에 있었을 때 쪽지를 어디다 숨겼느냐는 거예요. 어딘가에 숨겼을 텐데."

"주머니를 전부 뒤졌지만 없었잖아요."

그녀는 생각에 잠긴 얼굴로 아랫입술을 톡톡 두드렸다.

"이렇게 해봐요. 퀸, 당신은 남자잖아요. 그런 상황이 닥쳤다면 당신도 비슷하게 대처했을 거예요. 약혼녀와 찾은 나이트클럽에서 모르는 사람에게 쪽지를 받았는데, 약혼녀한테는 보여주고 싶지 않아요. 그럼 어떻게 할래요? 어디다 숨길래요? 고민하지 말고 생각나는 대로 대답해요. 고민하기 시작하면 억지 대답이 될 테니까."

"담배 속에 돌돌 말아서 버릴 거예요."

"아니에요. 한 줄로 콩가를 추는 도중에 받은 쪽지라 그럴 겨를이 없어요. 파트너의 허리에 얹었던 손을 떼면 스텝이 엉켜서 줄이 어그러질 테니까요."

"그럼 발치에다 버리면 되겠네요. 손을 거의 움직이지 않고 떨어뜨리기만 하면 되니까."

"아니에요. 그럼 사람들 발에 차여 줄을 따라 뒤로 굴러갈 테고, 약혼녀는 그 지점에 도착했을 때 허리를 숙여 줍기만 하면 되는 걸요. 문제는 옆옆 자리에서, 정확하게 파악할 수 있을 만큼 가까운 자리에서 주시하고 있던 약혼녀가 그가 어떤 조치를 취하는지 보지 못했다는 거예요. 쪽지를 던지지도, 주머니에 넣지도 않았는데, 건네지자마자 쪽지는 사라졌다는 거죠."

"그렇다면 접은 채로 손바닥 안에 붙여 놓았겠네요."

"맞아요. 묻고 싶은 부분은 이거예요. 콩가가 끝나고, 그녀는 그를 데리고 자기들 자리로 돌아가요. 그는 탁자가 둘 사이를 가리자마자 쪽지를 어딘가에 넣었겠죠. 자, 다시 한번 대답해봐요. 당신은 지금 그녀와 함께 탁자에 앉아 있는데, 그녀가 벌써부터 꼬치꼬치 캐묻기 시작해서 어물쩍 넘어갈 수가 없어요. 당신은 여기까지 탁자로 가려져 있고……."

그녀는 그의 허리띠 바로 윗부분을 손으로 그었다.

"콩가를 출 때 받은 그대로 손에 쥔 쪽지를 얼른 옮겨야 해요. 윗주머니나 지갑이나 담뱃갑은 안 돼요. 탁자 위라 보일 테니까요."

"탁자 밑으로 던지면……."

"절대 안 돼요. 콩가를 추느라 양발을 움직여가며 한 번 읽은 걸로는 부족하니까요. 그녀와 헤어지자마자 한 번 더 꼼꼼하게 읽어보고, 어떻게 하면 좋을지 판단을 내리고 싶겠죠. 그녀가 방금 전에 말하기로는 그가 그 시점부터 안절부절못했다고 하잖아요. 쪽지 때문에 고민하기 시작한 걸 보면 뭔가 결정을 내려야 하는 내용이었던 거예요. 그런 쪽지는 한번 휙 훑어보고 버릴 수 없죠. 미결 사안이니까. 그래서 보관했을 텐데, 어디였느냐가 문제예요."

"자기 쪽 탁자보 밑에 숨겼을까요?"

그녀는 깜짝 놀란 표정으로 아무 말도 못 했다. 그러다 잠시 후 입을 열었다.

"그…… 글쎄요. 아니에요, 그러지는 않았을 거예요. 그러면 나중에 갈 시간이 됐을 때 쪽지를 두고 일어나야 하잖아요. 그랬다가 모르는 사람 손에 들어갈 수도 있는데. 버리는 것보다 더 가능성이 낮은 얘기예요. 게다가 탁자보를 들추면 쭈글쭈글해져서 그녀가 알아차릴 수밖에 없었을 거예요. 기억해요. 그는 머리끝까지 화가 난 여자, 그럴 권리가 있는 여자와 마주보고 앉아서 그녀를 달래는 중인데, 여자들은 눈이 여섯 개고 눈치는 백 단이라는 걸."

그는 애를 썼지만 뾰족한 방안을 내놓지는 못했다.

"어휴, 밑천이 다 바닥났는데요? 깔고 앉더라도 일어나는 순간 더 궁색해질 테고."

그녀는 의기소침하게 고개를 저었다.

"괜찮아요, 퀸. 나중에 훌륭한 남편이 되겠네요. 음모를 꾸미는 데 영 재능이 없으니 말이죠."

"일행이 있을 때 나이트클럽에서 쪽지를 받은 적이 있어야죠."

그는 변명하듯 중얼거렸다.

"그 말, 기꺼이 믿어줄게요."

그녀는 농담조로 맞장구쳤다.

그들은 다시 안으로 들어갔다. 그녀는 선 채로 '그것'을 내려다보았다. 밤새도록 그 옆에 서서 내려다보기만 했던 것 같은 기분이 들었다.

"시계 주머니인가? 허리띠 바로 아래 달린 조그만 앞주머니 있잖아요, 거기 없을까요? 전에 그 주머니도 뒤집어봤던가요? 기억이 안 나네."

그는 쭈그리고 앉아서 엄지손가락을 넣어 주머니를 다시 꺼냈다.

"아무것도 없어요."

"그 주머니는 대체 뭐에 써요?"

그녀는 멍하니 묻더니 그가 대답할 겨를도 없이 말을 이었다.

"신경쓰지 마요. 지금 남성복을 구석구석 공부할 시간 없어요."

그는 쭈그리고 앉아 우물쭈물 손가락으로 무릎을 두드렸다.

"퀸, 저기 있잖아요, 혹시 그 사람 잠깐 뒤집어줄 수 있어요?"

그녀가 머뭇머뭇 물었다.

"뒤로요? 시신을 움직여도 되는지……."

"이미 주머니도 다 뒤집고 할 만큼 했는데 그게 대수겠어요?"

그는 엎드린 자세가 되도록 시신을 최대한 조심스럽게 뒤집었다. 무의식적으로 살짝 역겨워하는 표정이 그들의 얼굴을 스치고 지나갔다.

"뭐하려고요?"

그가 이마를 찡그리며 물었다.

"나도 잘 모르겠어요."

그녀는 자신이 없는 목소리였다.

그는 자리에서 일어섰다. 두 사람은 머뭇머뭇 서로를 바라보았다. 이제 뭘 어쩌면 좋을지 알 수가 없어서 당황스러웠다.

"몸속에다 숨기지 않은 건 분명해요. 집으로 돌아와서 다른 데 숨겼을지 모르겠네요. 책상…… 거기는 아직 안 찾아봤잖아요."

"밤새 뒤져도 모자랄 텐데."

그녀가 책상 쪽으로 다가가며 말했다.

"이렇게 뭐가 잔뜩 들어 있잖아요. 당신은 안에 들어가서 서랍장을 뒤져요. 나는 여기를 얼른 훑어볼 테니까."

째깍 째깍 째깍……. 각자의 임무에 전념하느라 정적이 흐르다 보니 시계 소리가 두 배로 크게 들렸다.

"퀸!"

그녀가 갑자기 외쳤다.

퀸이 당장 달려왔다.

"거기 있었어요? 그렇게 금세 찾은 거예요?"

하지만 그녀는 책상을 등지고 서 있었다.

"아뇨. 퀸, 그 사람 차림새가 훌륭했잖아요. 그런데 우연히 고개를 돌렸다가 이상한 걸 발견했어요. 구두 바로 위쪽으로 한쪽 양말에 구멍이 난 거예요. 다른 부분들하고 어울리지 않잖아요. 왼쪽이에요, 퀸."

이미 그쪽으로 건너간 그를 보고 한 말이었다.

툭 소리와 함께 구두가 벗겨졌다. 그러자 '구멍'이 사라졌다.

"쪽지였네요."

그가 말했다.

그녀가 다가갔을 때 그는 벌써 쭈글쭈글한 쪽지를 펴서 읽고 있었다. 나머지 부분을 둘이서 같이 읽었다.

즉석에서 조달한, 잘 구겨지는 종이 모서리에 연필로 갈겨쓴 쪽지였다. 필기도구를 빌리기가 여의치 않은 곳에서 쓴 쪽지였다.

그레이브스 씨 맞죠? 그 아가씨를 집까지 바래다준 뒤에 그레이브스 씨 집에서 단둘이 잠깐 얘기를 하고 싶어요. 다른 날 말고 오늘밤 당장. 그레이브스 씨는 나를 모르겠지만, 나는 벌써 한 가족이 된 기분이에요. 빈집을 보고 실망하는 일은 없기를 바라요.

서명은 없었다.

그녀는 미친듯이 기뻐했다.

"예상이 맞았어요! 예상이 맞았다고요! 어떤 여자가 여기까지 찾아왔던 거예요. 성냥갑의 주인공이…… 예상이 맞았어요. 우리 중 누가 알아맞힌 건지 모르겠지만…….”

그는 왠지 몰라도 긍정적인 반응을 보이지 않았다.

“그가 쪽지를 받아서 구두 속에 숨겼다고 그 여자가 여기까지 찾아왔다는 증거로 해석할 순 없잖아요.”

“여기까지 찾아왔어요. 장담할 수 있어요.”

“어떻게요?”

“모르는 척하지 마요. 이 정도까지 행동한 사람은 끝장을 보게 되어 있어요. 이 여자는 수줍은 한 떨기 꽃이 아니에요. 콩가 추는 사람들 틈을 비집고 들어가 스티븐 그레이브스처럼 유명한 부잣집 도련님 손에 이렇게 도도한 내용의 쪽지를 쥐여주는 여자가, 그를 알지도 못하면서 약혼녀 코앞에서 그러는 여자가, 여기로 찾아와서 그를 만나겠다고 작정하면 누가 말릴 수 있겠어요? 여길 봐요. ‘다른 날 말고 오늘밤 당장.’ 여자가 여기 왔었다는 데 전 재산을 걸어도 좋아요!”

그러곤 브리키는 다시 말을 이었다.

“성격을 분석해서는 잘 모르겠다 싶으면 눈을 가려봐요. 그러면 알 수 있을 거예요.”

“무슨 소리예요?”

“여자의 성격이 성냥갑에서 풍겼던 향수 냄새하고 잘 어울리잖아요. 나는 처음 이 방에 올 때 냄새를 맡고 짐작했어요. 이런 쪽지를 쓰는 여자라면 핸드백에서 그런 향수 냄새가 풍길 거예요. 여기로 찾아왔었던 게 분명해요."

그녀는 거듭 주장했다.

"그렇다고 여자가 그를 쏘았다고 단정지을 수는 없잖아요. 멀쩡히 있다가 나간 다음 시가를 씹은 남자가 왔을 수도 있어요."

"남자에 대해서는 아무것도 모르겠어요. 하지만 여자는 직접 만나기 전에 건넨 쪽지만으로도 총격의 가능성이 충분히 느껴지는데요?"

"협박 비슷한 게 느껴지긴 해요."

그도 시인했다.

"협박 비슷한 거요? 첫마디부터 끝마디까지 전부 협박인데요? '그레이브스 씨 맞죠?', '빈집을 보고 실망하는 일은 없기를 바라요'라니. 협박이 아니면 뭐겠어요?"

그는 쪽지를 다시 읽었다.

"돈이 목적인 것 같죠?"

"당연하죠. 원래 협박의 목적은 보통 돈을 갈취하는 거잖아요. 여자가 남자를 협박할 때는 더군다나 그렇고요."

"'나는 벌써 한 가족이 된 기분이에요'. 이건 무슨 뜻에서 한 말일까요? 그는 바버라와 약혼한 사이였잖아요. 그전에 만났던 다른 여자가 약혼 소식을 듣고 저지르……. 하지만 그럴 수가 없는 게……."

"맞아요. 맨 처음 읽었을 때 같은 생각을 했어요. 하지만 당신 말마따나 그럴 수가 없죠."

"'그레이브스 씨는 나를 모르겠지만', 사귄 여자를 모를 수는 없으니까요. 다른 여자를 대신해서 접근한 걸까요? 그러니까, 그런 사람을 뭐라고 하죠? 중개인이었을까요? 자매거나 뭐 그런 사이라거나."

그녀는 단칼에 잘라 말했다.

"아니에요. 절대 아니에요. 여자를 겪고 나면 알 수 있을 텐데…… 여자는 치정으로 얽힌 상대를 협박할 때 절대 다른 여자를 중개인으로 세우지 않아요. 왜인지는 모르지만 확실해요. 남자는 사업상 아니면 삐딱한 마음에 그럴 수 있죠. 여자는 절대 안 그래요. 직접 나설 게 아니면 포기하죠."

"그렇다면 둘이 복잡한 관계는 아니었군요. 그런데도 여자가 꼬투리를 잡았다니."

"그리고 그는 꼬투리를 잡혔다는 걸 알았거나 그럴지 모른다고 직감했죠. 쪽지를 받고 나서 보인 행동이 증거예요. 바버라와 도중에 헤어져 쪽지를 보낸 여자가 만나자는 곳에서 만났잖아요. 내 말이 무슨 뜻인지 알겠죠? 바버라는 쪽지의 내용을 오해하고 질투했어요. 그와 아는 여자가 다정한, 너무 다정한 쪽지를 보낸 줄 알고 그가 바람을 피우는 줄 알았던 거예요. 그는 어떤 분위기의 쪽지인지 보여주기만 했더라면 그녀를 진정시킬 수 있었어요. 그런데도 노발대발하는 그녀와 안 좋게 헤어지는 것까지 감수해가며 비밀에 부쳤어요. 왜 그랬을까요? 아니, 왜 그때 바로 탁자에서 일어나 쪽지를 건넨 여자에게 다가가 묻지 않았을까요? '이게 뭡니까? 당신 뭐예요? 뭐하자는 겁니까?' 그런 식으로 공개 대응하지 않았던 이유가 뭘까요?"

브리키는 고개를 저었다.

"조심스럽게 해결해야 할 문제라고 직감했기 때문이겠죠. 여자가 그런 쪽지를 보낼 근거가 있다고 직감했기 때문이겠죠. 수상한 낌새를 느꼈기 때문이겠죠. 그는 그녀처럼 그 쪽지를 대수롭지 않게 여기는 척했어요. 왜 그랬을까요? 보통은 안 그러잖아요. 당신 같으면······?"

그녀는 운을 뗐다 얼른 취소했다.

"아, 대답 안 해도 돼요. 당신은 그런 방면에 소질이 없죠. 깜빡했네."

퀸은 준비해놓았던 우쭐한 표정을 잠깐 지었다가 지웠다.

그녀는 하던 이야기를 계속했다.

"그러니까, 쪽지를 받았을 때 짚이는 데가 있었던 거예요. 난데없고 황당한 협박이 아니었던 거죠."

브리키는 다시 나가려는 사람처럼 준비하기 시작했다.

"그러거나 말거나 그건 중요하지 않아요. 이제 그녀를 잡았다는 게 중요한 거지. 이제 잡은 게 분명하니까 나가서 찾아야겠어요."

"하지만 이름도 모르고, 어떻게 생겼는지도 모르고, 어디에 주로 출몰하는지도 모르는걸요."

"실물 크기의 사진을 바라면 되겠어요? 아무것도 모르던 상태에서 이 정도로 발전했으면 훌륭한 거 아니에요? 환영에 불과했던 그녀가 이제는 최소한 살아 있는 실존 인물이 됐잖아요. 지금까지는 방안에 남은 한 자락의 향수 냄새에 불과했고, 그마저도 지금은 사라졌는데 말이에요. 자정 무렵 페로케이에 있었다고 하니까 그녀를 본 사람이 있을 거예요. 약혼녀가 그녀에 대해서 한 말 있잖아요. 생각 안 나요? 키가 크고, 옅은 초록색 원피스를 입고 있던 빨간 머리 여자. 콩가를 추는 커플 사이를 파고들었던 제삼의 인물. 오늘밤에 그 나이트클럽을 찾은 여자들이 모조리 키가 크고, 옅은 초록색 원피스를 입은 빨간 머리는 아니었을 거잖아요."

브리키는 잘 생각해보라는 듯이 손을 휘휘 저었다.

"우리는 이만큼이나 정보를 찾아냈어요!"

"지금 이 시각이면 문을 닫았을 텐데."

"중요한 사람들, 정말로 도움이 될 사람들은 아직 퇴근하지 않았을 거예요. 웨이터, 외투 보관소 담당, 파우더룸 안내원 같은 사람들은요. 화장실에 있는 머리빗을 뒤져 빨간 머리카락이 엉켜 있는지 봐서라도 그녀의 흔적을 찾고야 말겠어요."

"같이 가요."

그가 침실 입구로 걸어가 불을 끈 다음 욕실로 향했다.

"잠깐만 기다려요. 나가기 전에 물 한 잔만 마실게요."

그녀는 기다리지 않고 계단 쪽으로 걸어갔다. 조만간 뒤따라오 겠거니 했다. 그런데 두세 계단을 내려가도록 그가 뒤따라오지 않 았다. 그 자리에서 걸음을 멈추고 기다리다가 아무리 기다려도 오 지 않기에 도로 계단을 올라가 불을 밝힌 방으로 들어갔다.

욕실 안쪽, 입구 가까이에 가만히 서 있는 그가 눈에 들어왔다. 넋을 잃고 몰두한 모습으로 짐작건대 안으로 들어가 옆에 다가가지 않아도 그가 무언가를 발견했다는 것을, 무언가를 보았다는 것을 알 수 있었다.

"무슨 일이에요?"

"불렀는데 못 들었어요? 이게 욕조 바닥에 있었어요. 지금까지 샤워 커튼에 가려서 안 보였나 봐요. 물을 마시려다 팔꿈치로 건드 리는 바람에 커튼이 뒤로 젖혀졌거든요. 그랬더니 물기 없는 욕조 바닥에 이게 떨어져 있더라고요."

문제의 그것은 옅은 파란색이었고, 그가 양손으로 팽팽하게 붙 잡고 있었다. 그녀가 물었다.

"수표네요? 가계수표. 어디 봐요……."

스티븐 그레이브스 앞으로 발행된 만 이천오백 달러짜리 수표 였다. 이서한 사람은 스티븐 그레이브스였다. 서명한 사람은 아서 홈스였다. 앞면에 험악한 문구가 대각선으로 찍혀 있었다. 지급거절 ─예금 잔고 부족.

그녀가 수표 한쪽을, 그는 다른 쪽을 잡은 채 어리둥절한 눈빛으로 서로를 바라보았다.

"이런 게 어떻게 욕조 바닥에 떨어졌을까요?"

그녀는 놀라워하며 물었다.

"그야 가장 사소한 부분이고 간단하게 추측이 가능하죠. 내가 뚫은 구멍이 욕조와 일직선상에 있었잖아요. 그래서 내가 금고를 열었을 때 빠져나온 수표가 나도 모르는 새 욕조 바닥으로 나풀나풀 떨어진 거죠. 그 뒤로 샤워 커튼에 가려서 지금까지 안 보였고요. 그런데 그게 중요한 게 아니에요. 이게 무슨 뜻인지 모르겠어요?"

"알 것 같아요. 초조하게 시가를 씹었던 사람이 홈스 아닐까요?"

"나도 그렇지 않을까 싶어요. 살인을 저지를 만한 동기도 있었고요. 만 이천오백 달러라니……. 맙소사!"

"오늘밤 이 홈스라는 사람이 바로 돈을 갚으러, 아니면 조만간 갚을 테니 고발하지 말아달라고 간청하러 찾아왔을 수도 있겠군요. 그런데 그레이브스가 수표를 찾아보고 없다고 하니까 홈스 측에서 꼼수를 부린다고 의심한 거예요. 둘이서 옥신각신하다 홈스가 그레이브스를 쏜 거죠."

"그렇다면 내게도 일말의 책임이……."

"관둬요. 수표를 안 주고 버틴다고 죽여도 되는 건 아니잖아요. 홈스라……."

그녀는 한 손가락을 구부려 입술에 대고 생각에 잠긴 목소리로 중얼거렸다.

"오늘밤에 어디서 듣거나 본 적 있는 이름 같은데. 잠깐, 그레이브스의 지갑 속에 명함이 있지 않았어요? 그중에 명함이 있었던 것 같아요."

그녀는 옆방으로 건너가 다시 바닥에 무릎을 꿇고 앉았다. 그러더니 지갑을 꺼내 들어 있던 명함을 하나씩 넘겼다. 그녀가 퀸을 올려다보며 고개를 끄덕였다.

"그러게 뭐랬어요. 홈스는 증권 중개인이었어요. 여기 명함이 있네요."

그가 수표를 쥔 채 다가왔다.

"그것참 희한하네. 그 분야를 잘은 모르지만 보통 고객이 중개인한테 수표를 주지 않나요? 그 반대가 아니라? 게다가 부도수표라니."

"이유가 있었을 거예요. 홈스가 그레이브스를 대신해 보유하거나 관리중이었던 증권을 유용했는데 그레이브스가 생각보다 빨리 정산을 요구하니까 휴지조각에 불과한 수표를 발행해 시간을 벌려고 했던 것 아닐까요? 그게 지급거절되니까 그레이브스가 고소하겠다고 협박을 했고……."

"거기 주소 있어요?"

"아뇨. 한쪽 구석에 적힌 증권사 이름이 전부예요."

"찾아낼 수 있겠죠."

그가 허리띠를 조이고 결연한 목소리로 말했다.

"갈게요. 당신은 버스 터미널로 가서 기다려요."

그러다 꼼짝 않는 그녀를 보고 물었다.

"당신도 이제는 홈스의 소행이었다고 생각하는 거 맞죠?"

놀랍게도 그녀는 이렇게 대답했다.

"아뇨. 아뇨, 그렇지 않아요. 콩가를 출 때 끼어들었던 여자가 범인이라고 생각해요."

그는 그녀의 눈앞에 대고 수표를 흔들었다.

"이걸 찾았는데도요?"

"당신은 관심 없을 몇 가지 사소한 부분들 때문에요. 먼저, 홈스가 범인이라면 이 수표를 감추려고 그런 짓을 저질렀겠죠. 그렇죠? 그러니까 수표 없이는 집을 나서지 않았을 거예요. 수표 때문에 사람을 죽였으면 끝까지 찾지 않았겠어요? 발견되면 결정적인 증거가 될 게 뻔하니까요. 지금 우리가 그를 의심하는 것처럼."

"찾다 못 찾은 거라면요?"

그녀는 단언했다.

"당신은 찾았잖아요. 그리고 이 집을 마지막으로 찾은 사람이 여자였다고 생각하는 또 한 가지 이유가 있어요. 당신은 들으면 웃을 테지만…… 죽는 순간 그레이브스는 재킷을 입고 있었어요."

"어휴, 브리키……."

그가 반론을 제기하려고 했다.

"당신은 대수롭지 않게 간주할 줄 알았어요. 하지만 왠지 모르게 내 눈에 그는 아무리 협박범이라도 여자를 맞을 때는 재킷을 갖춰 입는, 그런 남자인 것 같거든요. 상당히 늦은 시각이었고, 저녁 내내 재킷을 입고 있었잖아요? 만약 이 집을 마지막으로 찾은 사람이 홈스였다면 조끼만 입었거나 셔츠 차림이었을 거예요. 하지만 나만 의미 있게 생각하는 부분이니까 남한테 강요하지는 않을래요. 직감에 가까운 추측이기도 하니까. 아무튼 내가 보기에는 여자의 소행이에요."

잠시 후 그는 쓸쓸한 웃음을 터뜨렸다.

"처음에는 아무것도 없더니 지금은 뭐가 너무 많네요."

"내가 처음에 제안했던 방법이 지금도 유효해요. 시간이 줄었으니 더군다나 그렇죠. 둘 중 한 명은 오답이고, 한 명만 정답이에요. 그런데 우리는 시간상 단박에 범인을 찾아야 해요. 둘이서 같이 한 명씩 추적할 만한 여유가 없어요. 50대 50의 확률이라도 우리로서는 부담스러우니까요. 한쪽이 오답으로 밝혀지면 다른 한쪽이 저절로 정답이 되겠죠. 하지만 홈스가 오답이면 어떡해요? 여자를 추적할 시간이 없을 텐데."

"하지만 범인은 그 사람일 수밖에 없어요. 모든 게 열심히 그를 가리키고 있잖아요."

그녀도 인정했다.

"홈스에겐 그를 쏠 동기가 충분하긴 해요. 충분하고도 남죠. 하지만 그가 오늘밤에 여길 찾아왔을지 여부조차 불투명하잖아요. 수표나 뭐 그런 게 다 그러니까, 그런 걸 뭐라고 하죠?"

"정황증거요."

그가 마지못한 듯 대답했다.

그녀는 고개를 끄덕였다.

"그 여자도 마찬가지이긴 해요. 모든 게 정황증거죠. 그레이브스는 나이트클럽에서 어떤 여자에게 오늘밤 찾아오겠다는 쪽지를 받았죠. 그리고 어떤 여자가 찾아오기는 했어요. 하지만 그 둘이 동일 인물이라는 보장은 없어요. 전혀 다른 인물일 수 있죠. 홈스라는 남자는 그레이브스에게 부도수표를 주었어요. 그리고 어떤 남자가 오늘밤에 그를 찾아와 말싸움을 벌이고 시가를 씹었죠. 그 두 사람 역시 전혀 다른 인물일 수 있어요."

"용의자가 넷이 됐군요."

"그래도 당신이 한 명, 내가 한 명, 이렇게 두 명을 추적해야 하는 건 마찬가지예요. 내가 여자를 맡을 테니까 당신이 남자를 맡아요. 그런 다음 이야기했던 대로 5시 45분까지 돌아오기로 해요."

불이 꺼졌고, 죽은 사람은 어둠 속으로 사라졌다. 그들은 1층으로 내려갔다.

이번에는 키스 없이 헤어졌다. 한 번이면 충분한 절개의 맹세를 되풀이할 필요는 없었다.

"이따 다시 만나요, 퀸."

그녀는 어둠으로 뒤덮인 현관 앞에서 이렇게 중얼거리는 것으로 인사를 마쳤다.

그녀는 그가 나서는 데 방해가 되지 않도록 문 앞에서 잠깐 기다렸다. 잠시 후 밖으로 나섰을 때 그의 모습은 보이지 않았다. 한 번도 만난 적 없는 사람처럼 사라져버렸다. 아니, 다시는 못 만날 사람처럼 사라져버렸다.

느릿느릿 입가를 핥는 도시만 남아 있었다.

　이론상으로는 지난번보다 더 쉬워야 맞는데, 퀸의 마음속에는
과연 그럴까 하는 의구심이 일었다. 이번에는 이름과 직업을 알았
다. 그것도 이름은 성까지 알고 있었고, 현재 소재지만 파악하면 끝
이었다. 지난번에는 깨진 단추와 왼손잡이라는 특징 말고는 아는
게 없었고, 그마저도 확실하지 않았다. 지난번에는 뭐든 정보를 얻
을 수 있을 거라고 기대하는 데만도 많은 용기가 필요했다. 그 사실
을 생각해보면 결과적으로 일이 허무하게 끝난 것도 놀랄 일은 아
니었다. 하지만 남은 시간을 감안했을 때 이번에도 헛수고로 끝날
확률이 거의 비슷하게 느껴졌다.
　전화번호부에는 같은 이름이 세 명 있었다. 전화번호부를 맨 먼

저 뒤지기는 했지만, 의미 있는 방식이라 할 수는 없었다. 그것은 맨해튼 지역 전화번호부였다. 따라서 브루클린, 퀸스, 브롱크스, 스태튼아일랜드는 제외됐다. 크로턴과 어딘지 모를 그 너머 내륙지역도 제외됐다. 멀리 포트워싱턴까지 이어지는 롱아일랜드도 제외됐다. 그는 증권 중개인에 대해 아는 게 별로 없었지만, 왠지 모르게 증권 중개인이라고 하면 대부분 교외에 사는 사람들로 인식됐다.

셋 중 한 명은 19가에, 또 한 명은 60가에, 나머지 한 명은 처음 들어보는 지역에 살았다. 퀸은 전화번호부에 적힌 순서대로 한 사람씩 연락했다.

교환원이 전화를 걸고 또 걸었다. 그는 끝까지 포기하지 않았다. 야심한 새벽에 금세 전화를 받는 사람이 어디 있겠는가.

마침내 수화기를 낚아채는 소리에 이어 여자의 목소리가 들렸다. 자다 깨서 웅얼거리는 목소리였다. 19가였다.

"뭐죠?"

여자가 짜증난 투로 물었다.

"홈스, 아서 홈스와 통화하고 싶은데요."

여자가 퉁명스럽게 되받았다.

"아, 그러세요? 한발 늦으셨네요. 이십 분 정도 늦었어요."

말투로 보건대 여자는 수화기를 내려놓을 기세였다. 쾅하고 내려놓을 기세였다.

"어디로 연락하면 통화할 수 있을까요?"

퀸은 여자가 수화기를 내려놓기 전에 묻느라 하마터면 혀를 씹을 뻔했다.

"경찰서에 갔어요. 거기로 연락해요. 왜 여기로 전화하고 난리예요?"

자수했구나. 제 발로 경찰서를 찾아갔구나. 모든 게 이미 끝났을지 모른다. 이럴 필요가 없었을지 모른다. 어쩌면 두 사람이 긴긴 밤 동안 쓸데없는 고민을 했던 건지 모른다.

하지만 맞는지 확인해야 했다. 어떻게 하면 될까? 이 여자도 모를 수 있는데. 말하는 투로 보건대 입주 하녀나 가정부처럼 들리지는 않지만…….

"그분…… 그분 직업이 중개인 맞죠? 주식을 거래하는 증권 중개인……."

"하! '그 인간'이요?"

십오 년 치는 쌓인 불만이 그 단어 속에 들어 있었다. 평생 끓여왔던 증오가 한 단어로 집약됐다. 그가 붙잡고 있는 수화기마저 끈적끈적한 종유석처럼 녹일 수 있겠다 싶을 만큼 엄청난 열기였다.

"무슨 얼어죽을. 그 인간은 20가 근처의 10분서 내근 경사예요. 그 머리로 할 수 있는 게 그런 일밖에 없거든요. 내가 그러더라고 그 인간한테 일러바쳐도 상관없어요! 말이 나왔으니 말인데, 싸구려 술 몇 잔 얻어 마시겠답시고 찾아가는 맥줏집마다 거짓말 나불대는 버릇 좀 고치라고 해요. 언제는 주지사의 개인 경호원이라고

하고, 또 언제는 첩보 요원이라고 하더니 이제는 증권 중개인이라고요? 술 취한 별의별 놈팡이들이 한밤중에 시도 때도 없이 전화하는 것도 이젠 지긋지긋……."

퀸은 전화기를 세게 내리치며 전화를 끊었다.

놈팡이라니. 몇 킬로미터 멀리서 전화로 그런 소리를 들은 것만으로도 충분했다. 그의 입장에서는 그조차도 용납할 수 없었다. 이런 수고를 마다하지 않는 것도 그런 소리를 듣지 않기 위해서이건만.

흥분을 가라앉히기까지 어느 정도 시간이 걸렸다. 하지만 포기할 수 없었다. 그런 소리까지 들은 마당이니 내키지 않더라도 밀어붙여야 했다.

60가.

이번에는 기다릴 필요가 없었다. 이 새벽에 전화기 바로 옆 아니면 몇 걸음 멀리서 기다리고 있었나 보다.

목소리로 듣기에 젊은 사람이었다. 스무 살쯤 됐을까. 어쩌면 천진난만해서 그렇게 느껴졌을 수도 있었다. 절대 나이를 먹지 않는 목소리도 있으니까. 그 목소리는 공포에 가까운 조바심으로 터질 것 같았다. 그 때문에 숨이 가빴다. 참지 못하고 터뜨려야 했다.

전화를 건 쪽은 퀸인데, 상대방이 발언권을 독차지했다. 지금 이 시각에 전화를 걸 사람은 한 명밖에 없다는 듯이 퀸이 건넨 첫마디를 무시했다. 대충 듣고 남자 목소리라는 걸 확인했으니 그것으로 충분하다고 결론을 내린 듯했다.

그러고는 쉼표 하나 없이 할말을 쏟아냈다.

"빅시, 전화 안 하는 줄 알았어요! 뭐하느라 이렇게 오래 걸린 거예요? 짐 다 싸 놓고 그 위에 앉아서 한참 동안 기다렸잖아요! 내가 두 번인가 세 번 전화를 했는데, 뭔가 혼동이 있었는지 그런 사람 없다 그러지 뭐예요. 희한하게스리. 빅시, 잠깐 너무 걱정이 돼서 견딜 수가 없었어요."

상대방은 어색하게 웃으려고 했다.

"내 보석이며 뭐며…… 어쩌면 좋죠? 나중에서야 생각이 나더라고요. 당신이랑 헤어지자마자 그 사람한테 전보 보냈어요. 당신은 그러지 말라고 했지만, 그래야 할 것 같아서. 그러니까 이제 우리 계획대로 진행하면……."

상대방이 하던 말을 멈추었다. 알아차린 것이다. 그가 아무 소리도 내지 않은 상황에서 무슨 수로 그랬는지 모르겠지만, 문득 알아차린 것이다.

"당신……?"

상대방은 죽을 때나 냄 직한 목소리로 말했다. 실질적으로 그랬다기보다 목소리가 기어들어갔다.

"방해해서 죄송합니다만, 아서 홈스를 찾는데요."

이제는 목소리에 힘이 없었다. 상대방이 그런 목소리로 대답했다.

"낚시하러 캐나다에 갔는데요. 지난주 화요일에 떠났어요. 연락하실 일이 있으면……."

"지난주 화요일요? 아뇨, 됐습니다."

"그럼 전화 끊어주세요. 기다리는 전화가 있으니까."

퀸은 전화를 끊었다.

다음번은 모르는 지역에 사는 사람이었다.

교환원이 말했다.

"아무도 안 받는데요."

"계속 걸어주세요."

교환원이 다시 걸었다.

신호음이 멈추었다. 퀸은 교환원이 전화를 끊은 줄 알았다. 그러다 잠시 후 알아차렸다. 교환원이 전화를 끊은 게 아니라 상대가 전화를 받은 것이었다. 전화를 받았는데 아무 소리도 내지 않은 것이었다. 동전이 나오지 않은 걸 보면 전화가 연결된 게 분명했다. 침묵한 채 듣기만 하는 사람이라? 뭔가를 두려워하는 사람이라?

그것만으로도 조짐이 좋았다.

양쪽 다 아무 말이 없었다. 그는 기다려보고 싶었다. 이런 상황에서는 어느 한쪽이 기를 꺾는 수밖에 없었다. 그가 먼저 백기를 들었다.

"여보세요."

퀸이 조용히 속삭였다.

상대방은 헛기침을 한 뒤 "네?" 하고 짤막하게 물었다.

출발이 좋았다. 출발이 아주 그럴듯했다. 지금까지 숱하게 실망

한 터라 희망을 품기에는 아직 일렀지만.

남자의 목소리였다. 아주 나지막하고 조심스러웠다. "네?"에서도 경계하는 기미가 느껴졌다.

"아서 홈스 씨 되십니까?"

퀸은 일단 남자를 꽉 붙잡아야 했다. 제대로 찾았는지 확인한 뒤 붙잡아야 했다. 그런 다음……. 그러니까 처음부터 심하게 몰아붙이는 게 능사가 아니었다.

"누구십니까?"

남자는 홈스라고 시인하지 않았다. 퀸은 상대방을 홈스로 간주하며 은근슬쩍 넘어가려고 했다.

"홈스 씨께서는 저를 모르시겠지만……."

상대방은 넘어가지 않았다.

"누구신데 홈스 씨와 통화를 하고 싶다는 거죠?"

퀸은 다시 한번 똑같은 수법을 시도했다.

"제 이름을 밝혀봐야 모르실 겁니다, 홈스 씨."

상대방은 이번에도 잘 피했다.

"내가 홈스라고 한 적 없는데요. 이름을 물었잖습니까. 먼저 그쪽의 정체를 밝혀야 홈스 씨와 통화를 할 수 있는지 없는지 알려줄 수가 있어요. 야심한 시각이라 통화를 못 하기 십상이겠지만. 시간 낭비하지 말고 누군지, 홈스 씨한테 원하는 게 뭔지 밝혀요."

"원하는 게 뭔지"야말로 기다리던 대사였다. 덕분에 말을 꺼낼 기회가 생겼다.

"알겠습니다."

퀸은 항복한 척 고분고분 말했다.

"둘 다 말씀드릴게요. 제 이름은 퀸입니다. 홈스 씨는 모르는 이름일 겁니다. 제가 원하는 건 무엇인가 하면…… 홈스 씨의 수표를 돌려드리고 싶어서요."

상대방이 얼른 되물었다.

"네? 뭐라고요?"

"제가 홈스 씨의 수표를 가지고 있거든요. 그런데 홈스 씨를 제대로 찾은 게 맞는지 확인을 해야겠네요. 거기가 웨더비 앤드 도드 증권사에 근무하는 아서 홈스 씨의 집 맞습니까?"

상대방이 얼른 대답했다.

"맞습니다. 그래요."

"그럼 이제 홈스 씨를 바꿔주시겠습니까?"

상대방은 잠깐 망설이다 도박을 감행했다.

"전데요."

상대방이 조용히 말했다.

일차전은 퀸의 승리였다. 남자가 미끼에 걸려들었다. 이제는 놓칠까 봐 걱정할 필요가 없었다. 점점 더 가까이 오도록 잡아당기기만 하면 됐다.

퀸은 이미 두 번이나 했던 말을 반복했다.

"제가 홈스 씨의 수표를 가지고 있는데요."

그러고는 남자의 호기심을 부추길 수 있게 더이상 말을 삼갔다.

남자는 신중한 태도를 보였다.

"이해가 안 되는군요. 나를 모른다면서 어떻게 내 수표를 가지고 있죠?"

남자의 목소리가 점점 빨라졌다.

"혹시 착각하는 것 아닙니까?"

"지금 제가 그 수표를 들고 있는데요, 홈스 씨."

상대방은 다시 머뭇거리며 언성을 낮추었다.

"누구한테 발행한 수표인가요?"

"잠시만요."

퀸은 자세히 들여다보는 척 뜸을 들였다.

"스티븐 그레이브스라고 되어 있습니다."

그는 대충 아무 이름이나 둘러대는 게 아니라는 의미에서 살짝 부자연스럽게 또박또박 읽는 척했다. 지금 단계에서는 위험한 정보를 아는 사람이 아니라 어쩌다 우연히 수표를 습득한 사람처럼 보여야 하기 때문에 일부러 그런 거였다. 아직은 둘 사이의 거리가 너무 멀었다.

남자는 갑자기 목에 뭐가 걸려서 목소리가 제대로 안 나오는 모양이었다. 아무 말도 없었지만, 컥컥거리는 소리가 전화선을 타고 전해졌다.

범인인 게 분명해. 퀸은 계속 이런 생각이 들었다. 범인인 게 분명해. 전화상으로 이 정도인데 직접 대면하면……?

목에 걸렸던 게 내려갔는지 남자가 불쑥 내뱉었다.

"말도 안 되는 소리. 나는 그런 사람한테 수표를 써준 적 없어요. 이것 봐요, 속셈은 모르겠지만……."

퀸은 아무 감정 없는 차분한 목소리로 말했다.

"홈스 씨가 가지고 있는 보관용 수표와 비교해보면 거짓말이 아니라는 걸 아실 텐데요. 오른쪽 귀퉁이에 '20'이라고 적혀 있네요. 그러니까 수표첩에서 스무 번째 수표라는 뜻이겠죠. 발행한 곳은 케이스내셔널은행, 날짜는 8월 24일이에요. 금액은 만 이천……."

남자가 비틀거리기라도 했던 걸까. 수화기를 떨어뜨렸다 다시 주웠는지 둔탁하게 쿵 하는 소리가 들렸다.

잡았다. 퀸은 속으로 환호성을 질렀다. 이번에는 확실히 잡았다.

"어쩌다…… 수표가 어쩌다 당신 손에 들어간 겁니까?"

"주웠어요."

그는 심드렁하게 대답했다.

"어디서…… 어디서 주웠는지 물어봐도 될까요?"

남자는 정신이 없었다. 밭은 숨을 한 번 쉬고, 그 뒤로 숨쉬는 걸 두세 번 깜빡 잊고 있다가 다시 밭은 숨을 한 번 쉬었다. 그 과정이 어찌나 고스란히 전해지는지, 퀸이 귀에 대고 있는 게 수화기가 아니라 청진기인가 싶을 정도였다.

"택시에서요. 전에 탔던 사람이 어두운 데서 지갑을 꺼내다 떨어뜨린 것 같더라고요."

그 사람이 그레이브스였던 것처럼 착각하게 만들자.

"누구랑 같이 주운 겁니까?"

"저 혼자서요."

남자는 의심하는 척하면서 한 꺼풀 밑에 숨겨진 의도가 뭔지 퀸에게서 자백을 받아내려고 했다.

"설마. 이런 일을 혼자 꾸밀 리 있나. 동행이 누구였는지 말해봐요."

"혼자 주웠다니까요? 가끔 혼자 다니는 사람이 주변에 없는 모양이죠? 저는 가끔 혼자 다니는데요."

남자가 원하던 대답이었다. 남자는 대답을 듣고 만족스러워했다. 그는 느낄 수 있었다.

"주운 후에 다른 사람한테 보여주었나요? 누구든 다른 사람한테 수표를 주웠다고 이야기한 적 있나요?"

"아뇨."

"지금은 옆에 누가 있죠?"

"아무도 없는데요."

"그런데 어째서 새벽 4시 30분에 전화를 걸 생각을 한 겁니까?"

"돌려받고 싶으실 것 같아서요."

퀸은 순진하게 대답했다.

남자는 고민하는 척했다. 남자는 속아넘어가지 않았지만, 곰곰이 생각하고 신중하게 판단하는 척했다. 퀸의 제안에 다르게 대응할 방법이 있기라도 한 것처럼.

"먼저 뭐 하나 물읍시다. 만약…… 어디까지나 가정을 하는 건데…… 만약 내가 돌려받지 않겠다면, 나한테 아무짝에도 쓸모없는 수표라면 어떻게 하겠습니까? 버릴 건가요?"

퀸은 차분한 목소리로 말했다.

"아뇨. 그럼 가지고 있다가 수취인에게 연락해봐야겠죠. 스티븐 그레이브스를 찾아봐야겠죠."

이 말에 남자는 통화중 가장 격렬한 반응을 보였다. 남자의 심장이 뒤집혀 저 밑으로 철렁 내려앉는 소리가 퀸의 귀에 들리는 듯했다. 남자의 목젖을 지나 전화선을 타고 들리는 듯했다.

잠깐 통화가 중단됐다. 누가 둘 사이에 끼어들었다. 교환원이었다.

"오 분 다 됐습니다. 오 센트를 다시 넣어주세요."

퀸에게 하는 말이었다.

퀸은 쥐고 있던 오 센트를 흘끗 내려다보았다. 대화가 잘 안 풀렸을 경우에 대비해 들고 있던 동전이었다.

그는 시험하는 차원에서 잠깐 뜸을 들였다.

남자가 울부짖었다.

"잠깐! 전화 끊지 마요!"

퀸은 동전을 넣었다. 찰칵하는 소리와 함께 통화가 재개됐다.

그를 놓칠까 봐 불안하냐고? 퀸은 생각했다. 저쪽에서 나를 놓칠까 봐 불안해하고 있는걸?

남자는 엄청난 공포에 질린 목소리였다. 이제는 허세를 부리지 않기로 작정한 듯했다.

"뭐, 좋습니다. 당…… 당신이 가지고 있다는 수표를 보기로 하죠."

남자는 항복했다.

"아무한테도 쓸모가 없는 수표이긴 하지만요. 착오가 생겨서……."

퀸은 결정타를 날렸다.

"은행에서 지급거절당한 수표네요."

그는 심드렁하게 말했다.

남자의 목소리가 그의 말을 삼켰다. 실질적으로도 그렇고, 상징적으로도 그랬다.

"뭐 하나 물읍시다. 이름이 플린이라고 했던가요?"

"퀸입니다. 이러나저러나 마찬가지겠지만요."

"궁금하군요. 어떤 분인지. 직업은 뭔지."

"이번 일과 무슨 상관인지 모르겠네요."

남자는 다시 한번 시도했다.

"결혼은 했습니까? 부양할 가족이 있어요?"

287

퀸은 옆으로 살짝 물러나 남자가 던진 질문을 곱씹었다. 왜 이런 질문을 하는 걸까? 입막음을 위해 돈이 얼마나 들지 가늠하려는 걸까? 아니, 더 음흉한 속셈이 있을 것이다. 내게 무슨 일이 생기면 알아차릴 사람이 있는지 알아내려는 거겠지.

목덜미가 쭈뼛 서는 게 느껴졌다. 그는 대답했다.

"총각입니다. 혼자 살아요."

"룸메이트도 없습니까?"

남자는 아양을 떨 듯이 물었다.

"네, 철저한 독신이에요."

남자는 고민하는 눈치였다. 남자는 코를 킁킁거리며 덫을 향해 점점 가까이 다가왔다. 미끼를 향해 손을 뻗었다. 그런데 제일가는 미끼가 이제는 수표가 아니었다. 퀸 자신의 목숨이었다.

"있잖습니까, 퀸 씨. 수표를 보고 싶은데…… 베풀 것도 있을 것 같고."

"좋습니다."

"지금 어디요?"

그는 솔직하게 밝히는 게 좋을지 고민하다 말했다.

"59가요. 59가에 있는 볼티모어 식당 아세요? 거기서 전화를 하고 있어요."

"앞으로 어떻게 하면 좋을지 알려줄게요. 일단 옷 입을 시간을 좀 줘야겠어요. 자다가 전화를 받았거든. 옷 갈아입고 나가겠어요.

어디서 만나는 게 좋겠냐면…… 어디 보자…….”

남자는 뭔가를 고민했다. 단순히 만날 장소를 정하는 게 아니었
다. 그는 남자가 하고 싶은 대로 하게 내버려두었다.

“어디가 좋겠느냐면 콜럼버스 서클 쪽으로 가요. 가다 보면 브
로드웨이가 센트럴파크웨스트 가에서 갈라져 나오면서 그 사이에
조그맣게 삼각형으로 생긴 블록이 나오거든요. 거기에 입구가 두
군데이고 24시간 영업을 하는 식당이 있어요. 거기 들어가서……
돈 없죠?”

“네.”

“뭐, 그래도 그냥 들어가면 돼요. 뭐라 안 할 거예요. 들어가서
사람을 만나러 왔다고 해요. 브로드웨이 쪽 창가에 앉아 있어요. 십
오 분 내로 연락하리다.”

퀸은 생각했다. 왜 장소를 옮기라는 걸까? 내가 있는 여기서 만
나면 될 텐데. 여기에 덫을 쳐놓았나 싶어서 불안한 모양이로군. 안
보이는 데다 사람을 심어놓지 않았을까 싶어서. 그는 남자가 쓴 단
어에도 주목했다. 남자는 십오 분 내로 가겠다고 하지 않고 연락하
겠다고 했다. 나를 먼저 완벽하게 살핀 다음 접근하려는 모양이로
군. 그는 속으로 중얼거렸다. 영리하게 머리를 잘 굴리네. 하지만
아무리 영리하게 머리를 잘 굴려도 소용없을걸? 수표는 내가 가지
고 있고, 당신은 수표를 돌려받아야 하니까. 뉴욕 전역을 누벼가며
밤새도록 이야기를 나눌 거라면 모를까.

그는 어리숙한 척했다. 어리숙하고 아무것도 모르는 척했다.

"좋습니다."

"십오 분이오."

남자의 말로 통화가 끝났다.

퀸은 공중전화박스를 나섰다. 남자 화장실에 들어가 발을 벽에 대고 구두를 벗었다. 수표를 꺼내 종이로 잘 싸서 다시 구두 속에 넣었다. 그런 다음 구두를 다시 신었다. 나이트클럽에서 받은 쪽지를 똑같이 숨겼던 그레이브스한테서 배운 수법이었다.

화장실에서 나온 그는 식당을 나서려다 말고 쟁반과 나이프, 포크, 숟가락을 놓아둔 선반 옆에서 잠시 걸음을 멈추었다.

식당에는 그밖에 없었고, 카운터를 지키는 직원은 다른 데를 보고 있었다. 그는 크롬 도금이 된 칼을 집어 슬쩍 칼날을 만져보았다. 그저 그랬다. 뭉툭했다. 그래도 뭐라도 있어야 했다. 실질적인 용도보다는 심리적인 효과를 위해서라도. 그는 냅킨으로 칼을 싸서 재킷 주머니 안에 대각선으로 넣었다.

공원을 지나 콜럼버스 서클로, 거기서 다시 제이의 장소로 이동하는 데 십이 분이 걸렸다. 그는 브로드웨이 쪽 창가에 놓인 탁자에 앉아서 기다렸다.

안이 훤히 들여다보이는 식당이었다. 센트럴파크웨스트 가 쪽에서, 예컨대 어두컴컴한 인도나 길가에 세워놓은 차 안에서 쳐다보면 불을 환하게 밝힌 내부를 뚫고, 그가 아무것도 모른 채 다른 쪽을 바라보고 있는 브로드웨이 쪽 자리까지 훤히 볼 수 있을 정도였다.

퀸도 알고 있었다. 그게 이 자리가 선택된 이유였다.

그는 반대편을 한두 번 흘끗 쳐다보았다. 자동차 한 대가 가만히 서 있다 그가 시선을 주자 어둠 속으로 천천히 사라지는 게 얼핏 보인 것도 같았다. 하지만 지나가다 콜럼버스 서클 근처에서 신호등에 걸려 멈추어 선 자동차일 수도 있었다.

십오 분이 지나고 십팔 분, 이십 분이 됐다.

퀸은 불안해지기 시작했다. 내가 그자를 잘못 파악했던 걸까. 도망칠 시간을 벌려고 했던 것에 불과할까. 그로서는 수표를 돌려받지 못하는 것보다 나를 만나는 게 더 두려운 일일지 모른다.

그자가 범인인데, 그자가 범인인 게 분명한데, 어설프게 구는 바람에 놓치고 말았다. 퀸의 이마가 축축해지기 시작했다. 아무리 닦아도 자꾸만 축축해졌다.

카운터에서 갑자기 전화벨이 울렸다.

그는 카운터 쪽을 돌아보았다가 도로 고개를 돌렸다.

누가 유리를 주먹으로 두드리기 시작했다. 돌아보니 카운터 직원이 그를 손짓으로 부르고 있었다.

그가 다가가자 직원이 말했다.

"창가에 혼자 앉아 있는 손님하고 통화를 하고 싶다네요. 원래 여기로 걸려온 전화는 안 바꿔주는데……."

직원은 말과 달리 수화기를 건넸다.

그자였다.

"여보세요, 퀸 씨?"

"네. 어떻게 된 겁니까?"

"오언스라는 데서 기다리고 있어요. 바에서. 51가에 있는 술집이에요."

"도대체 뭐하자는 겁니까? 여기로 오라더니. 뭡니까? 사람 골탕 먹이겠다는 건가요?"

"알아요. 하지만…… 내가 있는 곳으로 와줘요. 택시를 타고 오면 요금은 내가 낼게요."

"이번에는 확실하죠?"

"확실해요. 바에서 기다리고 있어요."

"좋습니다. 직접 가서 맞는지 확인해보기로 하죠."

그녀는 주먹을 다른 손바닥에 대고 비비며 그 앞을 왔다 갔다 걸었다. 안으로 들어갈 수 없기 때문이었다. 입구에 달린 간판도 불이 꺼졌다. 넘칠 듯한 쓰레기통들도 밖으로 내쳐졌다. 마지막 취객도 사라졌다. 클럽은 그렇게 죽었다. 죽었지만, 아직 싸늘하게 식지는 않았다. 영혼이 빠져나가는 중이었다. 몇 분마다 한 명씩 밖으로 나와 총총히 사라졌다. 클럽에서 일을 하는 직원이었다. 낮과 밤을 바꿔 사는 나이트클럽 직원들 입장에서는 지금이 오후 5시였다.

그녀는 이른바 정보 사냥을 위해 그 앞에서 진을 치고 왔다 갔다 걷는 동안 계속 생각했다. 저 안에서, 내가 보초를 선 이 나이트클럽 안에서 오늘밤, 옅은 초록색 원피스를 입은 빨간 머리 여자가 그레이브스에게 쪽지를 줬어. 내가 장소도 알아냈고, 쪽지도 입수했지. 거기까지는 좋았어. 이제 생각해보자. 쪽지를 쓰려면 연필과 종이가 있어야 했겠지. 연필과 종이로 말할 것 같으면 그런 부류의 여자들이 평소에 들고 다닐 만한 물건이 아니야. 그런 부류의 여자들은 보통 눈빛과 엉덩이 흔들기로 하고 싶은 말을 전하니까. 여자가 연필과 종이를 들고 다녔을 수도 있어. 그렇다면 운이 안 따라주는 거겠지. 하지만 없었다고 치면 저 안에서 연필과 종이를 빌려야했을 거야. 무대에서 춤을 추는 사람을 붙잡고 '연필하고 종이 좀 빌릴 수 있을까요?' 하지는 않았겠지. 탁자에 앉아 있는 사람한테 묻지도 않았을 거야. 그렇다면? 탁자에 앉아 있었을 경우 담당 웨이터. 바에 앉아 있었다면 바텐더. 모자를 받아주는 카운터 아가씨. 파우더룸 안내원.

그러니까 클럽에서 일하는 직원들로 범위가 좁혀지는 거야.

그래서 내가 지금 여기 있는 거지.

직원들이 한 명씩 차례대로 나올 때마다 평상복을 입고 있어도 한눈에 직무를 알 수 있었다. 예컨대 이곳을 드나드는 손님처럼 잔뜩 멋을 낸 말쑥하고 아담한 미녀는 이런 곳에선 휴대품 보관소에서 근무하는 아가씨일 수밖에 없었다.

브리키가 소맷부리를 붙잡자 여자는 그 자리에서 걸음을 멈추었는데, 자기를 붙잡은 사람이 여자라는 걸 알고 진심으로 놀라워했다. 응징을 하러 왔다고 생각했는지 질문을 듣기 전에는 살짝 겁을 먹었거나 죄의식을 느끼는 것처럼 보이기까지 했다.

"아뇨, 내가 일하는 데서는 그 반대예요."

그녀가 어린애처럼 앵앵거리는 목소리로 대답했다.

"다들 자기 연필을 꺼내서 써요."

그녀는 핸드백을 열더니 각양각색의 명함과 이름, 주소, 전화번호가 적힌 종이 쪼가리를 한 움큼 집어서 꺼냈다.

하나가 떨어지자 발로 멀찌감치 치웠다.

그녀가 말했다.

"내버려둬요. 저거 한 장 없어져도 많으니까."

그녀는 나머지를 다시 넣었다.

"나한테 연필 빌려 간 여자 없었어요. 사실 빌려줄 연필도 없고요."

그녀는 조그만 발로 새가 지저귀는 소리를 내며 저쪽으로 걸어갔다.

마찬가지로 잔뜩 멋을 낸 이 흑인은 파우더룸 안내원일 수밖에 없었다.

그녀는 쌀쌀맞게 되물었다.

"무슨 연필요? 눈썹 그리는 연필요?"

"아뇨, 그냥 연필요. 글 쓸 때 쓰는."

"여기 글 쓰러 오는 데 아니잖아요. 잘못 찾아오셨네요."

"아무튼 오늘밤에 당신한테 연필 빌린 사람 없었나요?"

브리키는 끈질기게 붙잡고 물어보았다.

"없었어요. 거기 연필은 비치하지 않거든요. 생각해보니까 내가 연필은 구비하지 않았네? 덕분에 좋은 아이디어가 생겼네요. 내일 밤에는 연필을 갖다 놓아야겠어요. 필요한 손님이 있을지 모르니까."

이번에는 남자가 나왔다.

그는 걸음을 멈추고 고개를 저었다.

"내가 맡은 쪽에서는 그런 손님 없었어요. 다른 쪽을 맡은 프랭크한테 물어봐요."

곧바로 다른 남자가 나왔다.

"프랭크 씨인가요?"

남자는 걸음을 멈추더니 웃으며 그녀와 눈을 맞추었다.

"아뇨. 제리인데, 오늘밤에 할 일 없어요. 이름이 다르다고 망설일 것 없어요."

이번에는 그녀가 십 미터쯤 달아나 남자가 사라질 때까지 피신해야 했다.

그새 또 다른 남자가 밖으로 나와 저만큼 걸어가고 있었다. 그녀는 달려가 남자를 따라잡았다.

"맞아요, 내가 프랭크예요."

"오늘밤에 당신한테 연필을 빌린 아가씨가 있었나요? 키가 크고 빨간 머리이고 옅은 초록색 원피스를 입고 있었는데. 아, 몇 시간 전의 일이에요. 혹시 기억하시나 싶어서요. 그런 아가씨가 있었나요?"

남자는 고개를 끄덕였다. 임자를 제대로 찾은 것이다.

"있었어요. 그런 아가씨가 있었어요. 생각나요. 12시 무렵이었는데, 아무튼 그런 아가씨가 있었어요."

"이름은 모르죠?"

"몰라요. 이 근처 어디 클럽에서 일하는 것 같던데……."

"어느 클럽인지 모르죠?"

"몰라요. 그걸 아는 이유도 다른 사람이 그 아가씨한테 이렇게 말하는 걸 들었기 때문이에요. '이 클럽엔 웬일이야? 근무시간 끝났어?'"

"하지만……?"

"누구인지, 어디서 일하는지는 몰라요. 다른 것도요. 나한테 연필을 빌린 다음 몸을 잔뜩 웅크리고 팔로 가려가며 뭔가를 잠깐 끼적이더니 다시 고개를 들어 연필을 돌려줬다는 것 말고는."

남자는 잠깐 더 서 있었다. 하지만 둘 다 할말이 없었다.

"어떻게든 도울 수 있으면 좋겠는데."

"그러게요."

브리키는 힘없이 웃었다.

남자는 등을 돌리고 제 갈 길을 갔다. 그녀는 망연자실하게 서서 인도를 내려다보았다.

여기까지가 한계인 듯했다. 다 왔다 싶으면서도 한참 멀었다.

브리키는 고개를 들었다. 남자가 다시 등을 돌려 그녀 옆으로 다가왔다.

"걱정스러운 일인가 봐요."

"아주 많이요."

그녀는 쓸쓸하게 시인했다.

"내가 정보 하나 알려줄게요. 당신도 클럽에서 일을 하는지 어쩐지 모르겠지만, 클럽에서 일하는 여자들은 재미있는 습관이 있어요. 클럽 영업이 끝나면 다들 연극 무대 같은 드러그스토어에 모이는 거예요. 잘 모르는 사람들은 그들이 쇼걸이라면 사족을 못 쓰는 남자들과 나가서 샴페인 파티에 가는 줄 알죠. 뭐, 가끔 그런 경우도 있지만 대부분은 안 그래요. 진짜예요. 십중팔구는 학교 수업이 끝난 아이들처럼 그냥 우르르 몰려가요. 여자들은 거길 더 좋아해요. 삼삼오오 모여 맥아 분유를 마시면서 허물없이 수다를 떨죠. 가서 한번 알아봐요. 가볼 만한 곳이에요."

그런 데가 있었다니! 브리키는 멍하니 그녀의 뒷모습을 바라보도록 남자를 남겨둔 채 쏜살같이 튀어나갔다. 목표 지점까지 쉬지 않고 달렸다. 겨우 두세 블록 거리였다.

그가 풍긴 뉘앙스에 따르면 여자들이 음료수 판매대 앞에 줄을 서 있을 줄 알았더니 그렇지는 않았다. 너무 늦은 시간이라 대부분 뿔뿔이 흩어져 그런 것일 수도 있었지만. 그래도 한쪽 끝에 세 명이 남아 있었다. 그중 한 명이 보르조이•를 데리고 나왔다. 아침잠을 청하기 전에 바람을 쐬어주려고 데리고 나왔을 것이다. 셋이서 보르조이 주변에 옹기종기 모여 접시에 담긴 빵 부스러기를 먹이며 야단법석을 떨었다. 개 주인은 이른바 편안한 옷차림을 하고 있었다. 집에서 입는 잠옷 바지, 맨발, 집에서 신는 슬리퍼 위에 폴로 외투를 걸쳤다. 셋 중에 빨간 머리는 없었다.

여자들이 고개를 들었다. 그들의 시선이 보르조이에서 잠깐 브리키에게로 옮겨졌다.

"조애니 말하는 것 같은데?"

셋 중 한 명이 이렇게 말하더니 그녀에게 대놓고 생각 없이 물었다.

"조애니 말하는 거죠?"

그녀도 모르는데, 맞는지 틀리는지 무슨 수로 대답할 수 있을까.

성은 모르는 듯했다.

"여기서 만난 사이거든요."

한 명이 말했다.

"나도."

다른 한 명이 거들었다.

"오늘밤에는 여기 안 왔어요."

또 다른 한 명이 보충 설명을 했다.

"그 친구 호텔로 가서 찾아보지 그래요? 이 길을 따라 조금만

• **보르조이** _ 털이 하얀 러시아산 대형견.

가면 나오는데. 이름이 콩코드인가 콤프턴인가 그래요."

그러더니 단서를 달았다.

"지금은 모르겠지만, 이삼일 전까지는 거기 살았어요. 스탈린 운동시키느라 그 친구랑 같이 거기까지 걸어간 적 있거든요."

세 여자는 브리키를 외면하고 각다귀처럼 보르조이에게로 관심을 돌렸다. 둘 중에서 더 흥미진진한 쪽이 보르조이였던 것이다.

호텔은 도박꾼과 사기꾼을 비롯해 기타 한탕주의자들을 수용하는 허름한 숙소의 특징을 모두 갖추고 있었다. 브리키는 지난 몇 년 동안 매일 밤마다 댄스홀에서 이런 데 머무는 부류들을 만나왔다. 그녀는 퇴짜라는 말을 모르는 사람처럼 당당하게 프런트 데스크로 다가갔다. 목깃은 최소 일주일 동안 갈지 않은 듯하고 입에서는 고약한 술냄새가 나는, 인상 고약한 사팔뜨기 야간 당직자가 옆으로 살짝 자리를 이동해 방문객을 맞았다.

브리키는 한쪽 팔꿈치를 프런트 데스크에 얹고 편안하게 기댄 후 명랑한 목소리로 인사를 건넸다.

"안녕하세요."

야간 당직자가 입을 벌리고 널찍한 잇새를 보여주었다. 제딴은 미소인 모양이었다.

그녀는 손으로 핸드백의 끈을 잡고 핸드백을 이리저리 돌렸다. 한 번은 이쪽으로, 그다음에는 저쪽으로 돌렸다.

"내 친구가 몇 호에 묵고 있는지 모르겠네."

브리키는 곰팡이가 핀 로비를 물끄러미 쳐다보며 심드렁하게
중얼거렸다.

"잠깐 올라가서 깜빡 잊고 하지 못한 말을 하고 싶은데. 조애니
알죠? 옅은 초록색 원피스를 입은 아가씨 말이에요. 방금 전에 드
러그스토어에서 헤어졌는데……."

그녀는 당직자를 보며 키득키득 웃었다.

"끝내주는 얘기라 당장 들려줘야 해요."

그녀는 허리를 숙이고 요란하게 자기 허벅지를 때렸다.

"그 친구가 들으면 아마 기절할 거예요!"

그녀는 꽥꽥거렸다.

"누구, 조앤 브리스틀 말이에요?"

당직자는 얼마나 재미있는 얘기인지 자기도 듣고 싶다는 듯 얼
빠진 표정으로 쳐다보며 물었다.

"네, 네, 네."

브리키는 당연한 것 아니냐는 투로 재잘거렸다. 그러고는 킥킥
거리며 남자의 옆구리를 손가락으로 찔렀다.

"재밌는 이야기 듣고 싶어요?"

그녀는 비밀을 속삭이려는 사람처럼 그의 귀 쪽으로 고개를 숙
였다. 그는 선뜻 귀를 기울였다.

그녀는 장난꾸러기답게 갑자기 변덕을 부렸다.

"잠깐. 그 친구한테 먼저 들려줄래요. 당신한테는 이따가 내려

오는 길에 말해줄게요."

브리키는 남자의 턱을 살짝 쓰다듬고 뒤로 한 걸음 물러섰다.

"거기 그대로 있어요, 아저씨. 어디 가면 안 돼요."

그런 다음 계속 키득거리며, 퍼뜩 생각났다는 듯이 좀더 중요한 사안을 물었다.

"그런데 몇 호라고 했죠?"

당직자는 걸려들었다. 열심히 연극을 한 보람이 있었다.

"409호요."

그는 상냥하게 가르쳐주었다. 심지어 브리키가 연출한 분위기에 휩쓸려 후줄근한 넥타이까지 바로잡았다. 이른 새벽에 찾아온 걸 전혀 개의치 않고 사근사근하게 굴었다. 천진난만하고 경박하게 굴었다.

당직자가 구내전화 쪽으로 한 걸음 움직였다. 손님이 왔음을 알리는 것도 임무인 모양이었다.

"아, 그럴 필요 없어요."

브리키는 손을 내저으며 천박한 말투로 외쳤다.

"우리 서로 점잔 떨고 그런 사이 아니거든요. 지금 장난해요? 그 친구 방세가 두 주 밀린 것까지 다 알고 있는데."

당직자는 껄껄대며 소리만 요란한 웃음을 터뜨렸고, 내선으로 방문객의 등장을 알리려던 생각을 접었다.

브리키가 요란하게 엉덩이를 흔들어가며 클리블랜드 대통령 재임 시절에 만들어진 엘리베이터에 오르자 고령의 엘리베이터가 끽끽거리며 천천히 위로 올라가기 시작했다. 앞면에 달린 것도 묵직한 문이 아니라 창살문이었다. 1층 천장을 지남과 동시에 그의 시야에서 벗어나자 그녀의 얼굴에서 천박한 미소가 점점 지워졌고, 평정의 커튼이 천천히 드리워지듯 표정이 다시 잔뜩 심각해지며 얼굴에 그늘이 졌다.

그녀는 흑인 엘리베이터 운전수와 함께 4층까지 달팽이처럼 한없이 올라갔다. 4층에 도착하자 그가 엘리베이터를 세우고 내려주었다. 엘리베이터를 4층에 대놓고 기다리려는 것처럼 보이기에 그녀가 되바라지게 내쫓았다.

"됐어요. 꽤 있다 갈 거거든요."

그가 덜컹거리는 문을 닫자 한줄기 빛이 유리창을 따라 머뭇머뭇 사라지는데, 꼭 누군가가 빨대로 빛을 빨아들이고 그림자와 빈 공간만 남기는 것처럼 느껴졌다.

브리키는 곰팡내가 나고 어두침침한 복도를 따라 걸었다. 순전히 질긴 힘줄 같은 천 덕에 조각조각이나마 남아 있는 카펫을 밟으며 걸어갔다. 어두컴컴하고 속을 알 수 없는 문들이 옆으로 지나갔다. 그걸 보고만 있어도 소름이 돋았다. 이 문을 넘어 사라져버린 희망. 이 문을 드나들던 사람들에게서 사라져버린 희망. 앞이 막힌 구멍들이 줄줄이 늘어선 거대한 벌집과 다를 바 없는 게 도시였다. 인간은 이런 문을 드나들면 안 된다. 이런 데서 살면 안 된다. 이런 방에는 달빛도, 별빛도, 아무것도 스미지 않았다. 차라리 무덤이 나았다. 무덤은 그나마 의식이라도 없지 않은가. 조물주는 우리 모두를 위해 무덤을 만들었다. 하지만 뉴욕 삼류 호텔의 이런 땅굴은 조물주의 작품이 아니었다.

복도가 길게 느껴졌지만, 브리키의 머릿속이 복잡해서 그렇게 느껴진 것일 수도 있었다. 모퉁이를 돌면 나오는 최후의 결전지를 향해 걸어가는 동안 온갖 생각들이 미친듯이 떠올랐다.

무슨 수로 안에 들어갈 수 있을까? 들어간다 한들 무슨 수로 여자가 범인인지 아닌지 알아낼 수 있을까? 절대 자백하지 않을 텐데. 위풍당당한 뉴욕 주가 다 같이 달려들어도 안 될 텐데, 아무 도움도 없이 혼자서 무슨 수로 자백을 받아낼 수 있을까? 자백을 받아낸다 한들 무슨 수로 여자를 이스트 70가까지 끌고 갈 수 있을까? 소동이 벌어지면 경찰이 출동할 테고, 그러면 퀸이 지금보다 훨씬 더 난처한 지경에 이를 테고, 우리 둘 다 붙잡혀서 며칠 아니면 몇 주 동안 조사를 받을 수도 있는데.

알 수 없었다. 아무것도 알 수 없었다. 전진만 있을 뿐 후퇴는 없다는 게 브리키가 아는 전부였다. 이 도시를 통틀어 딱 하나뿐인 행운의 상징을 향해 기도하며 한 걸음, 두 걸음 다가가는 수밖에 없었다.

"패러마운트 빌딩 시계야, 여기서는 네가 안 보이지만, 밤이 거의 저물고 있고 잠시 후면 버스가 떠나. 오늘밤에 내가 고향으로 내려갈 수 있게 도와줘."

문에 달린 숫자가 눈앞으로 다가왔다. 이쪽은 6호, 저쪽은 7호, 다시 이쪽에 8호. 복도가 끝나는 막다른 지점에 남들과 직각으로 문이 하나 달려 있었다. 409호였다. 아무 특징도 없고 개성도 없었다. 하지만 그 너머에 어떤 모습일지 알 수 없는 스스로의 미래가 숨어 있었다.

이 판때기를 넘는 순간, 이 낡고 까맣고 우둘투둘한 정사각형의 큼지막한 나무문을 넘는 순간, 내가 다시 인간으로 돌아갈 수 있을지 평생 댄스홀의 값싼 여자로 지낼지 판가름이 나겠구나. 브리키는 생각했다. 문 하나에 인생이 좌우되다니 어떻게 그럴 수가 있지?

그녀는 손등을 내려다보았다. '네가' 그랬니? 맙소사, 간도 커라. 마음의 준비도 안 됐는데, 네가 문을 두드린 거야?

브리키가 계획을 세우기도 전에, 문이 열리면 어떻게 할지 생각해보기도 전에 문이 열렸고, 여자 둘이 정면으로 맞닥뜨렸다. 에나멜처럼 딱딱한 얼굴이 어찌나 가까이 있는지 두꺼운 화장으로 가린 촘촘한 철망 같은 모공까지 보일 정도였다. 적의와 경계심으로 번뜩이는 두 눈은 양쪽 가장자리의 빨간 실핏줄까지 보일 정도였다.

그레이브스의 어두컴컴한 집 2층 복도를 퀸과 함께 살금살금 걸었던 기억이 다시금 떠오르면서 똑같은 향수라는 게 무의식중에 느껴졌다. 향수 냄새가 그때와 지금을 잇는 연결 고리였다.

여자의 눈빛이 벌써 바뀌었다. 바뀌는 속도가 워낙 빨랐다. 적의와 경계심으로 번뜩이더니 이제는 노골적으로 시비를 거는 눈빛이었다. 어디에선가 흘러나온 허스키한 목소리가 가세했다. 사람을 정색하게 만드는 목소리였다.

"뭐예요? 설탕 빌리러 왔어요 아니면 잘못 찾아왔어요? 뭐 딴 볼일이라도 있어요?"

브리키는 조용히 대답했다.

"네, 볼일이 있어요."

여자는 문을 열기 직전에 담배를 한 모금 빨고 지금까지 입에 머금은 채 이야기를 하고 있었는지, 갑자기 콧구멍으로 무시무시한 연기를 내뿜었다. 여자가 악마처럼 보였다. 가까이하지 않는 게 좋을 사람처럼 보였다. 여자는 멋대로 굴었다. 아직까지는 그랬다. 지금도 브리키의 면전에 대고 문을 닫으려고 팔을 구부렸다.

브리키는 돌아서서 도망치고 싶었다. 돌아서서 얼른 도망치고 싶었다. 진심으로 돌아서서 도망치고 싶었다. 하지만 그러지 않았다. 그녀의 파멸로 이어지더라도 방안으로 들어가야 했다. 문을 닫지 못하게 막아야 했다.

브리키는 팔과 팔꿈치를 동원했다.

여자는 입 주변이 하얗게 질리도록 힘을 주어 입을 앙다물었다. 숫제 협박하는 기세였다.

"그거 치우시지."

여자가 목젖을 천천히 굴리듯 으르렁거렸다. 브리키는 댄스홀에서 애용하는 허스키한 목소리를 동원했다.

"우리 둘이 개인적으로 아는 사이는 아니에요. 하지만 공통적으로 아는 친구가 있으니까 당신과 나도 아는 사이라고 할 수 있죠."

브리스틀은 고개를 뒤로 홱 젖혔다.

"이것 봐요, 당신이 누군데 그래? 만난 적도 없는 사람이 친구라니?"

"스티븐 그레이브스 씨요."

놀란 브리스틀의 얼굴이 순식간에 하얗게 질렸다. 하지만 그를 찾아가서 협박만 하고 나왔더라도 똑같은 반응을 보였을 것이다.

지금까지는 여자의 등뒤로 보이는 손바닥만 한 벽 위에 희미한 그림자가 드리워져 있었다. 짙게 아로새겨졌다기보다 한쪽에 딸린 방에서 새어 나온 불빛을 무언가가 가리면서 어렴풋하게 생긴 흔적에 불과했다. 그런데 그림자가 슬금슬금 옆으로 움직여 자취를 감추었다. 불빛을 가렸던 무언가가 뒤로 물러나 숨기라도 한 것처럼.

캐러웨이씨처럼 생긴 여자의 동공이 그쪽 방향으로 홱 움직였다가 자기만 아는 미묘한 신호를 감지했는지 얼른 원래 위치로 돌아왔다. 여자가 협박조로 딱딱하게 말했다.

"잠깐 들어와요. 무슨 속셈인지 들어나 보게."

여자가 문을 열었다. 환영하는 분위기가 아니라 명령하는 식이었다. '알아서 걸어 들어오지 않으면 질질 끌고 올 테다' 하는 뜻이 담겨 있는 듯했다.

아직 브리키는 자유의 몸이었다. 거칠 것 없는 복도가 그녀의 뒤를 받치고 있었다. 그녀는 '간다. 살아서 나올 수 있기만을 바랄 밖에' 하고 생각하고는 안으로 들어갔다.

브리키는 천천히 여자의 앞을 지나 지저분하고 담배 냄새가 코를 찌르는 방안으로 들어갔다. 뒤에서 문이 불길한 소리를 내며 닫혔다. 앞으로 영원히 그렇게 닫혀 있겠노라고 최종 통보를 하는 듯한 소리였다. 열쇠 소리가 두 번 들렸다. 한 번은 자물쇠를 돌려서 잠그고, 또 한 번은 열쇠 구멍에 넣었다 빼는 소리였다.

나는 이 여자와 함께 여기 갇혔어. 이제는 이기지 못하면 빠져나갈 수 없어.

교전이 시작됐다. 그녀의 무기는 기지와 배짱과 댄서의 필수품이랄 수 있는 여성 특유의 직감뿐이었다. 앞으로는 은근히 훔쳐보는 것조차, 살짝 움직이는 것조차 조심해야 했다. 인정사정없는 교전이었고, 기회는 한 번뿐이었다.

겉보기에는 방안에 아무도 없는 듯했다. 그녀가 맨 처음 보았을 때부터 욕실이지 않을까 싶은 공간과 연결된 문이 닫혀 있었지만, 이제 막 잡았던 손을 놓았는지 문손잡이가 살짝 움직였다. 브리키가 아는 게 별로 없다 싶으면 그 문은 계속 그렇게 닫혀 있을 것이다. 하지만 아는 게 너무 많다 싶으면……. 문안에 힌트가 있었다. 여기서 정보를 캐다 선을 넘으면 문이 알려줄 것이다. 진척 상황을 확인할 척도를 벌써 하나 확보했다.

낡아빠진 서랍장은 최근에 대청소라도 한 것처럼 서랍들이 들쭉날쭉하게 고개를 내밀고 있었다. 침대 발치 쪽 바닥에는 여행 가방이 놓여 있었다. 당장이라도 들고 떠날 수 있게 가방이 불룩했다. 집주인이 심란한 일을 겪고 들어오자마자 내팽개치기라도 한 것처럼 서랍장 위에 이런저런 물건들이 흩뿌려져 있었다. 여성용 핸드백, 장갑, 쭈글쭈글한 손수건. 누가 안에 손을 넣어서 짜증스럽게 무언가를 찾다 방치해두었는지 핸드백이 입을 벌리고 있었다.

브리스틀은 뒤에서 슬금슬금 발가락으로 게걸음을 치더니 바닥의 무언가를 슬쩍 밟아 없애고는 잠시 후 반쯤 피운 담배를 손에 들고 브리키를 마주보았다. 브리키는 그 담배가 지금까지 탁자 모서리에서 주인 없이 혼자 타고 있었던 걸 모르는 척했다. 남자들은 종종 탁자나 다른 가구에 담배를 얹어 놓지만, 여자들은 그러지 않는다.

그건 사족이었다. 문손잡이가 돌아갔고, 벽에 드리워졌던 희미한 그림자가 움직였던 것만으로도 충분했다. 지금 방안에는 '세 사람'이 있었다.

조앤 브리스틀은 의자를 꺼내 등받이가 닫힌 문 쪽을 향하도록 돌렸다. 그런 다음 말했다.

"편하게 앉아요."

브리키가 다른 데 앉고 싶었더라도 선택의 여지가 없었다. 여자가 다른 의자에 언제 튀어나올지 모르는 스프링이라도 달린 것처럼 냉큼 그 의자를 차지했던 것이다.

여자가 립스틱으로 얼룩진 입술을 핥았다.

"이름이 뭐라 그랬죠?"

"이름은 안 밝혔는데요. 캐럴라인 밀러라고 불러요."

여자는 못 믿겠다는 듯이 미소를 지었지만 그냥 넘어갔다.

"그러니까 그레이브스라는 남자를 안단 말이죠? 어째서 내가 그 남자를 안다고 생각했어요? 그가 이야기를 하던가요?"

브리키가 대답했다.

"아뇨, 아무 얘기도 못 들었어요."

"그럼 어째서 내가 그 남자를 안다고……?"

단순 반복이 될 듯하여 브리키는 이 질문을 넘겨버리고 싶었다.

"그 남자를 알죠, 그렇죠?"

조앤 브리스틀은 생각에 잠긴 얼굴로 립스틱을 좀더 핥더니 그녀에게 물었다.

"최근에 그 남자를 만난 적 있어요?"

"아주 최근에요."

"얼마나 최근인데요?"

브리키는 아무것도 모르는 척했다.

"지금 그 집에 있다 오는 길이에요."

브리스틀이 동요했다. 겉보기에도 한눈에 티가 났다. 누군가가 나타나 길을 안내해주길 간절하게 바라는 사람처럼 브리키의 어깨 너머 어딘가를 멍하니 바라보았다. 브리키는 여자의 시선을 따라 고개를 돌리지 않았다. 돌려서 눈길을 따라가봐야 문밖에 없을 것이다.

"어쩌고 있던가요?"

"죽었던데요."

브리키는 나지막이 대답했다.

브리스틀은 예상치 못했던 반응을 보였다. 놀라워하기는 했지만, 화들짝 놀란 게 아니라 독기가 어린 사악한 표정을 지었다. 그러니까 소식 자체가 아니라 소식을 전한 사람이 브리키라는 데 놀라워했던 것이다.

여자는 아무 말도 하지 않았다. 조금 전까지 벽에 그림자를 드리웠던 사람과 '의논'을 하고 싶은 것이다. 아니면 그 사람이 하고 싶어 하는 것일 수도 있었다. 닫힌 문 너머에서 수도꼭지를 틀었다 얼른 잠그는 소리가 들렸다. 그것이 신호였다.

여자가 자리에서 일어서며 말했다.

"잠깐 실례할게요. 수도꼭지 잠그는 걸 깜빡했나 봐요."

여자는 자기가 전략적으로 위치를 선정해둔 브리키의 의자를 게걸음으로 빙 돌아서 안이 전혀 보이지 않게 빼꼼 문을 열고 욕실로 들어갔다. 그러고는 손님이 쳐다보지 못하게 들어가자마자 문을 닫았다.

여자가 제 손으로 기회를 준 셈이었다. 뭐가 됐건 방안에서 단서를 찾을 기회를. 주어진 시간은 단 삼십 초였다. 여자가 앞으로 어떤 식으로 대처해야 하는지 나지막이 설명을 듣는 동안이었다. 그녀는 문손잡이가 제자리로 돌아가자마자 의자에서 일어섰다. 한 곳밖에 뒤질 수 없는 시간이었다. 그녀는 서랍장 위에 놓인 핸드백으로 다가갔다. 누가 봐도 빤한 선택이었다. 하지만 주어진 시간이며 거리 면에서 달리 선택의 여지가 없었다. 고개를 내민 서랍들을 보건대 서랍장에는 아무것도 없을 것이다. 불룩한 것으로 보건대 여행 가방은 이미 잠갔을 것이다.

그녀는 쏜살같이 달려가 입을 벌린 핸드백 안으로 손을 집어넣었다. 결정적인 증거를 기대할 수는 없었다. 그건 너무 과한 욕심이었다. 하지만 뭐라도 하나 잡힌다면……. 그런데 아무것도 없었다. 립스틱, 콤팩트, 흔히 접하는 잡동사니. 미친듯이 손가락을 휘젓는데, 옆 주머니에서 종이가 부스럭거리는 소리가 들렸다. 그녀는 얼른 종이를 꺼내 펼쳐 들고 눈으로 잽싸게 훑어보았다. 별것 아니었다. 십칠 달러 팔십구 센트라고 적힌 이 호텔의 미납 객실 요금 청구서였다. 남자가 거기다 넣은 모양이었다. 이게 무슨 소용 있을까? 그녀가 찾고 싶은 증거하고는 상관없는 청구서인데.

그런데 뭐라 설명할 수 없는 직감이 느껴졌다. '잘 챙겨. 나중에 쓸 일이 생길지 모르니까.' 그녀가 자리에 풀썩 주저앉으며 스타킹을 만지작거리자 청구서가 자취를 감추었다.

잠시 후 문이 다시 열리면서 지시 사항으로 무장한 브리스틀이 나왔다. 그녀는 의자에 앉으면서 브리키가 다른 곳을 보지 못하게 두 눈을 똑바로 쳐다보았다.

"그레이브스 씨 집에는 혼자 갔어요? 누구랑 같이 갔어요?"

브리키는 성인들만 알 수 있는 눈빛으로 여자를 쳐다보았다.

"설마하니 그 시각에 우리 할머니를 데리고 갔겠어요?"

여자는 원하던 정보를 알아냈다.

"아, 그 시각에, 그렇죠."

"그렇죠."

"그럼……."

여자는 입술을 또 잘근거렸다.

"누가 문 앞에서 들어가지 못하게 막으면서 소식을 알려주던가요? 밖에 경찰들이 서 있고 사람들이 모여서 웅성거리기에 그가 죽었다는 걸 알게 된 거예요?"

브리키는 본능적으로 질문에 대답하고 있었다. 그녀도 어떤 대답이 튀어나올지 알지 못했다. 장대도 없이 안전그물도 없이 외줄타기를 하는 심정이었다.

"아뇨, 주변에 아무도 없었어요. 아는 사람이 아직 아무도 없어요. 내가 맨 처음 발견하지 않았을까 싶어요. 그 사람한테 받은 집 열쇠가 있거든요. 들어가보니 불이 꺼져 있기에 아직 안 들어왔나보다 생각하고 기다리기로 했죠. 그래서 2층으로 올라갔더니 그가 총을 맞았더라고요."

조앤 브리스틀은 양손을 맞잡고 비틀며 열렬한 관심을 보였다.

"그래서 어떻게 했어요? 비명을 지르면서 당장 달려나가 사람들을 불러모았겠죠?"

의자에 앉은 브리키는 화류계 여성인 척 또다시 닳고 닳은 표정을 지었다.

"내가 무슨 바보 천치인 줄 알아요? 당장 달려나온 건 맞지만, 정신을 잃지는 않았어요. 불을 끄고 문을 잠그고, 그 상태 그대로 빠져나왔죠. 아무한테도 말 안 했어요. 내가 그런 사건에 휘말리고 싶겠어요? 천만의 말씀이죠."

"언제까지 그 집에 있다 나왔어요?"

"방금 전까지요."

"그럼 당신 말고는 아무도……."

"당신하고 나 말고는 아무도 모르죠."

브리키의 뒤에서 뭔가가 살짝 움직이는 기미가 느껴졌다. 공기가 조금 흔들렸다고 해야 할까? 뭔가가 삐걱거렸다고 해야 할까?

"여긴 혼자 왔어요?"

"그럼요. 나는 뭐든 혼자 해요. 누굴 믿겠어요?"

브리키 쪽으로 비스듬히 놓인 서랍장 위 거울을 통해 등뒤에서 경첩이 달린 쪽 문가가 천천히 앞으로 움직이는 게 보였다. 반대쪽 문가는 좀더 확실하게 열리고 있었을 텐데, 거울이 그쪽까지 비출 수 있을 만큼 넓지 않았다.

이제 고개를 돌릴 겨를이 없었다. 생각할 겨를만 있었다. 뒤에서 문이 열리고 있구나. 누가 이제 막……. 이게 이들이 범인이라는 증거다. 내가 잭팟을 터뜨린 거다. 내가 제대로 짚었고, 퀸이 헛다리를 짚었다.

그걸 알았다고 별다른 도움이 되는 건 아니었다. 그녀가 자초한 화가 들이닥치려 하고 있었다.

브리스틀이 또다시 물었다. 대답을 듣고 싶어서라기보다 브리키의 주의를 몇 초 더 산만하게 만들기 위해서였다.

"나는 왜 갖다붙인 거예요? 어쩌다 나를 찾아올 생각을 했죠?"

브리키는 대답을 고민할 필요가 없었다. 아무도 대답을 기대하지 않았다. 그녀가 거들지 않아도 2 더하기 2의 정답이 이미 나왔다.

두툼하고, 조그만 매듭이 잔뜩 달려서 올록볼록한 무언가가 뒤에서 그녀의 얼굴을 덮었다. 한가롭게 정체를 파악할 겨를이 없긴 했지만, 붕대처럼 둘둘 만 목욕용 수건이 아닐까 싶었다. 그녀는 벌떡 일어섰다가 힘이 센 제삼의 인물에게 뒤로 한쪽 손목을 붙잡혔다. 동시에 일어선 브리스틀이 다른 한쪽을 붙잡았다. 브리키의 등 뒤에서 양쪽 손목이 길고 가느다란 끈으로 단단히 묶였다. 베갯잇이나 세수용 수건을 찢어서 만든 끈 같았다.

까끌까끌한 수건이 온 얼굴을 덮고 있으니 당장 편안하게 숨을 쉴 수가 없었다. 지금 이 자리에서 질식사하는 게 아닌가 하는 끔찍한 생각이 머릿속을 스치고 지나갔지만, 저들이 그럴 작정이었다면 번거롭게 손을 묶지 않았을 것이다. 브리키는 그 사실을 알아차린 덕분에 난폭하고 격렬하게 저항하는 오류를 피할 수 있었다.

브리스틀의 손보다 무겁고 큼직하고 거친 손이 수건을 눈과 코 밑으로 내려주었다. 하지만 그 밑으로 수건을 어찌나 세게 묶었는지 뒷골이 당겨서 이러다 머리가 터지는 게 아닐까 싶을 정도였다. 하지만 덕분에 숨을 쉬고 이미 시작된 기침을 달랠 수 있었다.

브리키의 등뒤에 있어 그녀에게 보이지 않는 누군가를 향해 브리스틀이 말을 걸며 앞으로 다가왔다.

"입단속 잘해야 돼, 그리프. 이 호텔에서는 벽을 타고 전부 다 들리잖아."

남자가 으르렁거리듯 말하는 목소리가 들렸다.

"발 묶어. 하이힐이 내 정강이를 노리고 있으니까."

여자가 쭈그리고 앉자 브리키의 시야에서 사라졌다. 눈을 내리 떠도 새하얀 수건 때문에 전혀 보이지 않았다. 잠시 후 브리키의 발목을 모아 가느다란 끈으로 능숙하게 묶는 손길이 느껴졌다. 브리키는 위아래가 다 묶여서 옴짝달싹 못하는 보릿자루가 되었다.

조앤 브리스틀이 일어서자 다시 보였다.

"이제 어쩔 작정이야?"

브리스틀이 물었다.

남자가 대답하는 소리가 들렸다.

"아무래도……."

브리키는 갑자기 긴장하는 여자의 표정을 통해 생략된 문장이 무엇인지 알아차렸다. 가슴이 선뜩했다. 남자는 블라인드를 치거나 불을 끄는 게 좋지 않겠느냐고 의논하는 사람처럼 침착하기 그지없었다.

여자는 몸을 사렸다. 브리키가 아니라 자기들을 생각해서 몸을 사리는 것이었다. 여자는 남자를 어느 누구보다 잘 알 것이다. 눈하나 깜짝 않고 사람을 해치울 위인이라는 것을 아는 것이다.

여자가 음침한 목소리로 말했다.

"이 방에서는 안 돼, 그리프. 우리가 살고 있었다는 걸 다들 알잖아. 자폭이나 다름없는 짓이야."

남자가 태연스레 말했다.

"아니, 말뜻을 오해한 모양인데. 쓱싹쓱싹 해치우자는 얘기가 아니었어."

그는 창가로 다가가더니 솜씨가 좋아서 뚝딱 하면 집안을 고치는 남자인 양 창문을 조심스럽게 올렸다. 맞은편의 아무것도 없는 벽돌 건물 위로 불빛이 한 조각 비추었다. 그는 밖으로 고개를 살짝 내밀고 밑을 내려다보았다. 그런 다음 여자를 돌아보며 나지막이 중얼거렸다.

"4층이면 충분하겠지."

그는 한 손으로 창문을 가리켰다.

"셋이 여기서 술을 마시는 도중에 저 여자가 답답하다며 창문을 열려고 했는데 뻑뻑해서……. 그런 사고가 얼마나 많겠어?"

브리키의 심장이 가슴속에서 지글거렸다.

"맞아. 하지만 그러고 나면 늘 후속 수사가 뒤따르잖아. 이번에
는 그런 방법으로는 안 돼, 그리프. 몇 시간 동안 붙잡혀서 경찰이
퍼붓는 온갖 질문에 대답해야 할 텐데, 경찰이 원래 쓸데없는 부분
까지 파고들기 십상이잖아. 어, 어, 하는 새 '다른 사건'까지 파헤
쳐질 거야."

여자가 두 사람만 아는 눈빛으로 남자를 쳐다보았는데, 브리키
까지 그 눈빛에 담긴 의미가 무엇인지 알 수 있었다.

"그럼 어떡해? 그냥 여기 두고 가려고?"

남자가 으르렁거렸다.

브리스틀은 머리를 벅벅 긁었다.

"당신 때문에 엉망진창이 됐잖아."

그녀가 투덜거리며 우는소리를 했다.

"도대체 왜 그런 짓을……."

"입다물어."

남자가 냉혹하게 말을 잘랐다.

"그리프, 이 여자는 이미 알고 있어. 안 그러면 뭐하러 여기까
지 찾아왔겠어?"

"각본대로 당신이 애초에 제대로 처리했었어야지."

"길길이 날뛰니 감당할 수가 있어야 말이지. 문을 열고 당신을

불러들였던 건 겁을 줘서 그레이브스를 정신 차리게 만들려던 거였어. 아예 황천길로 보내라는 게 아니라."

"그런 식으로 잡고 놓질 않는데 어쩌라고? 그냥 내주라고? 당신도 봤잖아. 나는 자기방어 차원에서 방아쇠를 당긴 거였어. 아무튼 이제 와서 왈가왈부하면 뭐해? 당신이 일을 잡치는 바람에 이미 엎질러진 물이 됐는데. 지금은 이년을 어떻게 처리하면 좋을지 고민해야 할 때야. 아무리 생각해도 가장 좋은 방법은……."

"안 돼. 내 말 들어, 그리프. 안 된다고! 그건 가장 좋은 방법이 아니라 가장 멍청한 방법이야. 우리가 떠난 뒤에 경찰에 가서 지껄이든 말든 마음대로 하라 그래. 증거가 이 여자 증언밖에 없잖아. 이 여자도 그 집에 갔었다잖아. 그러니까 얼마든지 범행을 저지를 수 있었다고. 얼른 여길 빠져나갈 궁리나……."

남자는 저편에 달린 벽장문을 열고 안을 들여다보았다.

"여기다 집어넣고 열쇠를 버리면 어떨까? 뒤쪽이 건물 외벽이라 아무리 소리를 질러도 사람들이 못 들을 텐데. 시간을 충분히 벌 수 있잖아. 며칠 뒤에야 사람들이 문을 열어볼 테니까……."

그들은 다리를 질질 끌어가며 그녀를 벽장 쪽으로 날랐다. 그런 다음 방충 가공된 양복 커버라도 되는 듯이 안으로 처박았다.

남자가 말했다.

"어디다 거는 게 좋겠다. 안 그러면 몸으로 부딪쳐서 문을 열 수도 있잖아."

그는 시트를 찢어 교수용 밧줄 비슷한 걸 만들더니 브리키의 양쪽 겨드랑이 밑을 지나가게 해서는 뒤에 달린 옷걸이에 동여맸다. 그녀는 바닥을 딛고 똑바로 섰지만, 앞으로 움직일 수가 없었다.

여자가 말했다.

"여기서 숨은 쉴 수 있을까? 찾는 데 시간이 좀 걸리면……."

그는 심드렁하게 말했다.

"글쎄? 직접 겪어보면 알겠지."

벽장문이 닫혔다. 갑작스레 쏟아진 어둠이 모든 걸 덮었다. 그들이 문을 잠그고 열쇠를 뺐다. 나중에 호텔 밖 어딘가에 열쇠를 버리겠지. 마지막으로 떠날 준비를 하면서 그들이 나누는 대화가 벽장 안까지 들렸다.

남자가 물었다.

"가방 챙겼어?"

"데스크 직원은 어쩌지? 저 여자가 올라오는 걸 봤을 텐데."

"내가 간단하게 처리할게. 오늘 오후에 사놓은 호밀 위스키 어디 갔어? 작별 인사 삼아 한 모금 줘야지. 시도 때도 없이 우편함 뒤에 숨어서 홀짝이잖아. 그 인간이 거기서 한 모금 하는 동안 당신이 슬쩍 빠져나가서 저 여자랑 같이 있는 척 떠들든지 하면 돼."

"엘리베이터 운전하는 깜둥이는?"

"계단으로 가면 되지. 엘리베이터 기다리다 지쳐서 걸어 내려간 적 숱하게 많잖아. 버튼이 고장나서 아무리 눌러도 그가 벨 소리를 못 들은 거야. 가자고. 준비 다 됐지?"

"요금 청구서가 없네. 방값을 처리해야 나갈 수 있을 텐데. 어디다 흘렸나 봐……."

"안 찾아도 돼. 가자. 데스크 직원한테 청구서를 하나 더 달라고 하지 뭐……."

방문이 닫혔고, 그들은 사라졌다.

퀸은 택시를 타고 세 번째이자 마지막 약속 장소로 건너가다가, 왜 이렇게 복잡하게 오라 가라 하는지 알 것 같다는 생각을 했다. 덫에 걸려들지 않겠다는 홈스의 작전이었던 것이다. 그는 일단 퀸을 두 번째 장소로 불러내 어딘가에 숨어서 동태를 살폈다. 퀸이 혼자 나온 것 같기는 하지만 확실하지는 않다 싶자 만남의 장소를 한 번 더 옮겼다. 그래야 먼저 도착해 있던 그가 안전한 장소에서 주도권을 확보할 수 있었다. 퀸이 공범을 대동하면 사냥감의 시야에 훤히 드러날 것이다.

장소를 옮기는 데 칠 분 내지는 팔 분밖에 안 걸렸다. 오언스는 이십 년 전 무허가 술집의 분위기를 물씬 풍기는 곳이었다. 갈색 석조 건물 1층이고 들어가면 지하로 연결됐다. 네온사인이 달려 있었지만 법적으로 허용되는 영업시간을 훌쩍 넘긴 뒤라 꺼져 있었다. 손님들도 대부분 가고 없었다. 그래도 그는 택시에서 내려 안으로 들어갔다.

어떤 남자가 정면을 보며 칸막이 자리에 혼자 앉아 있었다. 머리카락이 희끗희끗했지만 정수리는 아직 까맸다. 테가 없는 안경을 쓰고 있어서 진중해 보였다. 새벽 5시에 식당에 혼자 앉아 있는 사람치고 너무 진중해 보였다. 집에서 스탠드를 켠 채 11시까지 읽어야 하는 서류를 앞에 두고 꾸벅꾸벅 조는 장면이 더 어울릴 듯했다. 연한 회색 양복을 입었고, 탁자 위쪽 벽에 박힌 고리에 연한 회색 모자가 걸려 있었다. 하이볼잔을 한 손으로 감싸고 있었는데, 맞은편 자리에 임자 없는 하이볼잔이 놓여 있었다.

퀸이 들어서자 남자가 가만히 한 손가락을 들었다가 다시 내려놓았다.

퀸은 그 자리로 가서 남자를 내려다보았다. 그는 퀸을 올려다보았다.

말없이 서로 바라보기만 하는, 신기한 정지의 순간이었다. 두 사람 간의 거리를 감안했을 때 기괴한 장면이었다.

남자가 먼저 입을 열었다.

"당신이 퀸 씨로군."

"맞습니다. 홈스 씨죠?"

"택시비가 얼마 나왔소?"

"육십 센트요."

"여기."

남자가 손에 쥐고 있던 동전들을 탁자에 쏟았다. 동전이 아니라 무슨 액체 같았다.

퀸은 나갔다 다시 들어왔다. 남자는 꼼짝 않고 같은 자리에 앉아 있었다. 퀸은 좀 전처럼 탁자 근처에서 다시 걸음을 멈추었다.

홈스가 맞은편의 딱딱한 자리를 손으로 대충 가리켰다.

"앉으시오."

퀸은 벽과 멀찌감치 떨어진 바깥쪽으로 조심스럽게 앉았다.

두 사람은 다시 서로를 쳐다보았다. 이십 대 초반의 젊은 남자와 사십 대 후반이나 오십 대 초반의 남자. 홈스가 더 나이가 많고 노련했다. 누가 봐도 한눈에 알 수 있었다. 홈스에게 불리할 수밖에 없는 상황에서조차 주도권이 홈스에게 있었다. 퀸이 아무리 정의의 편이라도 경험 부족은 어쩔 수 없었다.

홈스가 말했다.

"술 주문해놨소. 여기는 미리 주문을 해야 있을 수 있어서. 영업시간이 끝났거든."

퀸은 '설마 이 안에다 뭘 넣진 않았겠지?' 하는 생각이 들었지만 그냥 흘려보냈다. 그건 1910년대 수법이었다. 심각하게 고민할 필요 없는 일이었다.

홈스는 퀸의 생각을 읽은 듯했다.

"내 걸 마시든가. 아직 입도 안 댔으니까."

홈스는 퀸 앞에 놓여 있던 잔을 가져가 입에 대고 크게 한 모금 들이켰다.

"그러죠."

퀸은 빈정거리는 투로 말했다.

그는 슬쩍 상대방을 훑어보며 생각했다. '이런 데서는 협박을 할 수 없겠는데? 아무것도 할 수가 없겠어. 저 사람한테 장소 선택권을 넘기는 게 아니었는데.'

이번에도 홈스가 생각을 읽은 듯했다.

"내 차로 가서 이야기하겠소?"

"차를 몰고 오신 줄 몰랐네요. 그럼 애초에 저를 태워주시지 그랬어요. 왔다 갔다 사람 힘 빼지 말고."

"당신을 파악하느라 그런 거요. 어떤 사람인지 알 수가 없었으니까."

지금도 모르긴 마찬가지 아닌가? 퀸은 삐딱하게 생각했다.

홈스가 잔을 끝까지 비우고 자리에서 일어나 고리에 걸어 놓았던 연한 회색 모자를 집어서 썼다. 동틀 무렵 협박범을 만난 자리가 아니라 사업차 점심을 먹고 나서는 듯 동작이 조심스럽고 꼼꼼하기 그지없었다. 모자를 쓰자 진중함이 떨어져 보였지만 아주 조금에 불과했다. 여전히 어딜 보나 품위 있고 진지하고 당당한 사업가였다. 홈스는 보이지 않는 칼자루를 쥐고 입구 쪽으로 발걸음을 옮겼다.

퀸도 술은 입에 대지도 않고 자리에서 일어나 그를 뒤따라갔다. 그러다 흘끗 돌아보았다. 앞날을 대비해서 마셔두는 게 좋지 않을까? 속이 좀 허전한데. 그는 다시 탁자로 돌아가 두세 모금 만에 잔을 비우고 홈스를 따라 나갔다. 벌써부터 기운이 났다. 앞으로 펼쳐질 상황에 보다 능숙하게 대처할 수 있을 것 같았다.

몇 건물 옆에 세워진 차 옆에서 홈스가 기다리고 있었다.

"닦달하려고 서 있던 건 아니올시다."

그가 점잖게 말하면서 타라고 손짓했다.

퀸은 그가 옆자리로 올라타 시동을 걸 때까지 기다렸다가 무뚝뚝하게 물었다.

"어디로 가려고요?"

"그냥 이 근처를 한 바퀴 돌까 싶소. 지금 이 시각에 길가에 차를 세워 놓고 앉아 있으면 괜히 경찰이 들여다볼 테니까."

"그럼 안 됩니까?"

퀸이 퉁명스럽게 물었다.

홈스는 정중하게 되물었다.

"글쎄, 당신이 보기에는 어떻소?"

"내가 먼저 물었는데요."

퀸이 말했다.

홈스는 그 위에 뭔가 재미있는 물건이라도 있는 것처럼 범퍼 앞쪽으로 보이는 아스팔트를 바라보며 빙긋 웃었다. 하지만 그 위에는 아무것도 없었다. 그냥 평범한 아스팔트에 불과했다.

차가 서쪽으로 꾸물꾸물 움직였다. 51가가 서쪽으로 가는 일방통행로였으니 당연한 선택이었다. 둘 다 아무 말도 하지 않았다. 퀸은 생각했다. 먼저 말을 꺼낼 때까지 기다려야지. 내가 나설 필요 없잖아? 저쪽에서 조만간 말을 꺼내겠지. 몸이 단 쪽은 저 사람이야. 내가 그를 철창에 가두고 처형시킬 열쇠를 쥐고 있으니까. 아마도. 홈스는 무슨 생각을 하고 있는지 몰라도 표정으로 드러내지 않았다.

홈스는 북쪽으로 차를 꺾어 6번가로 들어섰다. 그 길을 따라가다 동쪽으로 방향을 돌려 짝수 번지가 이어지는 길로 들어섰다. 막판에 갑자기 핸들을 돌린 것을 보면 즉흥적인 선택이었다. 1번가까지 건너가서 다시 북쪽으로 조금 더 달렸다. 마침내 홈스가 결정을 내렸는지 이스트리버 드라이브 밑을 지나가는 비탈길로 접어들어 방벽도 없는 강가에 차를 세웠다. 투명하게 일렁이는 시커먼 강물 바로 옆에 건설된 부잔교 아니면 계류장 같은 곳이었다.

홈스는 앞 타이어가 그 주변에 깔린 연석에 부딪힌 다음에서야 차를 세웠다.

퀸은 침묵을 지키며 생각했다. 당신 마음대로는 안 될걸?

홈스는 이제 시동을 끄고 전조등도 껐다.

반짝이는 은빛 물결이 보이지는 않지만 그래도 느껴졌다. 냄새가 났고 가끔 소리도 들렸다. 갓난아이처럼 어쩌다 한 번씩 까르륵거렸다.

퀸이 물었다.

"강가에 바짝 대셨네요?"

"그래도 바퀴가 돌로 막혀 있으니까. 불안하오?"

퀸은 딱 잘라 대답했다.

"그럴 리가요. 불안할 이유가 없잖습니까."

홈스가 고개를 살짝 옆으로 돌렸다.

"시계는 봐서 뭐하시게요?"

"오언스에서 만난 지 얼마나 됐는지 확인하고 싶어서 그러는 거요."

"이십 분 지났죠. 지금쯤이면 이야기가 끝났어야 하는데."

"금방 끝날 거요. 수표는 가지고 왔소? 얼마를 생각하고 있소?"

느낌이 영 이상한데? 퀸은 생각했다. 내가 대처를 잘못하고 있어. 이건 아닌데. 어쩌다 홈스가 주도권을 쥐었지? 어느 시점부터 그랬지?

퀸은 콧잔등을 세게 꼬집었다.

홈스는 몸을 앞으로 숙이고, 대시보드 불빛에 비춰가며 뭔가를 부스럭거렸다.

"여기 이백 달러. 이제 수표를 주시오."

퀸은 아무 대꾸도 하지 않았다.

홈스가 고개를 돌리고 그를 쳐다보았다.

"이백오십."

퀸은 아무 대꾸도 하지 않았다.

"얼마를 받고 싶은 거요?"

퀸은 천천히, 나지막이 말했다. 이제 그의 차례가 돌아왔다.

"내가 찾아온 목적이 왜 돈이라고 생각하십니까?"

홈스는 그를 물끄러미 바라만 보았다.

"내가 원하는 건, 당신이 오늘밤에 스티븐 그레이브스를 죽였다는 자필 진술서예요. 진술서를 쓰지 않으면 당신과 수표를 둘 다 경찰에 넘길 겁니다."

홈스는 입을 다물려고 했지만 다시 벌어졌다.

"아니, 이봐요……."

그는 똑같은 말을 몇 번씩 반복했다.

"아니, 이봐요……."

"오늘밤에 그 집에 찾아가지 않았나요, 홈스 씨?"

입술이 굳게 닫혀 이제는 두 번 다시 벌어지지 않았다. 말 한 마디 새어 나올 틈새가 없을 정도로 굳게 닫혔다.

"그레이브스가 거기서 죽었어요. 그리고 당신이 범인이죠. 설마하니 내가 도시 곳곳을 누비는 택시 안에서 수표를 주웠다고 생각한 건 아니겠죠? 내가 수표를 어디서 발견했을까요? 대자로 뻗은 스티븐 그레이브스의 시신 옆에서 발견했다 이겁니다!"

"거짓말. 잘 알지도 못하면서 되는대로 넘겨짚지 마시오."

"나도 그 집에 갔었거든요."

"그 집에 갔었다고? 거짓말."

"당신과 그레이브스는 2층 뒤편에 있는 서재의 가죽 의자에 서로 마주보고 앉았죠. 그는 당신한테는 권하지 않고 혼자 술을 마셨어요. 시가도 혼자 피웠고요. 당신은 잘근잘근 씹어가며 당신이 들고 간 시가를 피웠죠. 무슨 시가였는지, 그것까지 얘기할까요? 코로나. 당신이 어떤 옷을 입었는지, 그것까지 얘기할까요? 갈색 양복. 지금은 회색 양복으로 갈아입고 나왔지만, 좀 전에는 갈색 양복을 입고 있었죠. 왼쪽 소매를 보면 단추가 반쯤 떨어져나갔을 거예요. 그 손, 그렇게 움찔거려봐야 소용없어요. 그래요. 지금 입은 양복 소매나 더듬어보세요, 뭐. 그런데 거짓말이라고요? 이제는 내가 그 집에 갔었다는 걸 믿겠어요? 내가 그의 시체를 보았다는 걸, 당신이 범인인 줄 알고 있다는 걸 믿겠어요?"

홈스는 아무 대꾸도 하지 않고 다시 고개를 돌렸다.

"시계 쳐다봐도 소용없어요. 시계가 당신을 살릴 수는 없을 테니까."

홈스는 시계를 치우고 마침내 입을 열었다.

"살릴 수 있고말고. 자네 아직 젊지? 이것참, 안타까울 지경이로군. 전화상으로는 이렇게 어린 줄 몰랐는데."

퀸은 눈을 깜빡였다.

"눈이 잘 안 보이지? 대시보드 불빛이 흐릿하게 보이지 않나? 커다란 비눗방울처럼. 바로 그거야."

"바로 그거라니?"

"자네가 말이 너무 많았어. 죽음을 자초할 정도로. 계속 입다물고 있었다면 택시에서 수표를 주웠다는 말을 믿었을 텐데. 자네는 이 차에서 잠이 들었을 텐데. 그러고 나서 몇 시간 뒤 여기 이 강변에서 눈을 떴을 텐데. 수표만 사라지고 다른 데는 다친 데 없이. 주머니에 십 달러의 위로금이 들어 있었을 수도 있고. 머리가 무겁지? 너무 무거워서 들고 있기가 버겁지? 돌덩이 같아서 자꾸 떨어질 거야."

퀸은 퍼뜩 고개를 들었다.

홈스는 잘난 척 살짝 미소를 지었다.

"자네 술을 마셨더라면 이런 일은 없었을 텐데. 아무 이상 없었을 텐데. 자네가 미심쩍어하기는 했지만, 그 정도로는 부족했어. 술잔을 잘못 택했어. 내 잔을 택하다니. 나는 체스 선수야. 자네는 아니고. 상대방이 움직이기도 전에 수를 읽어내는 게 체스의 핵심이지."

홈스는 말을 멈추고 퀸을 잠깐 더 지켜보았다.

"넥타이가 답답하게 느껴지지? 그래, 풀어버려. 셔츠 단추도 풀고. 그래. 그래도 별로 도움이 안 되지? 계속 똑같지? 자네는 이제 잠이 들 거야. 이 차 안에서. 그리고 강물 속으로 가라앉을 거야. 아무 증거도 없이. 수표는 내가 챙길 테니 걱정 마. 자네가 들고 왔을 테니 찾을 수 있겠지. 설마하니 다른 데 두고 돈을 받으러 왔을까. 신발 속에 숨겼겠지. 자네 같은 젊은 친구들은 그런 데 숨기면 제격이라고 생각하거든."

쿤은 옷과 좌석을 한데 꿰맨 바늘땀을 잡아 뜯는 것처럼 몸을 일으키고, 앞으로 고꾸라지며 문손잡이를 움켜쥐었다. 홈스가 한 팔로 그의 배를 안고 묵직한 마댓자루를 옮기듯 다시 좌석에 앉혔다.

"나가서 뭐하게? 나가더라도 제대로 서 있지 못할 텐데. 땅바닥으로 고꾸라질 거야."

쿤은 들어올리려는 듯 한쪽 다리를 몇 번 구부렸다.

홈스는 손잡이를 돌려 그쪽 창문을 내렸다.

"창문을 차서 부수려고? 그럴 만한 힘이 없을 텐데……."

그는 얼른 고개를 돌려 사방으로 도리깨질하는 쿤의 한쪽 손을 붙잡았다.

"그게 뭔가? 식당에서 쓰는 칼인가? 그걸로 뭐하게? 이렇게 쉽게 뺏길 거면서. 자네는 지금 잠이 쏟아져서 정신없다니까."

그는 열린 창문 너머로 칼을 던졌다.

"풍덩하는 소리 들었지? 저 앞에 보이는 까만 선이 강이야. 이 차 바로 앞으로 강물이 흐르고 있단 말이지."

그는 한쪽 문짝을 팔로 짚고 좌석 안에 쿤을 가둔 채 침착하게 기다렸다. 하릴없는 흐느낌 비슷한 게 퀸의 몸속 깊은 곳에서 웅얼웅얼 올라왔다.

"이제는 꼼짝 못하겠지? 그래, 벌레 쫓는 것처럼 손을 느릿느릿 움직여봐. 지금 할 수 있는 게 그것뿐일 테니까. 조금 있으면 그조차도 못 해. 이제 눈이 감긴다. 감긴다…… 감긴다…… 감긴다."

한 가지 소득은 있었네. 퀸은 몽롱한 정신으로 생각했다. 내가 제대로 찾았다는 거. 하지만 너무 늦은 건 아닐지…….

"무사히 빠져나가지는 못할 거요, 선생."

그는 끝내 고개를 떨구며 졸린 목소리로 중얼거렸다.

"브리키가 있거든. 아는 사람이 나 혼자가 아니라 둘이야……."

브리키는 몸이 묶인 채 속수무책으로 어둠 속에 서 있었다. 이제 버스는 탈 수 없었다. 가엾은 퀸은 그 집에서 죽은 사람을 벗삼아 대낮까지 그녀를 기다릴 것이다. 그러다 우연히 들른 누군가가 경보를 울려 경찰에 체포될 것이다. 그러면 끝일 것이다. 그는 절대 결백을 입증할 수 없을 것이다. 브리스틀과 공범은 퀸이 부순 벽 속의 금고처럼 수상한 흔적을 남기지 않았다. 여기서 살아 나가야 가능한 이야기였지만, 나중에 그녀가 모든 수단을 동원해 혐의를 제기해도 소용없을 것이다. 그녀는 그가 맨 처음 그 집에 들어갔을 때 옆에서 지켜보지 않았다. 심지어 두 번째로 들어갔을 때도 마찬가지였다. 따라서 그녀의 증언은 아무짝에도 쓸모가 없을 것이다.

소중한 시간이 째깍째깍 흘렀다. 피 같은 일 분, 일 초가 흘렀다. 이제 5시 30분이 다 됐을 것이다. 아무리 늦어도 십 분 안으로 퀸과 함께 버스 터미널로 출발해야 하는데 글러먹었다. 도시가 한 수 위인 걸 진작 알아차렸어야 하는 건데. 도시는 늘 그랬다. 시골 소년과 시골 소녀가 무슨 수로 이 엄청난 상대를 이길 수 있겠는가. 그는 전기의자 신세를 면치 못할 것이다. 그녀는 열의도 없고, 희망도 없고, 심지어 꿈도 없는 댄서로 다람쥐 쳇바퀴 돌듯 살아야 할 것이다.

소중한 시간이 흘러가는 걸 막을 수가 없었다. 흘러간 시간은 돌이킬 수가 없었다.

갑자기 방문이 벌컥 열리면서 누가 들어왔다. 헛된 희망이 번뜩 뇌리를 스쳐지나갔다. 동화처럼, 영화처럼 해피 엔딩으로 끝나는구나! 그 둘은 떠난다는데 나는 안 보이니까 나한테 반한 데스크 직원이 영문을 알아보러 올라온 걸까? 아니면 퀸이 놀라운 육감을 발휘해서…….

치밀어 오르는 분노를 애써 참는 거친 목소리가 들리자 그녀의 희망은 와장창 깨졌다. 브리스틀의 공범 그리프였다. 그들이 돌아온 것이다. 이 자리에서 당장 그녀를 해치우러 온 걸까?

"왜 진작 생각을 못 한 거야, 바보처럼? 왜 그래? 머리는 장식으로 달고 다녀?"

브리스틀이 험악한 투로 대답했다.

"지금 물어볼 거야. 원래 그럴 생각이었는데, 당신이 너무 일찍 뛰쳐나오는 바람에 못 물어봤잖아. 분명히 나를 지목한 이유가 있을 거야. 내 이름과 주소를 마술 모자에서 꺼냈을 리는 없잖아……."

벽장문이 홱 열리자 브리키는 눈부신 불빛 때문에 잠시 앞을 볼 수 없었다. 꼭 묶고 있던 끈이 느슨해지는 게 느껴졌다. 그녀는 다시 두 사람 사이로 끌려 나왔다. 재갈 역할을 했던 수건도 밑으로 내려져서 이제는 말을 할 수 있었다.

조앤 브리스틀이 브리키의 입술에 대고 협박조로 손등을 들이댔다. 여차하면 바로 휘둘러 입술을 터뜨릴 기세였다.

"소리질렀다가는 이가 나갈 줄 알아."

그녀는 소리를 지르고 싶더라도 지를 수가 없었다. 숨을 헐떡이며, 그녀를 붙잡고 있는 남자에게 기대 축 늘어지는 것 말고는 아무것도 할 수가 없었다.

브리스틀은 손을 들어 머리카락을 정수리까지 쓸어넘기고 꼿꼿하게 고개를 들었다.

"이제 이리저리 말 돌릴 생각하지 마. 내가 알고 싶은 건 이거야. 그레이브스 씨 집에서 뭘 보고 날 찾아 나섰느냐는 거. 내가 그와 아는 사이고, 어디 가면 나를 만날 수 있는지 어떻게 알았지? 사실대로 털어놓을 때까지 본때를 보여줄 거야. 제대로 보여줄 거야."

브리키는 웅얼거리는 목소리로나마 망설임 없이 대답했다.

"객실 요금 청구서를 거기 떨어뜨렸더라고. 시체 옆에 있었어."

손이 날아가자 그 엄청난 충격에 물이 가득 든 종이봉투가 3층에서 떨어져 터지는 듯한 소리가 났다. 브리스틀이 브리키를 향해 날린 게 아니었다. 그리프라는 한패가 브리스틀을 향해 날린 것이었다. 브리키는 그들이 한데 뒤섞여 있던 자리에서 대여섯 걸음 뒤로 비틀거렸다.

남자가 빽 하고 소리를 질렀다.

"야, 너! 네가 그런 짓 저지를 줄 알았다! 차라리 조끼 주머니에다 명함을 놓고 오지! 머리끝에서 발끝까지 맞아야 정신 차릴래?"

"거짓말이야!"

브리스틀이 날카롭게 외쳤다. 한쪽 뺨이 손바닥 모양으로 서서히 빨개졌다.

"여기로 돌아왔을 때 핸드백 안에 들어 있는 걸 분명 봤다고!"

"꺼내서 그 자식한테 보여줬어? 대답해! 꺼내서 보여줬냐고. 예스야, 노야?"

"응, 보여줬어. 미…… 밑밥 차원에서 내가 얼마나 쪼들리는지 알리려고. 맨 처음에 보여준 거야. 그 인간이 세게 나오기 전에. 하지만 다시 넣었어, 분명히! 그리프! 여기까지 들고 왔다고."

브리키는 보아 뱀처럼 죄고 있는 남자에게 안긴 채 고개를 저었다.

"거기 떨어져 있었다니까. 십칠 달러 팔십구 센트라고 적혀 있던데? 보라색으로 '연체'라고 찍혀 있었고. 심지어 객실 번호까지 있었어."

남자를 그녀를 붙잡고 미친듯이 흔들었다.

"갖고 왔나? 어쨌어? 그거 지금 어디 있어?"

"그 자리에 두고 왔지. 뭐든 건드리면 안 될 것 같아서. 내가 본 상태 그대로 두고 나왔어."

손찌검의 얼얼함이 조금 가셨는지 브리스틀이 다시 다가왔다.

"믿지 마. 갖고 왔을 거야. 있는지 뒤져보자."

"네가 해. 여자인 네가 어디 숨겼을지 알 거 아냐. 내가 붙잡고 있을게."

브리스틀이 양손으로 잽싸게 구석구석 뒤졌지만, 아슬아슬하게 비껴갔다. 브리키의 양쪽 발목이 워낙 단단하게 묶여 있었다. 그녀는 그 자세를 계속 유지했다. 청구서는 스타킹 밴드 안쪽 부분에 들어 있었다. 브리스틀은 스타킹 안으로 손가락을 넣고 바깥 부분만 훑었다.

"없네."

"그럼 다시 가서 찾아와야지! 결정적인 증거인데 거기 놔둘 수 없잖아. 이 멍청이, 목을 확 꺾어버릴까 보다!"

브리스틀은 협박을 한 귀로 듣고 한 귀로 흘리며 열심히 뭔가를 생각하더니 숨을 죽이고 속사포처럼 내뱉었다.

"잠깐. 좋은 수가 생각났어, 그리프. 이 여자를 데리고 가서 그 작자 옆에 두고 오자. 이 여자가 범인인 것처럼 보이게 현장을 꾸미고. 무슨 뜻인지 알겠지?"

그녀가 브리키를 향해 고개를 홱 틀었다.

"장소를 옮겨서 아까 계획했던 걸 실천에 옮기는 거야. 경찰에 이중 부담을 안기는 거지. 그러면 혐의를 벗을 수 있어. 우리하고는 상관없는 사건이 된다고" 하는 의미가 담긴 동작이었다.

남자는 냉정한 눈빛으로 잠깐 고민에 잠겼다.

"그 방법밖에 없어, 그리프. 거기서 처치하면 이 여자가 우릴 찾아왔던 것까지 지울 수 있잖아."

남자가 점점 더 빠른 속도로 고개를 끄덕였다. 그러더니 끄덕임을 멈추고(멈추는 속도도 빨랐다) 퍼뜩 행동을 개시했다.

"좋았어. 프런트 데스크를 무사히 통과할 수 있게 준비하자고. 이 여자가 술이 떡이 되도록 취해서 당신이 부축하는 거야. 좀 전에 말한 방법을 동원해서 내가 데스크 직원을 따돌릴게. 우리는 집까지 바래다주러 나선 길이야. 손은 그대로 두고 걸을 수 있게 발만 풀어."

그녀는 묶여 있는 동안 다리가 마비되어 끈을 풀어도 처음에는 걷지 못했다.

브리스틀이 자기 재킷을 집어, 뒤로 묶인 팔이 안 보이게 브리키의 어깨에 둘렀다. 재킷을 어깨에 걸치는 건 런던에서 건너온 최신 유행이었기 때문에 부자연스럽게 보이지 않았다.

남자가 말했다.

"턱에 두른 수건 빼. 빼야 해. 자, 이걸 써."

그가 뒷주머니에서 뭔가를 꺼내 브리스틀에게 건넸다. 까맣고 반짝이는 물건이었다. 그레이브스에게 쓴 무기일 것이다.

브리스틀이 재킷 안으로 총을 넣어 브리키의 등에 대고 세게 눌렀다. 끝이 뭉툭하고 방아쇠가 달린 바늘로 척수에 마취제를 투여하기라도 하듯 깊게 눌렀다.

"이제 여기서 기다려. 내가 먼저 내려가서 차 꺼내고 데스크 직원을 처리할 테니까. 차고까지 두 블록이니까 십 분 있다 나와. 계단으로 내려오는 게 좋을 거야."

그가 문을 닫고 나가자 여자 둘이 남았다.

두 여자는 말을 섞지 않았다. 한 마디도 섞지 않았다. 브리스틀의 손이 있는 중간 부분이 천막처럼 불룩 솟은 재킷을 사이에 두고 이상하리만치 뻣뻣하게, 앞뒤로 나란히 서 있기만 했다.

브리키는 생각했다. 내가 총구를 피해서 옆으로 휙 움직이면 이 여자가 쏠까? 그녀는 시험해보지 않았다. 두려워서 그런 게 아니라 소원을 성취할 수 있었기 때문이었다. 혼자서 이들을 사건 현장으로 데리고 가다니, 특히 남자를 감안했을 때 상상도 못 했던 성과였다. 그러니 서두를 필요가 없었다. 그곳이 여기보다 나았다. 물론 이런 기회가 그곳에서는 다시 오지 않을 수도 있었다. 하지만 굳이 여기서 서두를 필요가 없었다. 퀸이라는 최후의 보루가 있지 않은가.

브리스틀이 살짝 움직이며 드디어 입을 열었다.

"이 정도 기다렸으면 됐어. 문 쪽으로 걷기 시작해. 마지막으로 경고하겠는데, 계단이나 로비나 밖으로 나가서 차까지 걸어가는 동안 찍소리라도 내면 곧바로 총알이 날아갈 줄 알아. 농담이라고 생각하지 마. 내 평생 농담이라고는 해본 적이 없으니까. 유머 감각을 타고나질 못했거든."

브리키는 아무 대꾸도 하지 않았다. 정말로 그랬을지 몰라. 그녀는 생각했다. 늘 그러면 사는 게 얼마나 지옥 같을까. 세상에 앙심을 품은 위험한 인물로 지내면.

그들은 밖으로 나가 퀴퀴한 냄새가 나는 복도를 따라 걸었다. 어느 방을 몇 걸음 지났을 때 안에서 자명종이 울리는 소리가 조그맣게 들리자 마치 총을 전도체 삼아 전류가 흐르듯 한쪽에서 다른 쪽으로 충격이 전파됐다.

브리키의 뒤에서 브리스틀이 한숨을 터뜨리는 소리가 들렸다. 돌발적이고 상관없는 사건 때문에 하마터면 총이 발사될 뻔했다는 것을, 굳이 설명을 듣지 않아도 알 수 있었다.

그들은 짙은 빨간색 비상등이 켜진 곳에서 방향을 틀어 경첩이 달린 방화문을 열고 비상계단을 내려갔다. 로비 불빛이 아래쪽을 어렴풋이 밝히고 있었다. 한참 거리가 있는데도 탁 트인 공간을 쩌렁쩌렁 울리는 그리프의 목소리가 벌써부터 들렸다.

"한 모금 더 마셔요. 자, 자, 걱정 말고. 술이 마시라고 있는 거 아니오."

"잠깐."

브리스틀이 뒤에서 긴장한 목소리로 속삭이더니 계단 마지막 단에서 그녀를 붙잡아 세웠다. L 자 모양 모퉁이를 돌아 나가야 하기 때문에 그 자리에서는 프런트 데스크가 보이지 않았다. 하지만 데스크 정면을 지나야 밖으로 나갈 수 있었다.

누가 캑캑 기침을 터뜨렸고, 다시 그리프의 목소리가 들렸다.

"천천히, 천천히. 한 병을 다 마시면 되겠어요?"

"다시 걸어."

브리스틀이 나지막이 쏘아붙이며 총으로 떠밀었다. 총이 브리키를 조종하는 핸들이라도 되는 것 같았다.

그리프가 양팔로 프런트 데스크를 짚고 안쪽으로 한껏 몸을 내민 채 서 있었다. 그의 앞쪽에 줄줄이 달린 우편함에 가려, 프런트 안에서는 밖이 보이지 않았다.

머리는 둘에 다리는 넷이고 등에는 이상하게 혹이 난 생명체가, 두 여자, 아니 두 여자와 권총 한 자루로 이루어진 조합이 잽싸게 그 앞을 미끄러지듯 지나갔다. 그리프는 고개를 돌리지 않았고 그들의 존재를 알아차리지도 못한 척했지만, 한 손을 등뒤로 돌려 출입문 쪽으로 계속 흔들었다. 그래서 짧고 뭉툭하며 우스꽝스럽게 생긴 꼬리가 달린 것처럼 보였다.

남자가 합류했을 때 그들은 이미 차에 앉아 있었다. 브리스틀은 호텔 입구에서 멀찍이 세워둔 차의 뒷좌석에 브리키를 태우고 옆에 앉아서 기다렸다.

남자가 앞자리에 올라탔고, 그때까지도 세 사람은 대화가 없었다. 브리스틀은 좌석에 앉느라 총의 위치를 바꿔 브리키의 옆구리를 겨누었다. 브리키는 반항할 기미 없이 얌전하게 앉아 있었다. 그녀도 아무 일 없이 그 집에 도착하길 바라는 마음이 굴뚝같았다.

온 사방에서 밤하늘에 금이 가기 시작하면서 갈라진 틈새로 고개를 내미는 햇살이 점점 더 늘어났다.

그들은 인정사정없이 달렸다. 마지막 모퉁이만 돌면 70가가 나오는 지점에 이르렀을 때 브리스틀이 그녀를 투명 인간 취급하며 웅얼웅얼 경고했다.

"이제부터 조심해. 미심쩍으면 차 세우지 마."

남자는 모퉁이를 돌아 그 집 앞을 쌩하니 지나쳤다. 마치 그 집과 전혀 상관없는 것처럼, 목적지가 아주 먼 곳에 있는 것처럼.

집은 비밀을 잘 간직하고 있었다. 오랫동안 잘 간직하고 있었다. 안팎으로 인적이 전혀 없었다. 어제 아침 이 시각, 그제 아침 이 시각과 똑같은 모습일 것이다.

세 사람은 집 앞을 지나면서 일제히 집 쪽으로 고개를 돌렸다.

퀸이 돌아왔을까? 저 안에 있을까? 브리키는 드디어 겁이 나기 시작했다.

한참 지났을 때 그리프가 갑자기 핸들을 꺾더니 방향을 돌려 한두 집 정도 후진한 다음 마침내 차를 세웠다. 그래도 여전히 서너

집 정도 거리가 있었다. 그들은 정차한 자리에서 다시 한번 잠깐 주변을 살펴보았다.

아무것도 없었다.

그리프가 입을 다문 채 중얼거렸다.

"잠깐 들어갔다 나와도 아직 괜찮겠어. 자, 들어가자고."

그들은 그녀를 끌어내려 가운데 세우고 길거리에 드리워진 암회색 장막을 헤치며 발길을 재촉했다. 그녀는 심장이 미친듯이 두근거렸다. 그들은 그녀를 끌고 계단을 올라가 현관 이중문 안쪽 공간에 몸을 숨기고 이쪽, 저쪽을 얼른 확인했다. 보는 사람이 아무도 없었다.

"됐다."

조앤 브리스틀이 안도의 한숨을 내쉬었다.

"이 여자가 가지고 있다는 열쇠 어디 있어? 서두르자고."

그들은 브리키를 포위한 채 안으로 들어가 문을 닫았다. 게임은 끝이 났다. 이곳이 종착지였다. 이제 문이 닫혔으니 일 분 일 초가 시급했다. 퀸이 오 분 뒤에 도착한다면 오 분 늦는 셈이었다. 퀸이 도착했을 때 그녀는…… 그레이브스와 똑같은 신세로 변해 있을 것이다. 퀸이 지금 돌아온대도 도움이 안 됐다. 시신의 숫자가 하나가 아니라 둘이 늘어날 따름이었다. 이들은 무기가 있는 반면 퀸은 없었다.

어쩌면…… 어쩌면 그는 영영 돌아오지 않을 수도 있었다. 어쩌면 그도 다른 데서 그녀와 똑같은 일을 겪었을지 모른다.

집안의 어둠이 여느 때 못지않게 짙었다. 맨 처음 들어왔을 때 브리키가 퀸에게 했던 것처럼 브리스틀이 그리프에게 주의를 주었다. 그때가 몇 년 전의 일처럼 느껴졌다.

"아직은 불 켜지 마. 2층으로 올라갈 때까지."

적어도 브리키와 퀸은 어둠을 틈타 잠입한 살인범이 아니라 과오를 바로잡고 새 출발을 하려 했던 청춘 남녀였지만.

그리프가 성냥을 켜고 두 손으로 감싸 주황색 핀 끝처럼 작게 만들었다. 그가 성냥불을 들고 앞장섰다. 브리키는 터벅터벅 뒤를 따라갔다. 여전히 어깨 위에 재킷이 걸쳐져 있었고, 여전히 총구가 등에 딱 달라붙어 있었다. 브리스틀이 제일 끝에서 따라왔다. 정적이 압도적으로 그들을 내리눌렀고, 브리키에겐 그 안에서 고압의 전류가 흐르는 것처럼 느껴졌다. 사방이 정전기로 가득해서 발걸음을 옮길 때마다 탁탁 불꽃이 튈 듯했다.

퀸이 불을 끄고 방안에서 기다리고 있으면 어쩐다? 소리를 듣고 달려나와 "브리키, 당신이에요?" 하고 물으면 어쩐다? 그녀 때문에 죽을 수도 있었다. 퀸이 위에 없다면 그녀가 죽겠지만. 둘 중 하나를 고르라면 후자가 나았다. 그런데 이러나저러나 무슨 상관일까? 이미 늦은 것을. 버스가 떠난 것을. 진정한 승자는 도시였다. 늘 그렇듯이.

죽음의 방으로 향하는, 아무것도 없이 시커면 입구가 성냥불빛에 비쳐 눈앞에 등장했다. 그리프가 성냥을 불어서 끄자 잠깐 아무 것도 보이지 않았다. 잠시 후 그리프가 방에 불을 켜고 시신이 있는 곳으로 브리키를 떠밀었다. 도와줄 퀸이 없는 텅 빈 방으로 떠밀었다.

그리프가 말했다.

"좋았어. 자, 이제 얼른 처치하자. 후딱 해치우고 총알처럼 튀어나가야지!"

브리스틀이 방바닥을 훑어보더니 사나운 눈빛으로 브리키를 돌아보았다.

"청구서가 어디 있다는 거야? 안 보이잖아. 어디서 봤다고?"

그녀는 이제 브리키의 등을 겨누지는 않았지만, 그래도 총을 들고 있었다.

"그 사람 바로 옆에서 봤다고 했지."

브리키는 심드렁하게 대답했다. 그러고는 덧붙였다.

"너희들은 내 말을 믿었고."

"그럼 너……!"

브리스틀이 꽥 비명을 지르고 공범 쪽으로 고개를 돌렸다.

"거봐, 내가 뭐랬어!"

남자의 손바닥이 브리키의 얼굴을 내리쳤다.

"그럼 어디 있어?"

브리키는 옆으로 휘청거렸다가 다시 몸을 똑바로 세우고 삭막

한 미소를 지었다.

"그건 네가 해결해야 할 숙제야."

남자의 목소리가 갑자기 차분해졌다. 살인범의 차분한 목소리로 변했다. 그는 살인을 생각할 때 항상 제일 차분해지는 듯했다. 그리프가 브리스틀에게 말했다.

"이리 줘. 내가 처리할게."

총이 그에게로 건네졌다.

"옆에 있지 말고 비켜."

갑자기 브리키는 혼자가 됐다.

남자가 점점 다가왔다. 바로 앞에서 쏠 생각인 듯했다. 나중에 자살의 가능성이 제기될 수 있게.

그가 다가오기까지 몇 초밖에 안 걸렸을 텐데, 느낌상으로는 몇 시간은 되는 듯했다. 그녀는 이제 죽을 것이다. 어쩌면 그편이 나을지 모른다. 이제는 늦어서 버스를 탈 수 없으니까, 고향으로 내려가는 버스를 탈 수 없으니까. 지금 몇 시일까…….

그것이 브리키가 마지막으로 본 장면이었다. 그녀는 그것을 끝으로 총살대 앞에 선 포로처럼 눈을 감고 기다렸다.

그러다 우레와 같은 총성에 눈을 번쩍 다시 떴다. 이런 굉음은 처음이었다. 유난히 시끄러운 폭발음보다, 바로 앞에서 타이어가 터지는 소리보다 더 컸다. 그런데 왜 아프지 않은 걸까. 죽으면 늘 이렇게 어리둥절하고 귀가 먹먹할까…….

그리프가 일 미터 앞에서 괴상하게 몸을 느릿느릿 틀고 있었다. 정말로 그런 걸까, 그녀의 착시일까? 팔도 너무 많고, 다리도 너무 많고, 다 너무 많게 보이는데…….

권총이 가느다란 연기를 피워 올리며 총구를 위로 향한 채 그리프의 손안에서 요동쳤다. 손 하나가 살이 불룩하게 튀어나올 정도로 세게 그 남자의 손목을 붙잡고 있었다. 팔 하나가 팔꿈치를 브리키 쪽으로 내민 채 그리프의 목을 조르고 있었다. 팔 위로 보이는 얼굴은 피가 쏠려 시뻘겋게 일그러졌다. 그 뒤로 그 못지않게 시뻘겋고, 그 못지않게 일그러진 누군가의 얼굴이 보였다. 하지만 알아보지 못할 정도로 시뻘겋게 일그러진 건 아니었다.

옆집에 사는 평범한 남자아이가 그녀를 위해 싸우고 있었다. 옆집에 사는 평범한 남자아이다운 방식으로 그녀를 위해 싸우고 있었다.

갑자기 쿵 소리와 함께 바닥이 흔들렸다. 브리키의 앞에 서 있던 그리프가 사라졌다. 두 쌍의 팔과 다리와 머리도 모두 사라졌다. 바닥에서 두 남자가 엎치락뒤치락했다.

멀찌감치 물러나 있던 조앤 브리스틀이 벽난로 앞에 있던 장작 받침대를 머리 위로 치켜들고 그녀의 앞을 쌩하니 지나갔다.

브리키는 손이 묶여 있었다. 그래서 팔을 뻗어 브리스틀을 잡을 수 없었다. 하지만 옆집에 사는 평범한 남자아이가 맨손으로 총을 상대할 수 있다면 그녀도 양손 없이 장작 받침대를 상대할 수 있는 법이다.

브리키는 종아리가 바닥에 닿을 정도로 한쪽 다리를 미끄러지듯 내밀어 후닥닥 달리는 브리스틀의 두 발 사이로 잽싸게 쑤셔넣었다.

브리스틀이 흔들 목마처럼 앞으로 고꾸라졌고, 장작 받침대는 허공으로 날아가 벽에 부딪히며 쨍그렁 소리를 냈다.

브리키는 그녀가 다시 일어서기 전에 몸을 날려 두 무릎으로 그녀를 꼼짝 못하게 눌렀다. 브리스틀이 몸을 비틀며 빠져나가려고 할 때마다 한쪽 무릎을 살짝 들었다가 두 배의 힘을 실어 내리찍었다.

남자들 쪽은 확인할 겨를이 없었다. 주먹 하나가 왔다갔다하면서 상대방의 관자놀이를 나무망치처럼 가격했다. 두 번, 세 번. 한데 뒤엉켰던 몸뚱이들이 불현듯 둘로 갈라져 한 명은 비틀거리며 일어서고, 다른 한 명은 그대로 뻗었다. 일어선 쪽이 총을 들고 있었다.

"곧장 그쪽으로 갈게요, 브리키."

그쪽에서 숨을 헐떡이며 이렇게 말하는 소리가 들렸다.

그녀는 그제야 돌아보았다. 그리프가 엎드리고 누워 있었다. 살짝 실룩이며 관자놀이 쪽으로 멍하니 손을 들긴 했지만, 납작 쓰러진 채 일어나지 못했다. 퀸은 잠깐 서서 그를 주의깊게 내려다보았다. 퀸의 손에 총이 들려 있었다.

"더이상 못 누르고 있겠어요……."

브리키가 숨을 헐떡이며 말했다.

퀸이 그레이브스의 책상으로 걸어가 무언가를 챙겨 들더니 그녀의 등뒤로 돌아와 끈을 잘라주었다. 둘 다 너무 숨이 차서 말을 제대로 할 수가 없었다.

퀸이 잘라낸 끈을 다시 연결해 그것으로 조앤 브리스틀의 손을 등뒤로 묶었다.

"저 남자도, 묶어요."

브리키가 헉헉대며 말했다.

"지당하신 말씀."

퀸은 침실에서 그레이브스의 침대보를 들고 나와 찢은 뒤 작업에 착수했다.

"이들이 당신과 함께 들어오는 걸 봤어요. 2층 앞쪽 창가에서요. 당신이 둘 사이에 끼어서 뻣뻣하게 걷는 걸 보고 총이 있다는 걸 직감했죠. 그래서 욕실로 후퇴해 납작 엎드려 있다가……."

"이들이 범인이에요, 퀸. 우리가 드디어 제대로 잡은 거예요."

"홈스가 범인이 아니었다는 거 나도 알아요. 어휴, 나도 하마터면 큰일날 뻔했는데……."

그는 일어나 자신의 솜씨를 점검했다.

"이 정도면 오래는 아니더라도 몇 분은 버틸 수 있을 거예요. 재갈은 필요 없어요. 주의를 끌면 끌수록 좋으니까. 사실 우리가 대신 나서서 주의를 끌어야 하는 판국이잖아요."

"퀸, 이제 어떻게 해요? 범인을 잡았지만 무슨 소용이에요. 봐요."

브리키는 손으로 가리켰다.

"6시 2분이잖아요."

"포기하지 마요. 한번 가보자고요. 그 버스가 아니더라도 조금 있다 떠나는 게 있을 테고……."

"소용없어요, 퀸. 이미 얘기했잖아요. 우리가 조금 있다 떠나는
버스를 탈 수 있을 만큼 강하지 않다는 거. 당신도 두고 보면 알 거
예요. 도시가 이제 깨어났는걸요."

"경찰도 깨어났어요. 여기서 미적거리면 잡혀요. 가요, 브리키.
가봐요, 가보자고요!"

퀸은 그녀의 손을 잡고 앞장서서 방밖으로 나가 계단을 내려갔다.

"가방 챙겨요. 문 열고 그 옆에 서 있어요. 여기서 전화를 좀 해
야겠어요. 잠깐이면 돼요."

퀸이 수화기를 들더니 물었다.

"준비됐어요?"

브리키는 가방을 들고 현관에 서서 당장이라도 뛰쳐나갈 자세
를 취했다.

"제자리에, 준비, 자, 갑니다!"

그가 수화기에 대고 말했다.

"경찰서요."

그러고는 말했다.

"문 좀 잡고 있어줘요."

브리키가 팔로 문을 밀어서 열어 놓았다.

"여보세요, 경찰서죠? 살인 사건을 신고하려고 합니다. 주소
가……."

그는 번지수를 대고는 말을 이었다.

"이스트 70가요. 스티븐 그레이브스가 자기집 2층에 시체로 누워 있어요. 같은 방에 범인 두 명이 있고요. 얼른 출동하시면 꽁꽁 묶인 범인들이 경관님들을 맞이할 겁니다. 같은 방 책상 위에 속달 우편이 있어요. 거기에 살인 동기가 적혀 있을 겁니다. 아, 한 가지 더. 범행에 동원된 권총은 1층 현관 도어매트 밑에 있어요. 네? 아뇨, 장난전화 아닙니다. 장난전화였으면 저도 좋겠네요. 저요? 아, 그냥…… 그냥 지나가던 사람이에요."

퀸은 수화기를 훅 스위치 위로 내려놓지도 않고 그냥 내동댕이 쳤다.

"갑시다!"

그는 소리치고, 그녀를 뒤쫓아 후닥닥 달렸다.

그는 잠깐 허리를 숙여 총을 현관 도어매트 밑에 넣고, 그녀를 따라 허둥지둥 현관 앞 계단을 달려 내려갔다.

"그 사람들 차예요!"

앞장선 브리키가 손으로 가리키며 뒤돌아 외쳤다.

"열쇠가 꽂혀 있어요."

뒤따라 차에 오른 퀸이 쾅 소리 나게 문을 닫고 핸들을 돌렸다. 모퉁이를 돌았을 때 보이지는 않았지만 반대편에서 무전을 받은 순찰차가 사이렌을 울리며 달려오는 소리가 들렸다.

퀸이 말했다.

"어휴, 진짜 빠르다. 차 없이 도망쳤더라면 지금쯤 체포되고도 남았겠어요."

그들은 매디슨 애비뉴를 관통했다. 이른 새벽이라 차가 거의 없었다. 퀸은 빨간불에서 속도만 줄이고 그대로 달리는 모험을 두 번 감행했다.

"제시간에 도착 못 할 거예요, 퀸."

브리키가 휙휙거리는 바람 소리 너머로 외쳤다.

"최소한 노력은 해봐야죠."

동쪽 하늘이 점점 밝아왔다. 또 하루, 뉴욕의 또 하루가 시작되려 하고 있었다. 보라. 이 도시에서는 심지어 새벽마저 불길하지 않은가.

네가 이겼어. 브리키는 계속 같은 생각을 하며 씁쓸해했다. 그래서 행복해? 우리처럼 보잘것없는 남자와 여자를 궁지에 빠뜨리고 짓밟으면 기분 좋아? 공평한 게임이었지, 안 그래? 육중한 몸으로 뼈까지 으스러뜨리는 깡패 같은 너는 항상 공평한 게임을 벌이잖아. 공평한 것 좋아하시네. 게임 좋아하시네. 새벽이랍시고 예쁜 척하는 빌어먹을 이곳. 너…… 뉴욕이라는 너.

눈가에서 흘러내린 눈물 한 방울이 뒤로 부는 바람에 날려 관자놀이를 때리고 귓가로 흘렀다.

퀸이 한 손을 떼서 피부가 쭈글쭈글해질 정도로 그녀의 손을 꽉 쥐어주고 사고가 나기 전에 얼른 다시 운전대를 잡았다.

"울지 마요, 브리키."

퀸은 앞을 쳐다보며 말하고 침을 꿀꺽 삼켰다.

그녀가 씩씩대며 답했다.

"안 울어요. 내가 그 녀석한테 그런 기쁨을 선물할 것 같아요? 마음껏 퍼부으라고 해요. 다 감당할 수 있으니까."

앞으로 다가오는 건물들이 점점 높아지는 것처럼 느껴졌다. 개별 건물이 아니라 도시의 전체적인 스카이라인이 한 블록을 지날 때마다 한 뼘씩 커지는 듯했다. 8층에서 10층에서 15층으로, 15층에서 20층으로, 20층에서 30층에서 그 이상으로. 가면 갈수록 스카이라인에 잠식당해 하늘은 점점 더 면적이 줄었고, 가끔 뚜껑 열린 맨홀들이 들쭉날쭉하게 하늘을 뒤덮고 있는 것처럼 느껴질 때도 있었다. 저 파란 하늘. 그리고 어두침침한, 탈출구 없이 영원히 어두침침한 콘크리트 미로.

그들은 이제 방향을 바꿔 7번가를 따라 30가를 향해 가고 있었다. 브로드웨이와 연결된 골목길들이 오른쪽으로 잇따라 지나갔다. 40번 대 길들이 끝나가는 지점에서 브로드웨이가 7번가를 X 자로 관통하며 두 개의 삼각형을 만들었다. 사람들은 이곳을 타임스 스퀘어라고 부르지만, 사실 위쪽은 더피, 아래쪽은 롱에이커, 이렇게 두 개의 광장으로 이루어져 있다.

이곳은 지구상에서 가장 유명한 아스팔트 바닥이지만, 막상 있어보면 정말 평범하고 별것 아니다. 왼쪽은 팰리스 호텔과 엠파이

어스테이트빌딩, 정면에는 V 자 모양의 타임스 건물, 그리고 오른쪽은 스카이라인이 갑자기 사라지면서 생긴 빈 공간에 하늘색 아침 햇살을 받으며 우뚝 솟은 희한한 탑 모양의 정육면체…….

브리키가 갑자기 퀸의 팔을 와락 움켜쥐는 바람에 핸들이 꺾여서 하마터면 차가 더피 신부의 동상을 들이받을 뻔했다. 앞바퀴가 그쪽 인도를 넘었다가 퀸이 미친듯이 핸들을 반대 방향으로 꺾자 다시 차도로 내려왔다. 그는 반 블록을 더 가서야 정신을 수습하고 제대로 운전을 할 수 있었다.

무릎을 꿇고 뒤쪽으로 몸을 돌려 앉은 브리키가 기쁨에 겨워 그의 어깨를 두드리며 맞바람을 뚫고 조잘거렸다.

"퀸, 저것 봐요! 저것 봐요! 패러마운트 빌딩 시계가 오 분 전이래요. 아직 6시 오 분 전이래요! 그 방 시계가 빨랐나 봐요……!"

"이 시계가 늦은 것일 수도 있죠……. 제대로 앉아요. 그러다 굴러떨어지겠어요."

브리키는 시계를 향해 키스를 날렸다. 미치도록 고마워서 거의 제정신이 아니었다.

"아니에요. 이 시계가 맞아요, 이 시계가 맞는다고요! 이 도시를 통틀어 딱 하나뿐인 친구인걸요. 저 아이는 실망시키지 않을 줄 알았어요. 그러니까 아직 늦지 않았어요. 아직 기회가 있어요……."

시계가 거대한 타임스 건물에 가려 시야에서 사라졌다. 앞으로 두 번 다시 보지 못할 것이다. 마음먹은 대로 된다면 그녀는 영영 이곳을 떠날 테니까. 그래도 그녀는 좌석 등받이에 턱을 얹고 시계가 있는 곳을 돌아보며 촉촉하게 젖은 눈으로 고마움을 담아 작별 인사를 보냈다.

"자리에 앉아요. 모퉁이를 돌 거니까."

한쪽 바퀴 두 개를 들며 급회전을 하자 34가가 나왔다. 8번가와 9번가 사이 두 번째 블록을 달리는 대형 대륙 횡단 버스가 저 앞에서 등장했다. 이제 막 터미널을 출발해 모퉁이를 돌고 직진 길로 접어들어 서쪽으로 속도를 내는 중이었다. 강변 터널을 향해, 뉴저지 방향을 향해…… 고향을 향해.

바로 코앞이지만 손이 닿지 않는 먼 곳에 있었다. 일 분만 일찍 왔어도 탈 수 있었을 텐데. 그녀는 훌쩍이는 소리를 내다 꾹 참았다. 브리키는 어떻게 하면 좋으냐고 묻지 않았고, 퀸도 마찬가지였다. 묻지 않고 그대로 내달렸다.

그는 포기하지 않았다. 버스보다 가볍고 기동성이 좋은 차로 쏜살같이 추격에 나섰다. 속도를 높여 거리를 좁히고 따라잡았다. 10번가에 다다랐을 때 버스가 터널 쪽으로 방향을 꺾느라 뒤뚱뒤뚱 속도를 늦추자 그들은 잽싸게 옆으로 가서 붙었다. 고마운 빨간 불이 큰 차와 작은 차를 나란히 세웠다.

버스는 몸서리를 치며 코끼리처럼 멈추어 섰고, 그들은 메뚜기처럼 폴짝 멈추어 섰다.

그들은 버스가 완전히 정지하기도 전에 차에서 뛰어내려 공기

브레이크로 작동하는 문에 달린 유리창을 두드렸다. 그녀는 미친듯이 깡충깡충 뛰며 사정했다.

"문 열어요! 태워주세요! 제발 태워주세요! 우리도 같은 방향이에요! 우리를 버리고 가면 안 돼요, 여기 두고 가면 안 돼요…….
퀸, 돈 보여드려요. 얼른, 꺼내요……."

운전사는 고개를 저으며 유리창 너머로 그들을 노려보고 팬터마임으로 욕을 했다. 그런데 신호가 바뀔 생각을 하지 않으니 출발하지 못하고 그들의 괴로워하는 얼굴을 쳐다보며 앉아 있어야 했다. 심장이 따뜻한 사람이라면 문을 열어줄 수밖에 없었다. 다행히 운전사는 심장에 피가 흐르는 사람이었다. 운전사가 마지막으로 인상을 쓰고 보는 사람 없는지 주위를 확인한 다음 마지못한 듯 레버를 당기자 쉭 소리와 함께 문이 열렸다.

운전사가 고함을 쳤다.

"정해진 곳에서 탑승을 하셔야죠. 이게 무슨 골목마다 서는 마을버스인 줄 알아요?"

운전사들이 마음 약한 사람으로 간주될까 걱정이 앞설 때 흔히 동원하는 대사다.

브리키는 비틀거리며 뒤쪽으로 걸어가 나란히 비어 있는 자리를 찾아서 앉았다. 잠시 후 빌린 차를 길가에 대고 버스에 오른 퀸이 차표를 손에 꼭 쥐고 옆에 앉았다. 고향으로 가는 차표였다.

버스가 다시 출발했다.

그녀는 터널을 뒤로하고, 뉴욕을 뒤로하고 뉴저지 풀밭으로 나
선 다음에서야 호흡을 가라앉히고 말을 꺼낼 수 있었다.

"퀸."

브리키는 주변의 다른 승객들이 듣지 못하게 조용히 그를 불렀다.

"과연 잘될까요? 좀 전에 있었던 일 말이에요. 두 사람이 경찰
을 이리저리 구슬려서 빠져나올 수도 있을까요? 우리가 증언도 못
하는데."

"우리까지 나설 필요 없어요. 둘이 옴짝달싹 못할 만큼 결정적
인 증거를 제시할 사람들이 있으니까."

"누군데요? 목격자가 있다는 거예요?"

"목격자는 없어요. 살인 현장을 본 사람은. 하지만 그레이브스의
가족 중에 그들에게 유죄판결을 내리고도 남을 증인이 있거든요."

"그걸 어떻게 알았어요?"

"경찰한테 얘기한 거예요. 그레이브스의 책상에 남동생 로저가
보낸 편지가 있더라고요. 다른 데서 대학을 다니고 있다고 한 동생
요. 속달이었으니까 어제 도착했을 거예요. 당신을 기다리다가 편
지가 보이기에 읽어봤죠. 형에게 브리스틀이라는 여자가 접근하거
든 상대하지 말라고 귀띔하는 내용이더라고요."

"동생은 그 여자를 어떻게 알았을까요?"

"결혼한 사이였거든요."

그녀는 한동안 입을 다물지 못했다.

"그 여자가 그레이브스에게 건넨 쪽지에서 뜻을 알 수 없었던 부분이 이제야 이해가 되네요. '그레이브스 씨는 나를 모르겠지만, 나는 벌써 한 가족이 된 기분이에요.'"

"그렇죠. 대학생 때 술김에 결혼하는 그런 거 있잖아요. 그런데 심지어 진짜도 아니고 사기 결혼이었어요. 그녀의 남편이 어딘가에서 활개를 치고 있었거든요. 그래서 중혼죄에서는 벗어나려고 그레이브스의 동생하고는 가짜 결혼식을 올렸죠. 이렇게 추잡한 이야기는 몇 년 만에 처음이에요."

"동생은 어쩌다 그런 저질하고 엮였대요?"

"다니는 대학교 근처에 친구들과 토요일 밤마다 찾아가던 술집이 있었는데, 처음에는 거기서 일하는 여자로 만났대요. 어린애한테 뭘 바라겠어요? 그런 여자에게 반해서 술김에 청혼을 한 거죠. 보드빌 댄서였던 공범이랑 여자가 그레이브스의 동생 뒷조사를 해보니 잘나가는 집안 출신이라 돈이 되겠거든요. 그래서 둘이서 일을 꾸며 코를 꿴 거예요."

"하지만 1900년대에나 있을 법한 수법 아닌가요?"

"그들의 수법은 성공을 거두었어요. 구관이 명관이라는 말도 있잖아요. 공범이 보드빌 댄서 시절에 순진한 치안판사 역할을 한 적이 있었거든요. 어린 친구 앞에서 그 역할만 재연하면 게임 끝이었어요. 그 친구는 정말 여자와 결혼한 걸로 착각했거든요. 어느 토요일 밤, 여자가 그 친구와 함께 증인을 차에 태우고, 근처에서 자리를 잡고 기다리던 공범을 찾아가 사기 결혼식을 거행했어요. 아마 술이 지대한 공헌을 했을 거예요."

"그런데 전혀 눈치를 못 챘다는……?"

"동생의 편지에 따르면 두 달이 지난 다음에서야 알아차렸대요. 알아차린 다음에도 서로의 동의 아래 비밀에 부쳤고요. 그 친구는 계속 공부를 하고, 여자는 계속 술집에서 일을 하고. 공범은 이 도시로 돌아와서 남의 눈에 띄지 않게 숨어 지내고. 두 사기꾼 입장에서는 이삼 개월 동안 수입이 제법 짭짤했을걸요?"

"이 세상에는 기생충 같은 인간들도 많네요."

"그레이브스의 동생과 여자는 주말부부였어요. 여자가 주말에만 만남을 허용하고, 애정 행각을 동원해 그 친구를 계속 자극했거든요. 두 사람은 그 친구의 피를 마지막 한 방울까지 알뜰하게 빨아먹었죠."

"그러다 꼬리가 길어서 밟힌 거로군요."

"그렇죠. 애초부터 물주는 그 친구가 아니라 스티븐 그레이브스였잖아요. 달라는 돈이 너무 많아지기 시작하니까 형이 돈줄을 묶어버렸어요."

"그러면서 들통이 났군요."

"여자와 공범은 서로 못 믿는 사이였어요. 공범은 꼬박꼬박 들어오던 돈이 끊기니까 여자가 배신을 하고 돈을 빼돌린다고 생각했죠. 그래서 최후의 조치로 그 마을로 달려가 여기저기 들쑤시면서 어떻게 된 영문인지 알아보고 다녔어요. 그 뒤로 어찌됐는지 말 안 해도 알겠죠?"

"대충은요."

"동생은 여자의 옷방을 뒤지는 남자를 맞닥뜨린 순간 얼굴을 알아보았고, 그제야 비로소 두 사람의 수법을 간파했죠. 만약 할 수만 있었다면 그 친구가 자기 손으로 둘을 죽였을 텐데, 두 사람이 한발 앞서 줄행랑을 놓았어요."

"어련했겠어요."

"그런데 두 사람은 그걸로 만족을 하지 못했어요. 한번 성공을 하고 나니까 머리가 어떻게 됐나 봐요. 로저가 형에게 연락해 경고 하기 전에 연극을 한판 벌이면 마지막으로 두둑이 한몫 건질 수 있을지 모른다고 생각을 했단 말이죠. 사교계에 갓 데뷔한 여동생도 있었으니 아무리 무고하다 한들 추문이 생겨서 좋을 리 없잖아요. 속달이 그들보다 몇 시간 전에 도착했어요. 스티븐 그레이브스는 마음의 준비를 단단히 하고 그들을 맞았죠."

"그 뒤의 일은 말 안 해도 알겠어요. 두 사람의 대화를 살짝 들었거든요. 그레이브스가 협박에 넘어가 겁에 질리기는커녕 오히려 한 방 날렸죠? 협상을 마무리지으려고 여자가 먼저 들어갔어요. 남자는 밖에서 기다렸고요. 그레이브스는 여자에게 꺼지라고, 경찰에 고발하겠다고 했죠. 그러자 당황한 여자가 달려 내려가 남자를 끌고 들어왔어요. 남자가 그레이브스에게 총을 겨누었죠. 그레이브스는 총을 잡으려다 목숨을 잃은 거예요."

"나도 하마터면 똑같은 신세가 될 뻔했지 뭐예요. 당신도 마찬가지였고요."

"집에서 두 사람을 덮쳤을 때요?"

"아뇨. 그전에 홈스를 만났을 때요."

"왜요? 무슨 일이 있었는데요?"

"홈스는 오답이었어요. 그런데 수표 때문에 완전히 겁에 질린 상태에서 그레이브스가 죽었다는 소식을 듣더니, 자기가 범인으로 몰릴지 모르겠다는 생각이 들었는지 당황해서 진짜로 살인을 저지르려고 했지 뭐예요. 나를 상대로 말이에요."

"어떤 식으로 시도를 했다는 건지……?"

"시도한 정도가 아니라 실제로 저질렀다니까요? 내가 마실 위스키에다 약을 타고, 나를 강물 속으로 던지려고 했거든요. 나를 차에서 꺼내기는 했던 것 같아요, 잘은 모르겠지만. 그때쯤 이미 정신이 반쯤 나갔었기 때문에. 당신의 이름이 나를 살렸어요. 당신이 그가 범인인 걸 알고 있기 때문에 나를 없앤다고 될 일이 아니라고 중얼거렸거든요. 그 소리를 듣더니 그가 180도 달라졌어요. 두려움이 배가되기는 했지만, 퍼뜩 정신을 차린 거예요. 나를 강물 속으로 밀어넣으려고 했던 뒤로 십오 분 동안 내 얼굴에다 찬물을 끼얹고, 나를 부축해 차 주변을 걷고 또 걸었어요. 약효를 없앤다고요. 그러더니 얼른 자기집으로 데리고 가서 새까만 커피를 한 잔 가득 먹였죠.

사태가 일단락됐을 때 어찌된 영문인지 우리는 서로를 믿게 됐어요. 이유는 몰라요. 너무 지쳐서 서로를 의심할 여력이 없었나 봐요. 나는 홈스가 범인이 아니라는 걸 믿게 됐고, 홈스는 내가 수표를 미끼로 그를 갈취하러 온 게 아니라는 걸 믿게 됐죠.

홈스가 말하길 작정하고 저지른 일이 아니었다고 하더군요. 누구도 그러지 않겠죠. 잠깐 자금이 부족했던 걸 감추느라 그레이브스에게 부도수표를 써준 거였대요. 어젯밤에 그레이브스를 만나러 갔을 때 이미 자금을 마련한 상황이라 부도를 막을 수 있었죠. 그런데 결제를 할 수가 없었어요. 그레이브스가 그 망할 수표를 찾질 못했거든요. 당신도 알다시피 내가 맨 처음 금고를 털러 갔을 때 수표가 금고 밖으로 떨어졌잖아요.

그는 당연히 불안했죠. 많이 당황스러웠을 거예요. 하지만 그레이브스가 그걸 꼬투리 삼아 배상금을 요구할 사람이 아니라는 건 알았죠. 그런 일이 있고 난 뒤라 그레이브스의 태도가 냉랭하긴 했지만, 큰 소리로 싸우거나 그러지는 않았어요. 그는 그레이브스가 소송을 제기하지는 않겠다는 확신 아래 집을 나섰고, 그레이브스가 수표를 좀더 여유롭게 찾아볼 수 있게 오늘 다시 연락을 할 생각이었어요. 그때 그레이브스는 브리스틀을 기다리는 중이었거든요. 홈스가 약속도 없이 그 직전에 찾아간 거였어요.

아무튼 수표는 돌려줬어요. 나중에 공개되면 홈스가 범인으로 몰릴 수도 있는데, 그 즈음에는 그가 범인이 아니라는 걸 백 퍼센트

확신할 수 있었거든요. 그는 내가 보는 앞에서 예전 날짜로 수표를 다시 쓰고 봉투에 넣어서 그레이브스 씨 집으로 부쳤어요. 유족들이 지급받을 수 있게."

퀸이 주머니에서 무언가를 꺼내 보여주었다.

브리키는 많은 돈을 보고 얼굴이 살짝 하얗게 질렸다. 수상한 생각이 들려는 순간……

퀸이 안심시켰다.

"아니, 겁낼 것 없어요. 이번에는 정직한 수입이니까. 홈스가 준 거예요. 우리 이야기를 듣더니 자꾸 받으라고 하지 뭐예요. 우리가 얼마나 고향으로 돌아가고 싶어 하는지 얘기했거든요. 홈스는 동병상련이 느껴진다고 했어요. 우리 둘 다 같은 날 밤에 자칫 잘못했으면 큰일날 뻔한 실수를 저질렀지만……. 나는 금고를 털었고 그는 수표를 부도냈잖아요? 그래도 또 한 번의 기회를 부여받고 깨달음을 얻었다는 점에서 말이죠. 그러면서 골치 아픈 상황을 모면해 정말 감사하고 다행이라며 선물로 줬어요. 이백 달러를요. 우리 둘이 고향에서 새 출발 할 때 종잣돈으로 쓰면 좋겠다고 했어요. 나중에 정 갚고 싶거든 조금씩 갚으라며.

둘이서 새 출발 하기에 충분한 금액이죠? 우리 고향에서는 이백 달러로 많은 일을 할 수 있잖아요. 작은 보금자리의 계약금도 낼 수 있고……."

브리키는 그의 말을 듣지 않았다. 말소리가 더 이상 들리지 않았다. 퀸의 어깨 위로 떨어진 머리가 덜컹거리는 버스에 맞춰 앞뒤로 조금씩 흔들렸다. 그녀는 행복에 겨워 졸린 눈을 감았다.

'고향으로 내려간다.'

그녀는 졸면서 생각했다.

'옆집에 사는 평범한 남자아이와 나, 이렇게 둘이 드디어 고향으로 내려간다.'

코넬 울리치 또는 윌리엄 아이리시

Cornell Woolrich or William Irish

코넬 울리치는 1903년 뉴욕에서 태어나 미국에서 활동한 작가이다. 영국, 스페인, 유태인 혈통의 부모 사이에서 태어난 그는 어릴 적에 부모가 이혼한 뒤로 아버지와 함께 혁명기의 멕시코, 쿠바 바하마제도 등에서 살았는데 이 동안에는 호텔을 전전하는 생활을 보냈으며 학교에는 거의 다니지 않았다고 한다. 어린 시절에 경험한 남미의 생활은 후의 작품에도 영향을 끼친다.

작 가 로 서 의 울 리 치

그 뒤로 뉴욕에 돌아온 울리치는 어머니와 함께 생활하면서 컬럼비아 대학에서 저널리즘을 전공했다. 학생 신분으로 첫 번째 작품인 『봉사료

『Cover Charge』(1926)를 발표한 뒤로 미국 문학의 총아로 불리며 작가 활동을 시작하게 된 그는 두 번째 작품까지 인기를 끌면서 대학 입학 삼 년 만에 학업을 중단한다. 울리치는 스콧 피츠제럴드의 애독자였는데 첫 작품은 당대의 오마주라고 할 만큼 그 영향이 드러나 있다.

1930년대 중반에 들어 울리치는 펄프 잡지에 단편을 발표하면서 미스터리 작가로서의 역량을 키웠다. 자신이 태어난 뉴욕을 무대로 긴박감 넘치는 스토리에 도시인의 삶을 감성적으로 그리는 그의 작풍은 이 시기에 완성되며 현재까지도 '누아르 소설의 아버지'로 불린다.

울리치는 약 이백 편이 넘는 단편을 썼는데 대표적인 단편 중 하나인 「이창」(1942)은 1954년에 히치콕에 의해 영화화되어 유명해졌다. 출세작이 된 장편 미스터리 『검은 옷의 신부』(1940)는 타이틀에 'Black'을 붙인 시리즈 첫 번째 작품으로, 시리즈 마지막 작품인 『상복의 랑데부』(1948)는 또 다른 걸작 『환상의 여인』(1942)과 함께 울리치의 대표작이다. 윌리엄 아이리시라는 필명은 『환상의 여인』을 간행할 때 붙인 이름이다. 아이리시라는 필명으로는 총 다섯 편을 썼다. 울리치는 미들 네임인 조지 호플리라는 이름으로도 『밤은 천 개의 눈을 가지고 있다』(1950)와 『공포Fright』(1950)라는 두 작품을 발표했다. 서스펜스 미스터리 외에도 기이하고 초자연적인 이야기를 다룬 작품을 많이 발표했다.

코넬 울리치의 삶

작가로서의 성공에도 불구하고 그는 그의 어머니와 함께 싸구려 호텔을 전전하며 삶의 고단함을 잊기 위해 술을 많이 마셨다. 젊어서부터 지나친 흡연과 음주를 하여 말년에는 건강이 좋지 않아 고생을 했는데, 부끄러움이 많고 까다로운 성격이라 자신의 작품을 칭찬하는 사람을 만나도 무례하게 굴곤 했다고 전한다.

지인도 별로 없었으며 작품을 누군가에게 헌정하는 일도 없었다. 작품을 헌정하는 경우는 자신이 쓰던 레밍턴 휴대용 타자기(『검은 옷을 입은 신부』)나 자신이 싫어한 호텔방(『환상의 여인』)이 대상이었다.

알코올의존증에 의한 당뇨로 왼발을 절단하고 휠체어 생활을 할 수밖에 없게 된 울리치는 1968년 맨해튼의 호텔 복도에서 뇌졸중 발작을 일으킨 뒤 64세로 생애를 마감한다. 울리치는 막대한 재산을 가지고 있었고, 백만 달러의 유산은 '젊은 작가 지망자를 위한 육성 자금'으로서 모교 컬럼비아 대학에 기부되었다.

작 품 목 록

1940년부터 1948년까지 출간된 작품이 가장 우수하다고 평가받고 있다. 이전에 쓰인 여섯 작품이 피츠제럴드의 영향을 받은 것과 달리 이 시기에는 뚜렷이 구별되는 독자적인 미스터리를 발표했다.

장편 소설

Cover Charge(1926)

Children of the Ritz(1927)

Times Square(1929)

A Young Man's Heart(1930)

The Time of Her Life(1931)

Manhattan Love Song(1932)

The Bride Wore Black (novel) | The Bride Wore Black(1940) – 『검은 옷을 입은 신부』(페이퍼하우스, 2009)

The Black Curtain(1941)

Marihuana(1941, 윌리엄 아이리시)

Black Alibi(1942)

Phantom Lady(1942, 윌리엄 아이리시) – 『환상의 여인』(엘릭시르, 2012, 미스터리 책장 시리즈)

The Black Angel(1943, based on his 1935 story "Murder in Wax")

The Black Path of Fear(1944)

After Dinner Story(1944, 윌리엄 아이리시)

Deadline at Dawn(1944, 윌리엄 아이리시) - 『새벽의 데드라인』(엘릭시르, 2017, 미스터리 책장 시리즈)

Night Has a Thousand Eyes(1945, 조지 호플리) - 『밤은 천 개의 눈을 가지고 있다』(단숨, 2014)

Waltz into Darkness(1947, 윌리엄 아이리시)

Rendezvous in Black(1948) - 『상복의 랑데부』(엘릭시르, 2015, 미스터리 책장 시리즈)

I Married a Dead Man(1948, 윌리엄 아이리시)

Savage Bride(1950)

Fright(1950, 조지 호플리)

You'll Never See Me Again(1951)

Strangler's Serenade(1951, 윌리엄 아이리시)

Hotel Room(1958)

Death is My Dancing Partner(1959)

The Doom Stone(1960)

into the Night (1987, 미완성 원고를 로런스 블록이 마무리 지어 출간)

단편집

I Wouldn't Be in Your Shoes(1943)

After Dinner Story(1944)

If I Should Die Before I Wake(1946)

Borrowed Crime(1946)

The Dancing Detective(1946)

Dead Man Blues(1948)

The Blue Ribbon(1949)

Six Nights of Mystery(1950)

Eyes That Watch You(1952)

Bluebeard's Seventh Wife(1952)

●

새벽의 데드라인
Deadline at Dawn
/

초판 발행 2017년 7월 14일

지은이 윌리엄 아이리시 / **옮긴이** 이은선 / **펴낸이** 염현숙

책임편집 김세화 / **편집** 임지호 이현 이송 / **아트디렉팅** 이혜경 / **본문조판** 이원경 / **그림** 김다래
저작권 한문숙 김지영 / **마케팅** 우영희 정진아 김혜연 / **홍보** 김희숙 김상만 이천희
제작 강신은 김동욱 임현식 / **제작처** 영신사

펴낸곳 (주)문학동네 / **출판등록** 1993년 10월 22일 제406-2003-000045호 / **임프린트** 엘릭시르

주소 10881 경기도 파주시 회동길 210
문의 031-955-2637(편집) 031-955-8896(마케팅) 031-955-8855(팩스)
전자우편 editor@elmys.co.kr / **홈페이지** www.elmys.co.kr

ISBN 978-89-546-4402-0 (03840)

엘릭시르는 출판그룹 문학동네의 임프린트입니다.